Und dann passierte das Leben...

Von Nella Beinen

Buchbeschreibung:

Tobias steht kurz vor dem Abitur und hat einen schweren Schicksalsschlag erlitten. Seitdem ist er in einer emotionalen Starre gefangen und weiß nicht, wie es mit ihm weitergehen soll im Leben.

Sein bester Freund sorgt dafür, dass er trotzdem am Leben teilnimmt und schleppt ihn überall mit hin. Für Tobias ist das Leben beendet, nur den letzten Schritt hat er bisher nicht gewagt.

Dann kommt ein Neuer, Florian, in die Klasse und konfrontiert ihn immer wieder mit seinem Schmerz. Er entlockt ihm wieder Gefühle, auch wenn es nur Wut ist.

Wird es Florian schaffen, Tobias wieder für das Leben zu begeistern?

Und dann passierte das Leben...

Von Nella Beinen

Bibliografische Information der Deutschen Nationalbibliothek:
Die Deutsche Nationalbibliothek verzeichnet diese Publikation in
der Deutschen Nationalbibliografie; detaillierte bibliografische
Daten sind im Internet über http://dnb.dnb.de abrufbar.

2. Auflage 2020
1. Auflage September 2018
© September Nella Beinen – alle Rechte vorbehalten.
nella-beinen@web.de
www.nellabeinen.com
Herstellung und Verlag:
BoD - Books on Demand, Norderstedt

ISBN: 978-3-7504-3363-2

Über den Autor:

Nella Beinen stammt aus Norddeutschland, besser gesagt aus der Lüneburger Heide und hat ein bewegtes Leben hinter sich.

Von der Lüneburger Heide zog es sie nach Essen, Spiekeroog und Bonn. Am Niederrhein ist sie jetzt sesshaft geworden.

Dort angekommen, hat sie angefangen, all den Wörtern in ihrem Kopf in die Freiheit zu verhelfen. So ist ihr Erstlingswerk "Und dann passierte das Leben..." entstanden.

Folgende Bücher der Autorin sind bereits erschienen:

Wie ein Kuss alles veränderte
Glück vom Umtausch ausgeschlossen

Mein bester Freund stupste mich an. «Hey Tobi, schau mal. Da kommt ein Neuer mit der Tussi in die Klasse.» «Hm», antwortete ich ihm nur. Ich hatte den Kopf auf den Armen auf dem Tisch abgelegt, die Augen geschlossen. Die 'Tussi' war unsere Deutschlehrerin. Wir hatten sie so getauft, weil sie sich wie eine richtige Tussi verhielt, immer top geschminkt und frisiert, hochhackige Schuhe, perfekt lackierte Nägel und so was.

Vor einem dreiviertel Jahr hätte mich das bestimmt interessiert, aufgeschaut und ihn mir garantiert angeschaut. Aber das war jetzt anders. Besser gesagt seit dem Sommer. «Mensch, das ist genau dein Typ, Tobi», drang mein bester Freund weiter in mich. Ich reagierte nicht.

«Hey Tobi», hörte ich da von vorne. Oh Mann, Lisa, lass mich in Ruhe. Ich will es nicht wissen, dachte ich. «Tobi, mach die Augen auf und schau dir diesen voll süßen Typen an.»

Also öffnete ich sie und blickte kurz hoch, um mir den Neuen endlich anzuschauen. Aber eigentlich machte ich das nur, damit ich weiter Ruhe hatte. Es war echt nervig, wenn alle einen störten.

«Ja, sieht gut aus», meinte ich. Ich rang mir sogar ein Lächeln ab und legte den Kopf wieder auf den Armen ab. Doch jetzt schaute ich aus dem Fenster. November. Trist, grau, kalt, nass. Das Wetter passte perfekt zu meiner Stimmung. Endlich mal.

Der Sommer war ausnahmsweise mal ein Sommer, in mir drin sah es allerdings anders aus. Die Sommer-ferien kamen in diesem Jahr zum rechten Zeitpunkt. Einfach nicht weiter daran denken, beschloss ich.

Wer hatte überhaupt behauptet, dass die Zeit alle Wunden heilte? Bei mir bestimmt nicht. Meine Eltern hatten schon überlegt, mich zu einem Psychologen zu schicken. Als ob der was machen könnte.

Die Vorstellung von dem Neuen bekam ich nicht mit, bemerkte ebenfalls nicht, wo er sich hinsetzte. Ich musste nur noch dieses Schuljahr überstehen, dann hatte ich es hinter mir.

Allerdings wusste ich nicht so recht, was ich werden wollte. Dabei war bis zum Sommer alles so klar. Mein ganzes langes Leben lag vor mir. Und dann passierte das Leben.

Die Tussi begann den Unterricht. Leon stieß mich wieder an. «Los, hol das Buch raus. Wir wollen das jetzt besprechen.» Ich begann mich zu bewegen. Ich hatte es gelesen, aber ich hatte nichts behalten. Egal, Gott sei Dank brauchte ich nicht viel für die Schule lernen. Ich konnte mir die ein oder andere Schwäche leisten.

Endlich, es klingelte zur Pause. Wir gingen zu unserer Lieblingsecke in der großen Pausenhalle. Der Neue wurde direkt umzingelt und ausgefragt. Vor allem die Mädels machten einen Wirbel um ihn. Ich blieb ein wenig abseits und beobachtete sie. Irgend-wann kam Leon zu mir herüber, was auch die ande-ren zu uns zog, inklusive des Neuen.

«Ich glaube, deinen Namen weiß ich noch nicht», sprach er mich direkt an.

«Tobias. Einfach Tobi», antwortete ich ihm. Ich hatte keine Lust mit ihm zu reden. Allgemein war ich in den letzten Monaten eher schweigsam gewesen. Sie waren es mittlerweile gewohnt nur einsilbige Antworten zu erhalten und ließen mich in Ruhe.

Nur Leon gab nie auf. Er zerrte mich zu Partys, an den Strand, wenn wir uns dort trafen, einfach überallhin. Er sorgte dafür, dass ich das Training dreimal die Woche nicht verpasste und am Leben teilnahm. Und ich ließ es geschehen. Es war mir egal, solange ich nicht reden musste.

Manchmal fragte ich mich, warum ich noch lebte. Leon versuchte ständig mit mir über mein Problem zu sprechen, aber ich blockte ab. Er würde es nicht verstehen. Keiner konnte es, der es nicht mitgemacht hatte. Woher sollten sie es auch begreifen?

Ich merkte, dass ich mal wieder überhaupt nicht mitbekam, worüber gesprochen wurde. Und versuchte mich auf das Gespräch zu konzentrieren. Sie sprachen über das gestrige Champions League Spiel. Ich hatte es mit Leon gesehen. Dazu zwang er mich nämlich auch.

Zum Ende der Pause kamen wir auf die Party am Samstag zu sprechen. Lisa wurde 18 und feierte das groß.

«Wir wollen bei Hauke vorglühen. Ich hole dich um halb acht ab, in Ordnung?» Das war mehr ein Befehl denn eine Frage von Leon an mich.

«Aye, Aye Sir», gab ich zurück.

«Willst du auch kommen?», fragte Hauke den

Neuen. Ich hatte seinen Namen immer noch nicht gehört.

«Klar, schick mir die Adresse und dann werde ich es schon finden.»

Und da war er wieder, der Gong. Immerhin hatten wir jetzt Bio. Das konnte ich. Bio lenkte mich immer ab.

Heute hatte ich einen trainingsfreien Tag. Ich bin im Schwimmverein. Wir hatten montags, mittwochs und freitags Schwimmtraining und mittwochs zusätzlich Krafttraining. Es war kein großer Verein, bis zu den Deutschen Meisterschaften, geschweige denn Europa oder Weltmeisterschaften, würde ich es bestimmt nicht schaffen. Allerdings kamen wir bis über die Kreismeisterschaften hinaus. Ich war nicht der Beste, aber auch nicht der Schlechteste. Immer so gut, dass ich in den Freistilstaffeln mit aufgestellt wurde.

Da mich Leon durch den trainingsfreien Nachmittag nicht durch die Gegend schleppte, schnappte ich mir meinen Lieblingspulli, er war schön warm und kuschelig, zog einen dicken Regenparka und eine Regenhose an und marschierte zum Strand. Ich wohnte an der Nordsee auf einem alten Bauernhof, der am Rande einer Stadt lag. Nicht zu groß, aber auch kein Dorf. Wir hatten ein eigenes Krankenhaus.

Früher liebte ich diese Jahreszeit. Die Zeit der Stürme, wenn die See wild war. Ich stellte mir immer vor, wie die Seeungeheuer sich nah an den Strand wagten und man sie sehen konnte, wenn man genauer hinsah. Alte untergegangene Schiffe am Horizont, die als Geisterschiffe auftauchten und die verlorenen Seelen einsammelten, die in der See untergegangen waren.

Es war die Zeit, in der meine Mutter uns heiße Schokolade kochte. Eine richtige mit Milch, Schokolade und Sahne obendrauf. Nicht dieses Instantzeug mit Wasser, dass es überall zu kaufen gab. Im Kamin wurde ein Feuer angefacht und sie hat uns Geschichten vorgelesen. Es waren gemütliche Sturmnachmittage.

Und wenn dann der erste Schnee fiel. Alles wie in Puderzucker getaucht wurde. Oder die Zeit vor Weihnachten, und jeder seine kleinen Geheimnisse mit sich herumtrug und man sich darauf freute, dass endlich Heiligabend und die Geheimnisse gelüftet wurden. Am nächsten Tag, wenn die Nachbarn zu Besuch kamen, um zu quatschen, wir Kinder unsere Geschenke präsentieren durften.

Ich liebte diese Jahreszeit wie jede andere. Jede auf ihre Weise. In diesem Jahr war alles anders. Ich freute mich nicht darauf, auf nichts.

Am Strand angekommen, setzte ich mich in den Sand. Es war mir egal, dass er nass war, hatte ja Regensachen an. Auch das es leicht nieselte, war mir egal. Ich war alleine. Konnte die See beobachten. Es würde mir immer ein Rätsel bleiben, wie man ohne sie leben konnte.

Es war gerade Flut. Wie einfach wäre es wohl, jetzt aufzustehen und hinein zu gehen und nicht mehr wiederzukommen. Dann wäre ich nicht mehr alleine.

Aber ich hatte es noch nicht gemacht. Irgendwo tief in mir scheint ein kleiner Lebenswille zu glimmen, der mich davon abhielt in die Endgültigkeit zu gehen. Was hielt mich hier? In dieser Welt? In der alles nur noch grau und kalt war. In der man mir all meine Freude genommen hatte.

«Hey, was machst du da? Bist du verrückt im November schwimmen zu gehen?», rief auf einmal eine fremde Stimme, die schnell näher kam. Ich schaute mich um und bemerkte erstaunt, dass ich tatsächlich im Meer stand.

Das Wasser schwappte mir bereits um die Oberschenkel. Wann war ich aufgestanden? Wie war ich hierhergekommen? Dieser Unbekannte riss mich zurück. Dann schaute ich genauer hin. Es war der Neue.

«Tobi, richtig?», fragte er außer Atem. Ich nickte nur. Unfähig zu sprechen. War ich gerade auf dem Weg gewesen eine von diesen verlorenen Seelen zu werden?

«Bist du bescheuert oder was? Es ist arschkalt und du spazierst ins Wasser!», rief er ungläubig. Er betrachtete mich. «Du weinst ja», bemerkte er da.

Ich griff in mein Gesicht. Tatsächlich. Wann hatte ich denn damit angefangen?

«Okay, ich habe schon mitbekommen, dass du nicht der größte Redner vorm Herrn bist. Komm, wir gehen zu mir. Ich wohne hier gleich in der Nähe. Wollte eigentlich meine neue Umgebung erkunden.

Bei mir ist es warm und du kannst trockene Klamotten anziehen.» Er nahm das Zepter in die Hand. Ich nickte nur wieder. Aus irgendeiner Tasche fummelte er ein Taschentuch hervor und reichte es mir stumm. Ich ergriff es und wischte mir die Tränen ab.

Bei ihm angekommen, waren wir alleine. Seine Eltern arbeiteten, erklärte er mir. Sie waren beide Ärzte und hatten im Krankenhaus angefangen. Zur Begrüßung erhielten sie die Spätschichten.

«Wie heißt du eigentlich?», war das Erste, das ich sagte.

«Florian.»

«Mh.»

Florian kramte ein Handtuch hervor und schlug vor, dass ich eine heiße Dusche nehmen sollte, damit ich wieder auftaute. Das Meerwasser war wirklich frostig, und mir war kalt, wie ich nun feststellte.

Er zeigte mir das Bad und ließ mich alleine. Ich zog gerade meine nassen Klamotten aus, als er mit einer Jeans in der Hand wiederkam.

«Hier, wir haben ungefähr dieselbe Größe, die sollte dir passen.» Er legte sie auf dem Toilettendeckel ab und verschwand wieder. Unter der Dusche taute ich auf. Mir fiel auf, dass er gar nicht gefragt hatte, warum ich weinte oder warum ich ins Wasser ging. Noch nicht einmal den Versuch, mich ansatzweise zum Reden zu bringen, unternahm er. Einfach nur von sich hatte er erzählt.

Als ich fertig war, suchte ich das Haus ab. Irgendwo musste Florian ja sein. Und richtig, im

Wohnzimmer fand ich ihn. Er schaute eine Serie.

«Danke schön», brachte ich kurzangebunden heraus. Er drehte sich zu mir um und lächelte.

«Kein Problem. Hast du Hunger? Ich habe Essensgeld und soll mir eine Pizza bestellen.»

Mh, eigentlich wollte ich gehen. Ich zog meinen Pullover bis über die Nase und sog den Geruch ein, während ich mit mir kämpfte. Ein bisschen konnte ich noch bleiben. Meine Eltern würden eh nicht vor acht Uhr abends zu Hause sein und essen musste ich auch. Daheim hätte ich mir Käsetoast gemacht.

«Okay. Ich will dir aber nicht auf den Geist gehen», willigte ich ein, während ich meinen Kopf wieder aus dem Pulli zog.

«Quatsch. Alles gut. Zu zweit essen macht viel mehr Spaß als alleine. Setz dich endlich hin und wir schauen, was wir bestellen.»

Ich hockte mich neben ihn und wir einigten uns auf eine große Familienpizza. Er bestellte und wir guckten zusammen die Serie. Die bestimmt 1.000 Wiederholung von *How I Met Your Mother*. Egal. Ich zog meine Beine an und legte das Kinn auf den Knien ab, während meine Arme die Beine umschlangen.

Zwischendurch schaute ich immer wieder zur Seite, um Florian zu betrachten. Lisa hatte recht, er sah wirklich gut aus. Dunkle Haare, sportliche Figur, braune Augen.

«Du hast mich gar nicht gefragt, warum ich geweint habe», unterbrach ich nach einer Weile die Stille. Na gut, nicht Stille, der Fernseher lief ja, aber unser Schweigen.

«Du hast deine Gründe. Und wenn du es mir erzählen willst, wirst du es machen», antwortete er mir, während er mir in die Augen schaute. Ich blickte nicht weg.

«Haben die anderen dir nichts erzählt von mir?», hakte ich nach. Wir hielten immer noch Blickkontakt.

«Nein, ich habe auch nicht gefragt. Es ist nicht meine Art andere über jemanden auszufragen. Entweder erzählt derjenige mir etwas über sich oder er macht es nicht. Ganz einfach.»

Ich quittierte das wieder nur mit einem «Mh». Dann herrschte erneut Stillschweigen. Ich drehte mich zum Fernseher. Es war keine unangenehme Stille, so wie es sie oft gibt, wenn man das Gefühl hatte, man musste etwas sagen. Wie hatte meine Mutter mal zu mir gesagt: Man muss auch miteinander schweigen können. Reden ist Silber, Schweigen ist Gold.

In meine Gedanken hinein klingelte es an der Tür. Florian erhob sich und kam kurz darauf mit dem Pizzakarton wieder. Wir fingen an zu essen. Die Stücke waren bereits zugeschnitten. Allerdings hatten wir Schwierigkeiten beim Essen, da sie so groß waren.

Da wir beide extra Käse haben wollten, zog sich bei jedem Bissen ein langer Faden. Bei mir hörte das einmal nicht mehr auf. Ich kämpfte mit dem Käsefaden, der immer länger und länger wurde und sich nicht bezwingen ließ. Florian sah das und fing an zu lachen. Irgendwann gab ich es auf und musste auch grinsen.

«Ich finde das nicht witzig. Der wäre nie gerissen,

ich hätte meine Arme bis zum Fernseher ausfahren können und der Käse wäre nicht gerissen. Die Mainzelmännchen tanzten schon fast Ballett darauf tanzen», gab ich gespielt schmollend von mir.

«Bestimmt.» Vor lauter Lachen konnte er nicht sprechen.

Nachdem wir satt waren, beschloss ich, nach Hause zu gehen. Er brachte mich bis zur Tür, wo ich auch Ersatzschuhe von ihm erhielt. Die nassen Sachen packten wir in eine Tüte.

In der Tür drehte ich mich zu ihm um. «Danke für das nicht fragen. Bis morgen in der Schule.»

Er nickte und wünschte mir einen schönen Abend. Dann machte ich mich auf den Weg und er schloss die Tür hinter mir.

Auf dem Heimweg ließ ich die vergangenen zwei Stunden Revue passieren und stellte fest, dass es mir gefallen hatte. Wann hatte ich das letzte Mal dieses Gefühl? Keine Ahnung, es war schon länger her.

Als..., als Niklas noch lebte. Sofort hatte ich sein Bild vor Augen. Seinen Geruch in meiner Nase. Immerhin hatte ich einen Pullover von ihm an. Ich merkte, wie mir erneut die Tränen kamen. Seit seiner Beerdigung hatte ich nicht mehr geweint. Warum jetzt auf einmal? Warum fing es wieder an?

Am Samstag holte Leon mich wie verabredet um halb acht ab und wir fuhren mit dem Fahrrad zu Hauke. Die anderen waren fast alle da. Wir saßen im Wohnzimmer, überall wo Platz war und unterhielten uns. Besser gesagt, alle bis auf ich. Wie üblich hörte ich nur zu.

Sie sprachen hauptsächlich über Fußball. Die Mädchen fanden das ziemlich langweilig und versuchten, andere Themen einzuflechten. So landeten wir bei der Schule. Sie erzählten von dem aktuellen Weihnachtsstück und dass es in diesem Jahr dröge werden würde, viel zu ernst. Keine Komik.

«Wisst ihr noch, wie Niklas immer die Touristen am Strand nachgemacht hat», fragte auf einmal Lasse lachend.

Jetzt sah ich auf. Niklas Name war gefallen. Worüber redeten sie? Ich war wieder in meinen Gedanken versunken.

«Oh ja, oder die Tussi. Die hatte er perfekt drauf. Sogar besser als das Original», kam es von Marie. Sie lachten bei der Erinnerung.

Ah, sie sprachen über Niklas Parodien. Das konnte er wirklich gut. Aber nicht nur das. Er war in jeder Theater AG, bei allem , das mit Theater zu tun hatte, dabei. Und wenn er nur für die Kulissen zuständig war. Ich merkte, wie mir ein Lächeln über die Lippen huschte.

«Niklas wollte zum Theater gehen. Er hätte sich jetzt im Winter bewerben müssen», hörte ich mich sagen und überraschte nicht nur die anderen damit.

Gleichzeitig merkte ich, wie sich ein Kloß in meinem Hals bildete.

Mit einem Schlag war es ruhig. Sie schauten mich alle mit großen Augen an. Keiner war es gewohnt, dass ich mich in einem Gespräch beteiligte. Und schon gar nicht über Niklas redete. Ich musste wohl selbst erschrocken dreingeschaut haben. Die Stille dehnte sich.

«Sorry, Tobi, ich wollte... Das ist mir irgendwie, na ja, raus gerutscht. Tut mir leid» stammelte Lasse los. Sie fühlten sich alle sichtbar unwohl. Ich blickte in die Runde.

«Schon gut. Es ist alles gut. Warum solltet ihr nicht über ihn reden», entgegnete ich ihm und stand abrupt auf. Gleich kamen wieder die Tränen.

«Tschuldigung, ich wollte den Abend nicht verderben», murmelte ich, aber die Worte klangen so erstickt, dass ich meine Zweifel hatte, dass sie mich verstanden.

Verdammt noch mal. Warum denn jetzt? Ich eilte zur Toilette, wo ich den Tränen freien Lauf ließ. Wann hörte es endlich auf weh zu tun? Hörte es überhaupt auf?

Nachdem ich mich einigermaßen wieder im Griff hatte, wusch ich mir das Gesicht mit kaltem Wasser. Es änderte nichts daran, dass meine Augen rotgerändert waren. Vielleicht sollte ich nach Hause gehen.

Als ich aus der Toilette kam, hatte ich erwartet, dass Leon auf mich wartete, aber jemand anderes hatte ihn wohl davon abgehalten. Ich war froh und versteckte mich im Flur.

Es war immer noch ruhig im Wohnzimmer. Ich schlich bis zur Tür und blieb stehen. Und ja, es ist unhöflich zu lauschen, aber sie sprachen über mich.

«Es ist jetzt fast sechs Monate her, dass Niklas gestorben ist und Tobi ist immer noch so drauf», hörte ich Matthias sagen.

«Spricht er mit einem von euch über Niklas? Mit mir hat er das seit der Beerdigung nicht mehr. Er redet fast gar nicht mehr», ertönte Patricias Stimme.

«Er redet mit niemanden. Weder mit mir, noch mit seinen Eltern, geschweige denn mit Niklas Eltern. Als sie sein Zimmer ausgeräumt haben, haben sie Tobi gefragt, ob er etwas haben wollte, und er hat sich ein paar Sachen geholt. Niklas Lieblingsklamotten und die Dinge, die er ihm in den zwei Jahren geschenkt hatte. Die Sachen bewahrt er in einem Karton in seinem Schrank auf. Ich versuche es immer wieder. Er frisst alles in sich rein.» Das war Leon. Mein bester Freund. Er klang traurig und sorgenvoll.

«Die beiden passten aber auch sowas von zusammen. Ich hätte all mein Geld darauf verwettet, dass die beiden es auf jeden Fall schaffen. Wir können nicht mehr tun, als weiterhin für Tobi dazu zu sein.»

Das war Marie. Ich lehnte mich gegen die Wand und schloss die Augen. Leider bekam ich nicht mit, dass einer aufgestanden war. Ich spürte, wie jemand mir sachte auf die Schulter tippte. Florian. Er schaute mich an, Gott sei Dank nicht mitleidig oder so.

Als mein Gehirn endlich registrierte, dass er vor

mir stand, hob ich einen Finger an meine Lippen, um ihm zu signalisieren, dass er nichts sagen sollte. Ich wollte nicht, dass die anderen mitbekamen, dass ich ein Teil des Gespräches gehört hatte. Er nickte verstehend. Seinen prüfenden Blick konnte ich nicht einordnen.

Dann wandte er sich ab, schnappte sich seine Jacke und ging vor dir Tür. Er steckte sich eine Zigarette an. Ich setzte mich ebenfalls in Bewegung, zog mir meine Jacke über und gesellte mich zu ihm.

«Auch eine?», fragte er und hielt mir die Schachtel hin. Normalerweise rauchte ich nicht. Wenn ich Alkohol getrunken hatte, kam es allerdings vor. Ich entschied mich dafür und griff nach einer Zigarette. Er gab mir Feuer.

Keiner von uns sprach ein Wort, bis er die Stille durchbrach. «Wusstest du eigentlich, dass Weinen gesund ist?», fing er an. «Durch die Tränen werden Giftstoffe aus dem Körper geschwemmt und es soll angeblich auch Stress lösen. Es gibt drei Arten von Tränen. Die emotionalen, die basalen und die reflektorischen Tränen.»

Ich schaute ihn ungläubig an. Wir standen hier, rauchten in aller Ruhe eine und er fing davon an, wie wichtig Weinen sei. Und godverdomme er kannte sich auch noch mit dem Thema aus. Zumindest klang es so.

«Echt jetzt. Kannst du nachlesen», versicherte er mir. Warum wusste er so etwas?

«Bist du ein Experte für das Weinen?», erkundigte

ich mich.

«Nope, aber ich habe das mal nachgeschlagen, weil ich wissen wollte, warum meine Mutter bei Liebesfilmen weinen muss. Ist noch gar nicht lange her», erklärte er. Ich schaute ihn mit einem zweifelnden Blick an.

«Okay. Auf die Idee, dass das nun mal bei Frauen so ist, bist du nicht gekommen?» Er nickte langsam und seine Augen bekamen einen belustigten Ausdruck.

«Das hätte man mir vielleicht vorher sagen können, bevor ich mich durch die unzähligen Artikel gelesen hatte. Das stand da nämlich auch. Weil sie oft emotionaler sind.»

«Sollten wir ein Referat in Bio über das Weinen schreiben müssen, weiß ich auf jeden Fall, wer mein Partner wird», entgegnete ich. Froh darüber, dass er Niklas nicht ansprach oder dass ich vorhin fluchtartig den Raum verlassen hatte, spielte ich sein Spiel mit.

«Sag mal, ich habe gehört, dass du der Nerd im Jahrgang bist. Könntest du mir bei Chemie helfen? Ich verstehe das nicht.»

«Äh, klar. Mach ich. Ich kann dienstags und donnerstags nach der Schule.» Ich war überrascht. Hatte er nicht mitbekommen, dass ich zur Zeit nicht auf Gesellschaft stand? Abgesehen davon, Nerd? Ich war kein Außenseiter und sportlich, das genaue Gegenteil von typischen Nerds. Das passte überhaupt nicht zu mir. Obwohl ich zur Zeit wirklich nicht gerne unter Leuten war.

«Gut, wie wäre es dienstags bei mir und donnerstags bei dir? Und nur solange, bis ich den Stoff drauf habe», schlug er vor.

Moment, er wollte zweimal die Woche lernen? Reichte nicht einmal? Godverdomme. «Mh, in Ordnung. Aber nur je eine Stunde, ja?» Das musste reichen. Zu mehr war ich nicht bereit.

«Hier seid ihr. Ich hatte mich schon gefragt.» Leon war im Türrahmen erschienen. Ich ließ meinen aufgerauchten Stummel auf den Boden fallen und trat ihn aus, genauso wie Florian.

«Also dann dienstags bei mir und donnerstags bei dir eine Stunde nach der Schule.» Mit diesen Worten ging er an Leon vorbei ins Haus. Der schaute mich fragend an. Eine Augenbraue hob sich dabei in die Höhe. Er beherrschte das perfekt. Früher hatte ich ihn dafür beneidet. Mittlerweile war mir das, wie so vieles, egal.

«Chemie Nachhilfe» bemerkte ich und ging ebenfalls an ihm vorbei und wieder ins Warme.

Florian nahm das mit der Nachhilfe sehr ernst. Am Dienstag fuhren wir nach der Schule direkt zu ihm. Seine Eltern hatten frei und ich lernte sie kennen. Nachdem wir mit ihnen gegessen hatten, verzogen wir uns in sein Zimmer, um endlich zu lernen.

Überall standen offene, halb ausgeräumte Kartons herum, Bücher und DVDs stapelten sich in den Ecken. Er war noch dabei sein Zimmer einzuräumen. Trotz der Unordnung wirkte es gemütlich, vielleicht auch durch die Schräge auf einer Seite.

So einfach Chemie für mich war, für Florian schien das ein Buch mit sieben Siegeln zu sein. Zwischendurch hatte ich das Gefühl, er verzweifelte völlig darüber. Wir gingen zunächst alles durch, was er bisher in Chemie gelernt hatte und was wir bereits durch hatten, um auf einen Wissenstand zu kommen. Mitten im Schuljahr die Schule wechseln war bestimmt nicht einfach.

«Boah, ich verstehe das nicht. Wozu soll ich das alles wissen?», fragte er mich in einer kurzen Pause erschöpft.

«Na ja, du musst dir Beispiele aus dem wirklichen Leben suchen. Deine Eltern müssen über die Tabletten Bescheid wissen, die sie verschreiben. Das ist Chemie. Zusammensetzung von Waschpulver und vieles mehr», versuchte ich ihm das Thema näher zu bringen.

«Kannst du bitte mit dem Besserwissen aufhören?», kam es von ihm zurück.

«So wie du mit den Tränen neulich?», konterte ich

prompt.

«Weißt du, ich bin kein Besserwisser, ich weiß es wirklich besser.» Er bemühte sich um ein ernstes Gesicht bei den Worten und nickte dabei, um es zu unterstreichen. Ich lachte laut auf.

«Das ist das erste Mal, dass ich dich lachen höre.» Oh, meine Güte, das stimmte. Ich wusste schon gar nicht mehr, wann ich das letzte Mal richtig gelacht hatte, irgendwann im Sommer war das. Es fühlte sich gut an.

«Wie du hörst und siehst, bin ich durchaus dazu in der Lage.» Nur, dass mir in den letzten Monaten nicht danach war, fügte ich in Gedanken hinzu.

«Schade, dass du nicht öfters lachst. Du hast ein schönes Lachen», meinte er. Er schaute mich an und lächelte dabei.

«Ich denke, wir sollten jetzt weitermachen. Muss gleich los.» Mir war unwohl bei dem Thema. Es war nicht, dass ich nicht gerne lachte, das tat ich früher sehr häufig, allerdings gab es kaum noch etwas, dass mich zum Lachen brachte. Im Sommer hatte Leon es einmal geschafft. Aber meistens war mir nicht danach.

«Weißt du, Tobi, ich werde dich nicht fragen, ob du mit mir reden willst, dennoch sollst du wissen, dass ich jederzeit zur Verfügung stehe. Wir kennen uns noch nicht gut, eigentlich gar nicht, aber manchmal ist gerade derjenige der Richtige. Ich wollte nur, dass du das weißt, in Ordnung?»

Ich hörte ihm mit gesenkten Kopf zu und tat so, als ob ich etwas im Buch nachschlagen würde. Mit einem angedeuteten Nicken gab ich ihm zu verstehen, dass ich ihm zuhörte. Ich wollte nicht darüber reden. Keiner von all denen wird je verstehen, wie es für mich war. Wie ich mich fühlte. Sie hatten nicht ihren Freund oder Freundin verloren, mussten hilflos daneben stehen und konnten nichts tun.

Für sie war Niklas nur ein Freund, mit dem man Spaß haben konnte, für mich war er meine Gegenwart und meine Zukunft. Sie haben ihn zum Schluss nicht mehr erlebt, durften es fairerweise auch nicht.

«Tobi? Tobi, machen wir weiter?», unterbrach Florian meine Gedanken. Ich war schon wieder abgeschweift.

«Äh, ja, natürlich. Also wir sind ungefähr auf demselben Stand wie deine alte Schule.»

Nach einer halben Stunde schlug Florian das Buch zu und sagte mit Verzweiflung in der Stimme, dass jetzt der Moment erreicht sei, wo er nur noch 'Input overload' denken könnte.

«Wie ist es für dich in eine neue Klasse zu kommen und dann kurz vor dem Abitur?», fragte ich neugierig.

«Na ja, ist nicht einfach, seine Freunde zu verlassen, aber es gibt ja Gott sei Dank Skype, WhatsApp und Facebook. Es war eine Chance für meine Eltern hier in diesem Krankenhaus und es war eine jetzt oder nie Gelegenheit. Ich hatte nicht gedacht, dass ihr mir die Aufnahme so einfach macht. Ihr seid seit Jahren zusammen, habt eure Freundschaften und ich dachte nicht, dass ich schnell Anschluss finden würde.»

Er klang sehr neutral, nur am Anfang bei seinen Freunden traurig.

«Von wo kommst du nochmal?»

«Essen. Ist schon etwas anderes als diese kleine Stadt hier, wo gefühlt jeder jeden kennt. Aber mir gefällt's. Es ist übersichtlich. Und hier versteht man es, ebenso zu feiern wie in Essen. Langweilig ist es auf jeden Fall nicht.» Er lächelte mir zu.

Das zweite Mal innerhalb einer Woche überraschte ich mich selber, da ich lange nicht mehr an jemanden interessiert war. Meistens redeten die anderen und ich gab irgendwelche zustimmenden Laute von mir. In der Regel hörte ich nicht einmal richtig zu. Aber ich war wirklich neugierig.

«Hast du viele Freunde in Essen?»

«Meine Güte für deine Verhältnisse quetscht du mich ganz schön aus», lachte er los. «Na ja, was heißt viele Freunde. Wirkliche Freunde habe ich nicht viele. Wir waren immer eine Clique von 8 Leuten. Mein bester Freund fehlt mir schon sehr», fuhr er fort und erzählte, was sie in Essen alles zusammen gemacht hatten.

Eine weitere halbe Stunde später ging ich nach Hause und stellte fest, dass ich, abgesehen von der Schule, nicht ständig an Niklas gedacht hatte. War das ein Fortschritt oder war ich dabei ihn zu vergessen?

Ich hatte Angst davor, mich nicht mehr an ihn zu erinnern, wie er aussah, wie er roch, wie seine Küsse schmeckten. Ich sehnte mich nach ihm, so sehr, jeden

Tag und bis heute konnte mir noch keiner die Frage nach dem Warum beantworten.

«Zieh, Tobi, zieh.» Ich hörte die Anfeuerungsrufe jedes Mal, wenn mein Kopf aus dem Wasser kam. Es war Sonntag und ein Schwimmturnier. Die letzten Tage verliefen wie immer, Schule, Training und ja, neuerdings das Chemie lernen mit Florian.

100m Freistil, das war meine Paradedisziplin. Ich war der Meinung, vor allem Leon herauszuhören. Aber darauf konnte ich mich nicht konzentrieren. Die letzten Meter, jetzt noch einmal die Schlagzahl erhöhen und lang machen. Wenn ich es richtig sah, hatte ich als zweiter angeschlagen. Was meine Zeit am Ende wert sein würde, stellte sich in 15 Minuten heraus, wenn alles ausgewertet war.

Ich hievte mich aus dem Becken und ging zu meinen Mannschaftskameraden, schnappte mir meine Sachen und verschwand in der Umkleide. Dort zog ich mir eine trockene Badehose und ein T-Shirt an.

Als ich wieder in die Halle kam, schlenderte ich in den Besucherbereich, wo Leon direkt auf mich zukam. «Die Ergebnisse hängen bereits. Du bist in deiner Altersklasse vierter. So gut warst du schon ewig nicht mehr», freute er sich für mich und zog mich zu dem Aushang.

Das ging schnell dieses Mal mit den Ergebnissen. Allerdings war unser Lauf auch der letzte mit den am schnellsten gemeldeten Zeiten, keine Ahnung, wie ich da reinrutschen konnte. Da stand es schwarz auf weiß, 4. Tobias Leitner.

«Ist doch gut», war alles, was ich darauf bemerkte.

«Herzlichen Glückwunsch. Gutes Ergebnis?», hörte

ich da eine mir mittlerweile bekannte Stimme hinter mir. Was wollte Florian denn hier?

«Jo, das ist nicht schlecht. Jedenfalls für mich. Ich war in letzter Zeit froh, wenn ich überhaupt in den Top 10 zu sehen war. Was machst du hier?», antwortete ich ihm.

«Ich hatte ihm von diesem Turnier erzählt. Er fragte, ob du etwas dagegen haben könntest, wenn er sich das Spektakel anschauen würde», klärte Leon mich auf.

«Ah», kam es wieder wortkarg von mir. Ich schaute mich um, ob ich meine Eltern entdecken konnte. Sie wollten versuchen, es zu schaffen. Bis jetzt hatte ich sie noch nicht gesehen. Wahrscheinlich ließ meine Tante sie nicht gehen. Sie hatte heute Geburtstag und meine Eltern waren zum Kaffee und Kuchen eingeladen.

Aber wenn ich mich nicht täuschte, sah ich Patricia, Lisa und Marie. Sie entdeckten uns jetzt auch und kamen direkt winkend auf uns zu.

«Was macht ihr denn alle hier? Ihr ward noch nie bei einem meiner Turniere. Läuft kein Fußballspiel, bei dem ihr den anderen Jungs hinterher schmachten konntet?», fragte ich die drei überrascht.

«Das könnte jetzt an mir liegen», fing Florian an, «ich habe Freitag in der Pause erzählt, dass ich hierher kommen wollte und da haben sie gefragt, ob wir uns nicht hier treffen wollten.» Aha.

«Na, ich wünsche euch viel Spaß, aber ich habe gleich ein Staffelrennen und gehe mal wieder zu den anderen», meinte ich.

«Das Staffelrennen ist erst am Ende, sprich um vier. Wir haben es jetzt ein Uhr. Du hast also noch Zeit», hielt Leon mich auf und zog mich mit den anderen zu den Sitzplätzen. Innerlich verdrehte ich die Augen. Was wollten die alle hier? Das war hier ein Wettkampf und kein Treffpunkt für Verabredungen. Außerdem hatte ich keine Lust und Nerv darauf mir mit anzuschauen, wie die drei Mädels um Florian buhlten. Der musste sich wie ein Hahn im Korb vorkommen. Für wen er sich am Ende wohl entschied? Godverdomme, konnten sie ihr Balzverhalten nicht wo anders aufführen und nicht gerade vor meinen Augen?

«Hey Tobi, wir wollen nachher zu Matthias. Der feiert heute eine Eltern-sind-nicht-zu-Hause-Party und morgen fällt die Schule für die Oberstufe aus. Kommst du mit?», unterbrach mich Patricia in meinen Gedanken. Ich schaute auf und stellte fest, dass sie alle zu mir blickten und auf eine Antwort warteten.

«Klar kommt Tobi mit. Wir könnten erst Pizza essen gehen und von dort aus direkt zu Matthias», sprang Leon für mich ein.

Aber ich wollte gar nicht auf die Party. Nach dem Turnier wollte ich am Friedhof vorbei und meine Ruhe haben. Mir reichte dieser Tag voll und ganz.

«Äh, Leon, ich wollte nach Hause. Es ging früh los heute Morgen und ich bin müde», versuchte ich mich rauszureden.

«Ach Quatsch», entgegnete Leon, «du kommst mit.

Das wird spaßig. Bei Matthias sind welche von einer anderen Schule. Da sind garantiert auch ein paar gutaussehende weibliche Wesen dabei.» Mit einem Seitenblick zu mir und den Mädels fügte er schnell «Und Jungs» hinzu.

Mir war egal, ob da Typen waren. Ich wollte keinen Neuen kennenlernen. Ich wollte meinen Niklas zurück. Aber mir war klar, dass Leon keine Ruhe geben würde, bis ich auf dieser Party erschien. Das war immer so.

Ich spürte einen Blick auf mir und schaute auf. Florian beobachtete mich und als er meinem Blick begegnete, lächelte er mir aufmunternd zu. Vielleicht sollte ich heute ein wenig mehr Alkohol trinken. Dann ließ sich das garantiert alles besser ertragen.

Auf Matthias Party hielt ich mich mit dem Alkohol, wie ich es mir vorgenommen hatte, nicht zurück. Schon beim Pizzaessen hatte ich in kurzer Zeit mehrere Biere getrunken.

Jetzt stand ich alleine im Garten. Die Sterne konnten heute gehen. Während ich die Sterne beobachtete, versuchte ich mir eine Zigarette anzuzünden.

«Soll ich dir helfen?», kam Florian mir zu Hilfe und zündete die Zigarette für mich an.

«Was mascht du eienlich stänig bei mir?», lallte ich. Immer wenn ich alleine war, tauchte er neben mir auf. «Verfolst du mich?», brabbelte ich weiter.

«Ich bin halt gerne in deiner Nähe», antwortete er mir.

«Was'n mit nen Mädschen. Die wolln dich alle ins

Bett kriegn», bohrte ich weiter

«Och, die interessieren mich nicht. Ich werde hier von allen über alles ausgefragt, aber ob ich auf Mädchen stehe, hat mich noch keiner gefragt. Das wird einfach vorausgesetzt.»

«Du bis wie ich? Das is'n Ding. Da brist du jetz Herzen.» Heute hatte ich wirklich ziemlich viel getrunken. «Schau mal, die Sterne fliegn.» Ich zeigte mit meiner Hand in den Himmel, wobei die so schwankte, dass ich auf keinen genauen Punkt zielen konnte.

«Ich glaub, ich muss mich setzn.» Es drehten sich gerade nicht nur die Sterne und ich ließ mich auf den Hintern plumpsen. Durch mein völlig alkoholbenebeltes Hirn, bekam ich nur dumpf mit, dass der Boden gefroren war und es weh tat beim Aufkommen.

«Du solltest aufstehen. Der Boden ist kalt und du könntest krank werden», versuchte Florian mich wieder auf die Beine zu kriegen.

«Versprichst du mir, dass ich sehr doll krank werde? Dann dauert es stimmt nich mehr lang, bis ich wieder bei Niklas sein kann. Da oben im Himmel. Irgendwo da is er jetz.»

«Hör auf mit dem Gerede Tobi. Komm, steh' auf.»

«Nein, Flo, ich kann nich.» Ich ließ auf den Rücken fallen und zog genüsslich an meiner Zigarette. Dann war Stille, nur das Knistern der Zigarette war zu hören, wenn ich an ihr zog. Der Himmel drehte sich immer weiter und weiter.

«Wenn du schon auf dem Boden liegen willst, dann

leg wenigstens diese Decke dazwischen. Komm Tobi, ich lege die gleich neben dich, du musst nur ein paar Zentimeter weiterrutschen.» Florian redete auf mich ein und ich tat ihm den Gefallen. Er hatte mir eine Daunendecke besorgt und setzte sich mit darauf, während ich wieder auf dem Rücken lag und dem drehenden Himmel betrachtete. Ganz sachte bekam ich das Gefühl, dass mein Magen anfing zu revoltieren. Florian saß so auf der Decke, dass er mich beobachten konnte.

«Niklas und ich habn im Sommer immer am Strand glegen und Wolken geschaut. Und dann habn wir uns gefragt, wer da auf uns guckt. Einmal war er fel, felse, also er war überzeugt, dass auf ner großn Wolke Hitler, Schtalin und Mossulin, nee, Muslin, nee...»

«Mussolini», half Florian mir weiter.

«Ja, gnau der, saßn und Skat spielt haben.» Ich lachte bei der Erinnerung. «Und Mao saß aufn der Nebenwolle und hat eifersuchtig zucheschaut.»

Die Zigarette war aufgeraucht und ich versuchte sie wegzuschnippen, was im angetrunkenen Zustand nicht so recht gelang. Florian rettete die Decke vor einem Brandfleck.

Dabei beugte er sich über mich und kam mir nahe. Als er wieder zurückwollte, rutschte er mit dem abstützenden Arm ab und landete auf mir. Jetzt lachte ich über seine Tollpatschigkeit. Meine Hände klatschten sachte auf seinen Rücken, der durch seine dicke Winterjacke geschützt war. Florian rappelte sich wieder auf.

«Sehr witzig, wirklich», klang er gespielt beleidigt, lachte dann aber mit.

Ich erinnerte mich daran, wie Niklas und ich immer miteinander gerauft hatten im Bett, um uns gegenseitig zu ärgern. Meistens endete es mit einer Knutscherei, in der der unten liegende sich ergeben hatte.

Plötzlich liefen mir die Tränen über die Wangen. «Weißt du eigentlich wie lieb ich dich hab? Das hat er mir zum ersen Jahrestag geschenkt. Kennst du das Büchlein?», fragte ich ihn mit tränenerstickter Stimme.

Er hörte auf zu lachen. «Ja. Ja das kenne ich», antwortete er leise und wischte liebevoll mit einer Hand meine Tränen weg.

Ich blickte zu ihm und stellte fest, dass er sich auch drehte, aber nicht mehr so schlimm wie der Himmel eben.

«Wie seid ihr zusammen gekommen, du und Niklas?» Seine Stimme war immer noch leise. Ich schaute ihn an, brauchte ein paar Minuten, um die Worte beisammen zu haben und sprechen zu können. Wahrscheinlich dachte er, ich würde nicht mehr antworten, als ich meinen Kopf drehte, um wieder in den Himmel zu schauen.

«An Silvester vor drei Jahren», begann ich fast flüsternd. Meine Tränen liefen immer noch langsam. Warum musste ich so viel weinen in letzter Zeit? Ich hatte in fünf Monaten kaum Tränen vergossen.

«Wir hattn bis wenige Wochen vor Silvester nich nichs mitnander zu tun. Er war inner andern Klasse und wir warn alle immer für uns. Dann warn unsere

Klassn zusamm im Museum. Wir mussten immer kleine Gruppen mit den andern aus der Klasse bilden und wir kamen zusammen inne Gruppe. Sofort stellten wir fest, dass wir auf ner Welle warn. In den folgenden Wochen warn wir viel gmeinsam unnerwegs. Irendwann merkte ich erschrocken, dass ich ihn küssen wollte.» Hier hielt ich kurz inne und ließ den Museumsbesuch und die darauf folgenden Tage an meinem inneren Auge vorbeiziehen.

«Ihm gings genauso und an dem Silvester hattn wir beide getrunken, uns rausgeschlichen von der Party, wie wir jetzt. Allerdings wars sein Zimmer, wir habn bei ihm gefeiert und da habn wir uns das erste Mal geküsst. Ein paar Wochen hab wir das geheim gehalten, aber irgendwann nervte Leon uns, warum wir nur noch alleine sein wollten und da habn wir es ihm erzählt. Und bald wussten es alle.»

Ich hatte aufgehört zu weinen. Florian hatte meine Wangen mit seinen Händen getrocknet. «Heute vor drei Jahren war der Ausflug. Ich vermisse ihn so sehr, dass es weh tut. Körperlich weh tut. Ich vermisse es ihn zu berühren, ihn zu küssen, zu umarmen. Aufzuwachen und ihn zu spüren. Mit ihm zu reden, zu lachen und zu schweigen.»

Ich fing wieder an zu weinen. Florian hörte sich das alles an und sagte nichts. Irgendwann während der letzten Worte griff er nach meiner Hand und hielt sie fest. Sie war kalt.

Er sprach noch immer kein Wort. Jetzt fing meine Nase an zu laufen und ich hatte kein Taschentuch dabei.

«Ich will nach Hause, in mein Bett. Mir ist kalt. Ich will den Pullover anziehen», flüsterte ich und setzte mich auf. Dabei wurde mir schwindelig. Auch wenn die Umgebung sich nicht mehr drehte, merkte ich den vielen Alkohol in mir.

Florian erhob sich ebenfalls und half mir. «Ich bring dich nach Hause. So kommst du nicht heile an.»

Ich nickte nur und nachdem er die Decke wegge- bracht hatte, kam er wieder und wir gingen los. Mein Magen mochte den Positionswechsel gar nicht und wir hielten kurz an. Der Inhalt machte Bekanntschaft mit dem Boden des Gebüschs.

Florian hielt mich und mir war das ganze unsäglich peinlich. Auf dem kompletten Nachhauseweg ent- schuldigte ich mich bei ihm. Ich wusste jetzt schon, dass ich morgen wahrscheinlich ziemliche Kopf- schmerzen haben würde. Godverdomme.

«Hey, Tobi, aufwachen. Weißt du eigentlich, wie spät es ist?», hörte ich Leon neben mir. «Hier riecht's wie in einem Schnapsladen. Wach endlich auf!» Er zog die Jalousien hoch und öffnete das Fenster. Frische kalte Luft strömte ins Zimmer.

Ich war trotzdem bewegungsunfähig. Meine Augen fühlten sich an wie zugeklebt. Mit viel Anstrengung öffnete ich eines und merkte sofort, wie der Schmerz wie ein Blitz durch meinen Kopf fuhr.

Oh meine Güte. Allmählich fiel mir wieder ein, dass ich gestern getrunken hatte. Eventuell etwas zu viel. Ich bewegte mich gaaaaannnnzzzz vorsichtig. Meine Zunge war eklig pelzig und der Geschmack im Mund war sehr komisch. Die Erinnerungen an letzte Nacht waren ein großes schwarzes Loch.

«Na los, jetzt wach auf. Geh dich duschen, auf jeden Fall Zähne putzen, anziehen und dann machen wir einen Spaziergang am Strand.» Leon konnte echt nerven, wenn er wollte.

Ich gab ein unverständliches Brummen von mir. «Aspirin», war das erste Wort, das ich formen konnte.

«Du warst gestern ziemlich betrunken», sagte Leon mit einem Lachen.

«Nicht so laut», murmelte ich. Schmerz, Schmerz, Schmerz.

«Wie bist du überhaupt heile nach Hause gekommen?», fragte er jetzt.

Ja, wie war ich eigentlich hier gelandet? Es hatte mir jemand geholfen, glaubte ich mich zu erinnern. Lag ich nicht irgendwie im Garten? Da war noch jemand. Ja, genau, Florian.

«Florian», mehr war ich nicht in der Lage zu sagen. Und dann kam eine weitere Erinnerung. Oh nein, ich hatte nicht wirklich gekotzt, während er mich gehalten hatte, oder? Der Geschmack im Mund war allerdings der Meinung.

«Oh nein», entfuhr es mir entsetzt. Ich richtete mich schnell auf. Au, das hätte ich nicht tun sollen. Ich griff mit beiden Händen an den Kopf. Mein Magen war sich noch nicht sicher, ob er seinen kaum vorhandenen Inhalt loswerden wollte oder ob das eine Mal letzte Nacht gereicht hatte.

«Was ist los? Warum klingst du so entsetzt?», grinste Leon mich an.

Ich schaute ihn aus zusammengekniffenen Augen an. Meine Sinne waren noch nicht alle zusammen.

«Na los, erzähl' schon. Was ist passiert? Habt ihr rumgemacht?», bohrte er neugierig nach. Jetzt blickte ich ihn mit einem hoffentlich abschätzigen Blick an, zumindest versuchte ich es.

«Nein, natürlich nicht. Was für ein dämlicher Gedanke.»

«Tschuldigung, aber du stehst auf Jungs, er steht auf Jungs. Warum die Mädels das nicht mitbekommen haben, ist mir echt ein Rätsel. Außerdem seid ihr beide Single, und ein bisschen Spaß steht jawohl jedem zu«, klärte er mich auf.

«Woher weißt du, dass Florian schwul ist?», hakte ich genervt nach. Würde ich überhaupt jemals wieder jemanden nahe sein, um mit ihm zu knutschen geschweige denn mehr zu machen?

«Wenn er gewollt hätte, könnte er an jedem Finger eine haben. Hat er aber nicht», setzte Leon an und ich barg meinen Kopf in meinen Händen. Vielleicht konnte ich ihn so schützen vor dem Schmerz.

«Ich habe gesehen, wie er gestern Abend mit einem Jungen aus der anderen Schule geflirtet hat. Abgesehen davon ist mein bester Freund schwul, also habe ich damit Erfahrung», beendete er seine Ausführungen.

Eine Erinnerung blitzte auf. Stimmt, er erwähnte irgendetwas davon, dass alle glaubten, er sei hetero. Aber keiner hatte ihn gefragt, ob das so sei.

«Also, was ist jetzt schlimm daran, dass du völlig entsetzt reagierst?», fragte er mich und zuckte mit den Achseln.

Ich legte die Ellenbogen auf den Oberschenkeln ab, das war definitiv bequemer, als die Arme die ganze Zeit hochzuhalten für den Kopf.

Oh, meine Güte war das hell. Das war echt schlimm.

«Aspirin» forderte ich nochmals. Leon seufzte auf, entfernte sich und kam kurze Zeit später mit zwei Tabletten und einem Glas Wasser wieder. Wie gut, dass er sich bei uns genauso gut auskannte, wie bei ihm zu Hause. Andersherum galt natürlich dasselbe.

Er gab mir beides, ich legte die Aspirin auf meine Zunge und leerte das Glas mit einem Zug. Flüssigkeit war doch etwas Tolles.

Das leere Glas hielt ich ihm wieder hin mit der

stummen Aufforderung, es nochmals zu füllen. Er kam der Forderung prompt nach, hatte er doch die Wasserflasche mitgebracht. Schlaues Kerlchen. Ich trank noch ein Glas Wasser leer.

«Kannst du es mir jetzt erzählen?» Täuschte ich mich, oder klang er amüsiert?

«Ich glaube, ich habe ins Gebüsch gekotzt und Florian musste mich halten, weil ich sonst gefallen wäre.»

Laut ausgesprochen war das sogar noch peinlicher. Oh Mann, war ich betrunken gewesen. Leon lachte laut los. Er kriegte sich nicht mehr ein.

«Du warst nie so betrunken. Normalerweise hast du uns immer alle nach Hause gebracht», brachte er lachend hervor.

«Ich freue mich, zu deiner Erheiterung beitragen zu können, aber kannst du das bitte etwas leiser machen? Die Aspirin wirkten noch nicht», knurrte ich zwischen zusammengebissenen Zähnen.

Er hatte Recht. Ich trank zwar Alkohol, aber ich wusste immer, wo meine Grenze war. Niklas hatte sich in der Regel so betrunken, dass er das ein oder andere Mal einen Filmriss hatte.

Dann fiel mir ein zu schauen, was ich überhaupt anhatte. Wie ich feststellte, war ich bis auf die Boxershorts ausgezogen. Suchend schaute ich mich im Zimmer um und sah, dass die Sachen ordentlich zusammengelegt auf dem Schreibtischstuhl lagen.

Leon hatte es sich auf dem Fußende meines Bettes bequem gemacht. Hatte Florian mich etwa bis ins

Zimmer gebracht und mich ausgezogen? Oder hatte meine Mutter sich erbarmt? Godverdomme, ich hatte noch nie einen Filmriss.

Es wurde jetzt richtig kalt und ich zog die Bettdecke fester um mich. Bettdecke, da war doch was mit einer Decke. Hatte Florian nicht eine geholt, damit ich mich darauf legte, und nicht auf dem gefrorenen Boden lag? Warum wollte ich dort liegen? Ich wusste es nicht mehr.

Der Kopf schmerzte trotz der zwei Aspirin immer noch.

«Hör auf zu lachen und mach das Fenster zu. Es ist kühl», nörgelte ich meiner Stimmung entsprechend.

«Dat klöönt in d' Jopp de Suupkopp un de olle Buck.[1]», zitierte Leon ernst, allerdings zuckte es um seine Mundwinkel und er lachte wieder. Er war jedoch so gnädig und schloss das Fenster.

«Na los jetzt, es ist mittlerweile halb drei. Lass uns spazieren gehen. De Sünn schient so fein[2]», drängte er mich nun. War der ekelhaft gut drauf, wenn er sogar Plattdütsch schnackte.

Ich ließ einen tiefen Seufzer der Verzweiflung los und erhob mich. Unter der Dusche versuchte ich, den Abend weiter zu rekonstruieren. Ich hatte auf jeden Fall über Niklas gesprochen. Das wusste ich noch. Aber was? Und meinen brennenden und geschwollenen Augen nach zu schließen, kam das nicht vom

---

[1] Es friert im dicksten Winterrock, der Säufer und der Hurenbock.

[2] Die Sonne scheint so schön.

Suff, sondern vom Weinen. Also hatte ich geweint.

Oh Gott, ich hatte ich Florian etwas vorgeheult?

Die Dusche wärmte mich und tat jetzt richtig gut. Es fühlte sich nicht nur wie eine äußerliche Reinigung an, sondern auch eine innere. Allerdings erinnerte ich mich beim besten Willen nicht daran, worüber wir gesprochen hatten. Ich werde keinen Alkohol mehr anrühren.

«Bist du wieder eingeschlafen oder warum brauchst du so lange zum Duschen?», rief Leon draußen vor der Tür und klopfte ungeduldig dagegen. Noch nicht mal dafür ließ er einem Zeit. Ich verdrehte die Augen und griff nach dem Shampoo.

«Ich mach ja schon», bellte ich zurück. Und keine halbe Stunde später waren wir unterwegs.

«Oh man, Tobi, nu aber man tau. Clock fiev word dat düster.[1]» Leon klang langsam echt genervt. Wir waren mittlerweile fast am Strand angekommen. Ein kleiner Weg trennte uns.

Mir ging's noch immer beschissen. Beziehungsweise dem Kopf. Ich fühlte mich wie ausgekotzt. Alleine der Gedanke an Essen brachte mich fast wieder zum Kotzen. Die frische Luft war da nicht hilfreich meiner Meinung nach.

Warum war der nur so gut drauf? Und warum musste der mich mitschleppen? Hatte er keinen anderen, mit dem er am Strand entlang laufen konnte? Echt nervig.

---

[1] Jetzt mach mal schneller. Um fünf Uhr wird es dunkel.

Leon war stehen geblieben und als ich aufschloss, passte er sich meinem Schritt an.

«Jetzt weißt du, wie es uns geht, wenn wir zu viel getrunken haben. Vielleicht machst du dich nicht mehr über uns lustig.»

«Als ob ich das je gemacht hätte», erwiderte ich. Mir war nicht zum Sprechen zumute, durch den Kater hatte ich eine noch miesere Stimmung als sonst.

Ich schaute zum Meer. Seit dem Tag, als Florian mich aus dem Wasser geholt hatte, war ich nicht mehr hier gewesen. Was wäre wohl passiert, wenn er nicht spazieren gegangen wär? Hätte ich es bis zum Ende durchgezogen? Wahrscheinlich nicht. Ich wusste es nicht.

«Ich muss mit dir reden», riss Leon mich aus meinen Gedanken.

Aha, deswegen waren wir hier. Wichtige Dinge erzählte er mir immer am Strand. Hätte ich mir denken können.

«Okay. Solange es nicht mir zu tun hat.» Ich hatte keinen Nerv auf einen neuen Versuch seinerseit mit mir über Niklas zu reden. Oder das die Zeit alle Wunden heilt.

«Es geht nicht immer nur um dich. Die Welt dreht sich weiter», entgegnete er mit einem schärferen Tonfall. Mein Kopf schnellte zur Seite. So hatte er seit Wochen nicht mehr mit mir geredet, besser gesagt, seitdem Niklas krank wurde.

Er fuhr fort. «Es geht um mich. Ich will es dir selber sagen, bevor du es von jemand anderen erfährst oder siehst.»

Was kam jetzt? Zog er weg? Oh nein, war er etwa krank? Die Gedanken schwirrten mir durch den Kopf. Das ich dazu fähig war.

Leon schien mein erschrockenes Gesicht gesehen zu haben. «Es ist nichts Schlimmes. Keine Sorge», meinte er schnell und lächelte mich an.

Gut, das hätte ich nicht ertragen. Auch wenn ich nicht mit ihm über Niklas sprechen wollte, ihn konnte ich nicht auch noch verlieren.

«Es ist sogar ein erfreulicher Grund», setzte er wieder an, «Vor kurzem habe ich jemanden kennengelernt und, na ja, wir verstehen uns sehr gut und mögen uns. Und du bist mein bester Freund und sollst es als erstes erfahren. Seit einer Woche bin ich kein Single mehr.»

Ich zog meine Augenbrauen hoch und schaute ihn mit großen Augen an. Er war bitte was nicht mehr? Hatte er eine Freundin? Wann hatte er sie kennengelernt und Zeit dafür? Musste ich mir jetzt etwa ständig anschauen, wie sie sich anhimmelten? Himmel Herr Gott, das ertrage ich nicht.

Ich war stehen geblieben. Leon ebenfalls und beobachtete mich. Ich musste etwas sagen. Aber was?

«Das ist doch schön, oder nicht?», brachte ich heraus. Na toll, bestimmt nicht das, was er erwartet hatte.

«Hör mal, Tobi, ich weiß, es ist nicht einfach für dich, wegen Niklas. Aber für mich dreht sich die Erde weiter.» Er flüsterte fast, es klang entschuldigend. Ich rang mir ein Lächeln ab und blickte ihn an.

«Auch wenn ich gerade nicht danach aussehe, aber ich freue mich für dich. Wirklich. Du hast es verdient, jemanden gefunden zu haben. Du musst dich für nichts bei mir entschuldigen.»

Er lächelte zurück. «Sehr schön.»

Wir gingen wieder weiter. Eine Weile wanderten wir schweigend nebeneinander her. Immerhin wusste ich endlich, warum er so gute Laue hatte. Da fiel mir auf, dass er gar nicht erwähnte, wer seine Freundin war.

«Wer ist denn die Glückliche, die sich jetzt mit mir meinen besten Freund teilen will?», fragte ich ihn. Er fing an zu strahlen, es hatte ihn echt erwischt.

«Conny, also Cornelia, aus der anderen Schule. Wir haben uns auf dem Sportplatz kennengelernt. Vor drei Wochen», antwortete er glücklich

«Wann lerne ich sie kennen?»

«Sobald du willst. Wahrscheinlich aber schon morgen nach der Schule. Sie hat früher aus und wollte zu uns kommen.»

«Gut»

Wir gingen weiter. Leon erzählte mir die ganze Geschichte und ich versuchte, ihm aufmerksam zu lauschen. Mir war nicht ein Fitzelchen aufgefallen. Weder, dass er in den letzten Wochen in irgendeiner Weise verliebt wirkte, noch dass er seine Zeit nicht mehr häufig bei mir verbrachte.

Was war ich für ein Freund? Einer, der mit seinen eigenen Problemen zu kämpfen hatte. Nach fast einer

Stunde machten wir uns auf den Heimweg. Es ging mir besser, die frische Luft war doch nicht so schlecht, wie gedacht.

Auf halbem Weg verabschiedete sich Leon, da sein Zuhause näher war, als meines und einen Umweg für ihn bedeutet hätte. Ich ging in Gedanken versunken weiter.

Mir fiel wieder ein, dass ich immer noch nicht wusste, was ich Florian alles vorgeheult hatte. Was machte ich jetzt? Ich konnte doch nicht einfach so tun, als ob nichts geschehen wäre, oder? Hatte ich ihn vollgekotzt? Seine Schuhe vielleicht sogar schlimmer? Was für eine peinliche Geschichte.

Dann stand ich plötzlich vor seiner Tür. Meine Füße hatten mich von alleiner hierher getragen. Sollte ich klingeln? Das war bestimmt ziemlich beschämend. Allerdings, wenn ich mit ihm redete, wüsste ich wenigstens, was passiert war. Warum nur musste ich betrinken?

Ich streckte den Arm Richtung Klingel aus. Der Finger verharrte vor dem Knopf. Nur wenige Millimeter. Na los, trau dich. Ich atmete einmal tief ein und wieder aus. Dann überwand mein Finger den Abstand und drückte drauf. Es dauerte etwa eine Minute, bis die Tür geöffnet wurde. Florian war es höchstpersönlich.

«Hey», begrüßte er mich überrascht. Wahrscheinlich war ich der Letzte, mit dem er gerechnet hätte.

«Hey», flüsterte ich. Beschämt blickte ich zum Boden. Einer meiner Füße Scharte einen imaginieren

Stein hin und her. Am liebsten würde ich in dem viel-
gerühmten Loch verschwinden, dass nie zur Stelle
war, wenn man es gebrauchen könnte.

«Willst du nicht reinkommen? Ist kalt draußen»,
durchbrach er die entstandene Stille. Er trat beiseite
und ich ging an ihm vorbei. An der Garderobe zog ich
meine schmutzigen Schuhe und die Jacke aus.

«Wollen wir in mein Zimmer gehen?», schlug er
vor. Ich nickte und folgte ihm. Was sollte ich nur
sagen? Ich konnte doch nicht mit der Tür ins Haus
fallen, oder?

«Wenn du dich noch einmal für letzte Nacht entschuldigen willst, schmeiß ich dich sofort wieder raus.
Das hast du gefühlte 1.000 Mal gemacht», kam er mir
zuvor. Er hockte bequem auf seinem Bett. Ich setzte
mich auf das Sofa ihm gegenüber. Daran konnte ich
mich noch dumpf erinnern.

«Ich möchte mich nicht entschuldigen. Es ist nur so,
das... also...», stammelte ich mir einen zurecht. «Ich
habe zu viel getrunken...»

«Oh ja, das hattest du», unterbrach er mich grinsend.

«...na ja, ich... also, ich war betrunken und...», stotterte ich weiter, «...es ist mir peinlich...» Ich legte eine
kurze Pause ein und holte tief Luft. «Kannst du mir
bitte sagen, was genau alles passiert ist?»

Wenn es überhaupt möglich war, wurde Florians
Grinsen noch breiter.

«Was weißt du von letzter Nacht?»

«Bis wir auf der Party ankommen und die ersten

Bier. Ab dann ist alles verschwommen oder im schwarzen Loch verschwunden. Ich weiß noch, dass ich irgendwann rausgegangen bin, und du warst da. Wir haben uns unterhalten, allerdings kriege ich nichts mehr zusammen.» Wieder hielt ich inne. Jetzt kam der unangenehme Teil, der bei dem ich nicht wusste, ob ich es wissen wollte.

«Und na ja, du hast mich nach Hause gebracht und dass mein Magen seinen Inhalt loswurde.»

Es war mir schrecklich peinlich. So unsagbar beschämend. Was dachte er nun von mir?

«Mir ist das sowas von unangenehm», schob ich hinterher. Ich hob meinen Blck und traf auf Florians, der immer noch ein breites Grinsen im Gesicht hatte.

«Ja, das kommt ungefähr hin. Du hast ordentlich mitgetrunken. Kurze und Cola-Whiskey, oder sollte ich besser Whiskey-Cola sagen? Zwischendurch Bier. Dann bist du rausgegangen, um eine zu rauchen, die habe ich dir angemacht, das hast du nicht mehr hinbekommen. Und du warst der festen Überzeugung, dich auf den Boden legen zu müssen, um den Sternen beim Fliegen zuzuschauen.»

Florian schien das alles lustig zu finden.

«Habe ich geweint? Haben wir über Niklas geredet?» Ich knetete meine Hände im Schoss bei der Frage und senkte wieder den Blick. Sein Grinsen verschwand, bevor er mir antwortete.

«Haben wir und ja, du hast geweint. Du hast erzählt, wie ihr immer am Strand die Wolken beobachtet habt und wie ihr euch kennengelernt habt. Das wollte ich wissen.»

Ich ließ den Kopf auf meine Knie sinken. Oh Mann, nie wieder Alkohol. Das nahm ungeahnte Folgen.

«Und dann? Habe ich dich vollgeheult?», presste ich hervor, der Kopf lag immer noch auf den Knien, mittlerweile hatte ich die Hände auf meinem Kopf miteinander verschränkt.

Ich spürte, wie neben mir auf dem Sofa das Polster unter Florians Gewicht nachgab. Dann merkte ich, wie eine Hand mir über den Rücken strich. Langsam und sachte.

«Du hast mich nicht vollgeheult. Du hast auf dem Rücken gelegen und dir sind die Tränen über die Wange gelaufen. Du wolltest irgendwann nach Hause gehen. Auf dem Weg dorthin hast du dich einmal übergeben. Das war alles. Bei dir sind wir ohne Umwege in dein Zimmer. Ich weiß bis jetzt nicht, wie wir das hinbekommen haben, ohne deine Eltern zu wecken. Ich habe dich entkleidet, als du auf dein Bett fielst und dann nach Hause.»

Ich ließ seine Worte sacken. Wie konnte ich das nur jemals wieder gutmachen?

«Was hältst du davon, wenn wir einfach nicht mehr darüber reden? Das ist jedem von uns schon passiert», bot er an. Ich nickte, soweit es mit dem eingeklebten Kopf möglich war.

«Hey, Tobi, komm raus da. Dir muss nichts peinlich sein», bat er mich. Seine Hand streichelte noch immer meinen Rücken. Das sagte er so einfach. Ihm war das auch nicht passiert.

Ich nahm die Hände vom Kopf, richtete mich wieder auf und lehnte mich an der Rückenlehne an. Florians Hand ruhte weiterhin auf meinem Rücken. Er ließ sie an Ort und Stelle. Die Augen hatte ich noch geschlossen. Frei nach dem Kleinkindmotto, wenn ich nichts sehen konnte, konnte mich auch keiner sehen.

Wir saßen eine Weile still nebeneinander.

«Glaubst du, Niklas hätte gewollt, dass du dich vergräbst? Mit niemanden über deinen Verlust, den Schmerz und die Erinnerungen sprichst? Ich weiß, es geht mich nichts an und es ist deine Sa...»

«Ja, genau. Es ist meine Sache», unterbrach ihn barsch. Ich machte Anstalten aufzustehen, habe aber die Rechnung ohne Florian gemacht. Er griff schnell mit der freien Hand nach meinem Arm und die Hand hinter meinem Rücken fasste um mich herum. Er hielt mich unerbittlich fest im Klammergriff, so dass ich nicht entkommen konnte.

Unbeirrt fuhr er fort. «Du bleibst jetzt hier und hörst dir an, was ich sagen will. Bisher habe ich in meinem Leben noch nie einen so geliebten Menschen verloren, wie du und kann nicht mal im Ansatz nachfühlen, was du durchmachst. Aber so geht's nicht weiter. Ich habe dich die kurze Zeit, die ich hier bin, beobachtet. Du nimmst alles hin, begehrst nicht auf, lachst nicht, redest nicht. Du verwelkst wie eine Blume innerlich. Meinst du nicht, Niklas hätte gewollt, dass du zwar um ihn trauerst, aber dabei nicht vergisst zu leben? Du kannst dich nicht auf immer und ewig vor der Welt und dem Leben verschließen.»

Er machte eine kurze Pause, um Luft zu holen, hielt mich aber noch fest. «Ich weiß, dass Leon dir das oft gesagt hat in den letzten Monaten und dass du die Gespräche immer abgeblockt hast. Und bevor du dich aufregst, ich habe ihn danach gefragt, auch wenn es nicht meine Art ist. Ich möchte dir helfen, wieder die schönen Dinge im Leben zu sehen. Aber das kann ich nur, wenn du es zulässt und den Weg vorgibst.»

Damit endete sein Vortrag und er ließ mich los.

«Du bist nicht alleine. Warst du nie. Deine Freunde waren immer da, genauso deine Eltern», fügte er hinzu.

Was fiel ihm ein? Spann er? Es reichte schon, dass Leon das ständig anführte. Er kannte mich nicht einmal richtig. Ich stand auf, an der Tür hielt ich noch kurz an.

«Lass mich in Ruhe, in Ordnung? Du hast ihn nicht gekannt und keine Ahnung, was für eine Beziehung Niklas und ich hatten!» Ich war über mich selbst erstaunt, mit welcher Kälte ich diese Worte hervorbrachte. Dann verschwand ich endgültig.

Erst Leon mit der Nachricht, dass er eine Freundin hatte und zur Krönung Florian mit seiner Ansprache. Noch dazu waren die Kopfschmerzen wieder da. Es war falsch gewesen herzukommen, überhaupt aus dem Bett aufzustehen.

Am nächsten Tag in der Schule mied ich Florian, sofern es möglich war. In der dritten Stunde hatten wir überraschend eine Freistunde, was viele zum letzten verzweifelten Lernen vor der Chemieklausur nutzten.

Ich saß abseits der Anderen und schaute aus dem Fenster. Alles was man bis jetzt nicht gelernt hatte, behielt man sowieso nicht mehr. Ich beobachtete den Regen, der fortwährend vom Himmel fiel. Wie aus Millionen von kleinen Tröpfchen, ganze Bänder wurden und sich auf dem Boden zu Pfützen sammelten, die dann wiederum Seen bildeten.

Während ich in Gedanken wieder in meiner eigenen Welt war, merkte ich, wie mir jemand auf die Schulter tippte. Ich erwachte aus der Trance und blickte zum Störenfried. Und wer hätte es gedacht, es war Florian.

«Was willst du?» Erstaunt bemerkte selbst ich den feindseligen Ton in meiner Stimme. Aber ich konnte nicht anders.

«Ich habe nur eine Frage zu diesem Passus.» Er deutete eine Stelle im Chemiebuch.

«Ehrlich jetzt? Nachdem was ich gestern sagte, hast du tatsächlich den Nerv, damit anzukommen? Du sollst mich in Ruhe lassen. Ich meinte das ernst», knurrte ich ihn an.

«Glaubst du wirklich, mich anzufauchen hält mich davon ab, mit dir zu reden?», fragte er mit einem provozierenden Ton in der Stimme.

«Offensichtlich nicht.» Mit diesen Worten erhob ich

mich, schnappte mir meine Sachen und ging. Ich wusste nicht einmal wohin, aber das war zweitrangig. Erst mal nur weg von hier.

«Ja, genau, lauf einfach wieder weg. Wo willst du hin, zum Strand?», rief er mir hinterher.

Ich achtete nicht auf ihn, tat so, als ob ich nichts mitbekommen würde. Die anderen drehten sich erstaunt zu uns um und beobachteten gebannt alles.

«Vielleicht hast du ja dieses Mal Glück und es ist keiner da, der dich davon abhält ins Wasser zu gehen», setzte er höhnisch nach. Ich blieb stehen. Wut regte sich in mir. Was gab ihm das gottverdammte Recht, das vor allen Preis zu geben. Langsam drehte ich mich um.

«Es geht dich einen feuchten Scheißdreck an, wohin ich gehe.» Obwohl ich in normaler Lautstärke sprach, war die Kälte in meiner Stimme nicht zu überhören.

«Du weißt doch gar nicht, was du willst. Sterben oder leben, entscheide dich endlich. Ich persönlich glaube ja, du möchtest leben, ansonsten wärst du längst nicht mehr da. Ist es vielleicht das, was Niklas gewollt hätte?» Er klang nicht wütend, nur provozierend. Spätestens jetzt hatten wir die Aufmerksamkeit der anderen auf uns.

Nun schaltete sich Leon ein. «Florian, lass das. Hör auf To...» Weiter kam er nicht.

«Halt dich da raus, Leon, das ist etwas zwischen Tobias und mir», fiel er ihm ins Wort. Dabei beobachtete er mich die ganze Zeit mit Argusaugen. Seine Augen sprühten vor Provokation. Sie forderten mich regelrecht raus.

«Du hast keine Ahnung, davon, was ich will oder fühle. Du weißt und verstehst gar nichts», schleuderte ich ihm entgegen. Unsere Klassenkameraden hatte ich komplett ausgeblendet. Die blickten gespannt zwischen uns hin und her, wie beim Tennis. Florian kam einige Schritte auf mich zu.

«Woher soll ich das auch wissen? Woher soll irgendwer das wissen?» Mit seinen Armen machte er eine ausufernde Bewegung, die alle mit einschloss. «Du redest ja nicht mit uns. Du lässt uns in keiner Weise an deinen Gedanken und Gefühlen teilhaben», schrie er mir jetzt entgegen.

Ich ließ den Rucksack fallen und in meiner Wut kam ich ihm ein paar Schritte entgegen. «Ihr versteht das nicht. Keiner von euch hat das schon mal erlebt. Du weißt nicht, wie das ist, wenn man hilflos daneben sitzen muss, nichts machen kann, wenn der Mensch, den man am meisten liebt auf der Welt, stirbt!», kurz hielt ich inne. Im Hals bildete sich wieder einmal ein dicker Kloß, der mir die Luft zum Atmen nahm. Aber die Worte wollten raus, bahnten sich den Weg nach draußen und ich konnte nichts dagegen machen.

«Wenn man statt seiner für ihn sterben würde, ihm die körperlichen Schmerzen abnehmen möchte und es nicht kann. Jede noch so kleinste Berührung ihm so weh tut, dass er es überall fühlt. Vollgepumpt mit Schmerzmitteln daliegt und nicht mehr klar ist im Kopf oder gar für ganze Stunden weggetreten ist.»

Die Tränen standen in meinen Augen, meine

Stimme wurde immer leiser und die Wut verrauchte.

«Ich hoffe für dich, dass du nie erleben musst, wie das Leben den Körper deines Freundes verlässt.» Jetzt liefen mir die Tränen über die Wangen. Ich wischte sie ungehalten mit meinen Händen weg.

«Wenn du merkst, dass er seinen letzten klaren Gedanken hat, kurz bevor er für die letzten Stunden seines Lebens nicht mehr ansprechbar ist. Wenn du dich vorsichtig neben ihn legst und ihn trotz der Schmerzen hältst, weil es sein letzter Wunsch war. Du für stark sein musst, damit er friedlich einschlafen kann und am liebsten die Ungerechtigkeit in die Welt hinausschreien würdest vor Wut.»

Meine Stimme war nur noch ein Flüstern, aber jeder im Raum verstand mich, da es mucksmäuschenstill geworden war.

«Und wenn du dann merkst, dass er seinen letzten Atemzug macht.» Meine Stimme erstickte. Ich weinte hemmungslos in den Erinnerungen gefangen.

Wieder sah ich das Krankenhauszimmer vor mir. Es war nachts. Seine Eltern waren kurz rausgegangen. Niklas Mutter hielt es nicht mehr aus und sein Vater war mitgegangen, um seine Frau zu trösten. Es stank nach Desinfektionsmitteln und Tod, die Vorhänge waren zugezogen. Vom Monitor kam ein immer langsamer werdendes Piepen, bis es nur noch ein langgezogener Ton war. Er war gegangen. Mein Niklas war gegangen. Und ich war alleine.

«Wenn die Leere einsetzt, mit dem Gedanken, jetzt ist es vorbei. Er braucht keine Schmerzen mehr leiden.

Und dann kommt dein Schmerz, das Wissen einsam zu sein.»

Ich merkte, wie mich jemand fest in den Arm nahm und an sich drückte. Ich schluchzte, konnte den Tränenfluss nicht stoppen.

«Und... und du weißt nicht....weißt nicht, wie du damit umgehen sollst. Es wird», ein Schluchzer unterbrach mich, «es wird dir klar, dass du nie mehr mit ihm lachen wirst oder reden, ihn küssen kannst oder geküsst wirst. Er hatte bis zuletzt die Hoffnung auf einen Spender.» Meine Stimme wurde rau.

«Niklas ist tot. Er ist tot. Wie könnte einer verstehen oder wissen, wie es in mir aussieht, der es nicht mitgemacht hat?» Mein Kopf lag auf der Schulter und ich weinte hemmungslos. In diesem Moment war mir egal, wer es alles sah.

«Du hast recht, von uns hat noch keiner seinen Freund oder Freundin verloren, aber wir können dir zuhören, helfen mit der Trauer umzugehen», hörte ich Florian leise und nah bei mir. Er hatte mich also in den Arm genommen.

Es dauerte eine Weile, bis ich mich wieder beruhigt hatte, aber dann ließ er mich los. Keiner sprach in der Zeit ein Wort, sie blickten verlegen weg. Wahrscheinlich wussten sie nicht, was sie sagen sollten.

Leon stand direkt neben mir und reichte mir ein Taschentuch. Florians Pulli war an der Schulterpartie durchweicht. Dem Brennen meiner Augen nach zu schließen, waren sie völlig rotgerändert und zugeschwollene.

Ich nahm das Taschentuch und putzte mir meine Nase. Als iches wegsteckte, umarmte und drückte Leon mich kurz. Langsam dämmerte mir, was da eben passiert war. War das ein Zusammenbruch? Nannte man das so? Keine Ahnung, aber alle hatten zugesehen und gehört.

Jetzt, wo ich meine Umgebung wieder wahrnahm, fühlte ich mich unangenehm. Ich blickte von rechts nach links. Überall verlegene Gesichter, die mir nicht in die Augen schauen konnten und schnell wegguckten, wenn unsere Blicke sich begegneten. Wieder einmal wünschte ich mir das besagte Loch herbei, in dem verschwinden konnte.

Florian schien das zu spüren. «Ich denke, ich bringe dich nach Hause. Von dort kann ich bei mir vorbei und mich umziehen», ergriff er die Initiative.

«Tschuldigung» murmelte ich mit rauer Stimme.

«Hör auf, dich zu entschuldigen. Ich hole meine Sachen und dann gehen wir.» Mit diesen Worten drehte er sich um und suchte seinen Kram zusammen. Leon ging ihm hinterher.

«Ich finde, dass ich als sein bester Freund mit sollte!»

«Äh, nein, dein Pulli ist völlig in Ordnung. Außerdem glaube ich, es ist besser, wenn ich mitgehe.»

«Und wieso bitte schön? Im Gegensatz zu dir kenne ich Tobi bereits mein ganzes Leben und du dagegen erst fünf Minuten. Ich habe alles mitbekommen!», brauste Leon auf.

Ich bekam die Auseinandersetzung der beiden nur

am Rande mit. Warum mussten sie jetzt darüber streiten, wer mit kam und wer nicht? Ich war doch kein kleines Kind mehr. Also hob ich meine Sachen vom Boden auf und verschwand. Beim Rausgehen hörte ich Florian noch antworten.

«Ja, und ich denke, das ist das Pro....» Mehr bekam ich Gott sei Dank nicht mehr mit. Ich war bereits auf dem Flur auf dem Weg nach draußen.

Nach kurzer Zeit hörte ich Schritte hinter mir. Florian hatte mich bald eingeholt. Wir gingen schweigend nebeneinander her. Es war keine unangenehme Stille. Ich stellte fest, dass wir von Anfang an miteinander schweigen konnten. Die Augen brannten noch immer vom Weinen und ich war erschöpft. Sowohl körperlich als auch seelisch.

«Ich finde den Weg alleine nach Hause. Du brauchst mich nicht zu begleiten», brach ich dann doch die Stille.

«Och, kein Problem. Habe gerade nichts Besseres zu tun und komme um eine Chemieklausur. Ich bin mir sicher, dass ich über eine Vier nicht hinweg gekommen wäre», antwortete er, als hätte ich eben keinen Zusammenbruch erlitten.

Warum machte er das? Warum provozierte er mich erst und tat dann, als ob nie etwas geschehen wäre? Wie schizophren war das? Ich wollte doch nichts weiter als alleine sein. Einfach nur alleine sein.

Außerdem war ich nicht auf dem Weg nach Hause, sondern zu Niklas Grab. Wenn ich da war, fühlte ich mich ihm immer nah, obwohl dort nur sein Körper lag.

«Kannst du mich in Ruhe lassen? Ich möchte alleine sein. Warum kannst du das nicht?», fragte ich ihn niedergeschlagen.

«Weil ich dich jetzt nicht alleine lasse. Wir müssen nicht reden. Beachte mich einfach nicht, so als ob ich nicht da wäre. Aber ich werde nicht gehen!»

Resigniert seufzte ich und hatte nicht die Kraft dagegen aufzubegehren. Bei der nächsten Kreuzung bog ich ohne Vorwarnung nach links Richtung des Friedhofes ab, statt geradeaus weiter zu laufen. Florian schaltete eine Sekunde zu langsam, war aber schnell wieder neben mir.

Als wir am Friedhof ankamen, blieb er am Tor stehen, um dort auf zu warten. Immerhin hatte er so viel Anstand. Am Grab kniete ich mich nieder und strich über den Grabstein. Jetzt im Winter standen keine frischen Blumen in der Vase. Trotzdem wirkte es nicht kahl oder leer. Es gab einige winterfeste Pflanzen.

«Ich vermisse dich so sehr», flüsterte ich. «Ich musste dir versprechen, meinen Weg weiterzugehen, aber wohin? Wie soll ich Theologie studieren, wenn ich nicht einmal mehr weiß, ob ich an Gott glaube? Welcher Gott ist so grausam und nimmt einem das Liebste, das man hat? Kannst du mir das sagen?»

«Vielleicht solltest du dann stattdessen Arzt werden? So kannst du den Menschen ebenfalls helfen.»

Abrupt drehte ich mich um. Godverdomme, wer

war das? Es war nicht unser Gemeindepfarrer. Den kannte ich. Ihm hatte ich öfters geholfen, bevor Niklas krank wurde.

«Wer sind Sie?», erwiderte ich barsch. «Haben Sie mich belauscht?»

Er lächelte mir zu. «Ich bin Sebastian Becker. Der neue Vikar.»

Ach ja, Mama erwähnte neulich etwas, als sie fragte, ob ich nicht wieder in die Kirche wollte. «Und das berechtigt Sie, persönliche Gespräche zu abzuhören?» Ich war immer noch unfreundlich.

«Nein, selbstverständlich nicht. Es tut mir leid. Das wollte ich nicht.» Entschuldigend hob er seine Hände an und trat einen Schritt zurück. «War Niklas dein Freund?»

«Das geht Sie nichts an.»

«Da hast du auch wieder recht. Gehen wir davon aus, dass deine Antwort 'Ja' gelautet hat, dann spreche ich dir für den Verlust mein Beileid aus. Ich lasse dich nun alleine.»

Er drehte sich weg und war im Begriff zu gehen, da platzte es aus mir heraus.

«Warum macht das jeder? Warum will jeder, dass ich rede? Warum können mich die Leute nicht einfach in Ruhe lassen?»

Der Vikar wandte sich mir wieder zu. «Weil sie sich Sorgen um dich machen. Es ist fast ein halbes Jahr her, dass dein Freund gestorben ist und du scheinst nicht mehr am Leben teilzunehmen. Irgendwann aber muss jeder von allem Abschied nehmen. Du anscheinend sogar zweimal. Von Niklas und Gott.» Er machte eine kurze Pause und ließ die Worte bei mir ankommen, bevor er weitersprach.

«Du hast dich in deinem Selbstmitleid und dem Schmerz vergraben und darüber das Trauern vergessen. Aber wie ein Boomerang kommt alles zu einem zurück und dem musst du dich stellen. Das ist nicht leicht und es gibt kein Patentrezept, allerdings lernt man mit der Zeit, damit umzugehen. Du bist nicht der Erste, dem das passiert, und wirst auch nicht der Letzte sein.»

Das klang wie eine verbale Ohrfeige. Was habe ich in den zur Zeit eigentlich verbrochen? Ich dachte über seine Worte nach. Weinte ich deswegen so viel im Moment? Nahm ich etwa Abschied?

«Aber es ist alles grau, trist und farblos», antwortete ich ihm emotionslos und starrte in die Ferne.

«Die Farben kehren zurück. Du musst es nur zulassen.»

«Wie soll ich wissen, dass mir das nicht noch einmal passiert? Wie kann ich mich anderen zuwenden und sicher sein, dass mir diese Menschen nicht genommen werden?»

Diese Frage kam, bevor ich groß darüber nachdenken konnte. Bis jetzt war mir nicht klar, dass ich davor am meisten Angst hatte. Wieder jemanden kennenzulernen, mich zu verlieben, wie Niklas es gewollt hatte, und dann wird mir erneut der Boden unter den Füßen weggerissen. In dem ich mich nicht für andere interessiert hatte, konnte mir keiner zu nah kommen.

«Im Leben gibt es nie Garantien. Aber du hast die Chance, glücklich zu sein. Es wird immer auf und ab gehen. Die Kunst ist, durch unruhige See unbeschadet hervorzugehen. Verändert, mit der ein oder anderen Lädierung, aber unbeschadet.»

Er beobachtete mich. Ich blickte weiter in die Ferne. Ich musste über die Worte nachdenken. Dann sickerte noch eine andere Erkenntnis durch. Woher kannte er mein derzeitiges Verhalten?

«Hat jemand mit Ihnen über mich gesprochen?», fragte ich ihn direkt. Er nickte.

«Deine Mutter war vor Kurzem bei mir und hat sich einen Rat geholt.»

Godverdomme, was fiel ihr ein über mich mit Fremden zu reden? Das ging ihn gar nichts an.

«Ich glaube, da wartet jemand auf dich», unterbrach er meinen Gedankengang. Ich blickte in die Richtung, in die er deutete. Da stand Florian in einiger Entfernung.

Dann fiel mir noch eine Frage ein. «Warum muss ich mich von Gott verabschieden?»

Er lächelte wieder. «Weil du sagtest, dass du den Glauben verloren hast. Manchmal muss man in dem Fall Abschied nehmen, und am Ende stellt man fest, dass man ihn nicht verloren hatte. Er hat sich nur verändert. Man sollte allerdings nicht sofort losgehen und nach einem anderen Glauben suchen. Lies mal Thomas von Aquin zu diesem Thema. So, jetzt werde ich dich nicht weiter aufhalten. Ich wünsche dir einen schönen Tag.» Fast lautlos verschwand er zwischen den Gräbern. Ich erhob mich und lief zu Florian herüber.

«Wer war das?», erkundigte er sich, als wir uns auf den Heimweg machten.

«Nicht reden, weißt du noch? Ich soll dich nicht beachten», entgegnete ich.

«Schon gut, ich bin ja ruhig», meinte er lächelnd.

«Das war der neue Vikar», ließ ich mich herab, seine Frage doch noch zu beantworten.

Danach herrschte Stille zwischen uns. Wir sprachen kein Wort mehr. Der Tag war bis hierhin verdammt anstrengend und wir hatten erst Mittag. Wie würde er wohl weitergehen? Ich war müde und erschöpft und wollte nur noch unter meine Decke krabbeln. Komplett darunter verschwinden und nie mehr aufstehen.

Was dachten die anderen in der Schule jetzt über mich? Würden sie mir in die Augen schauen können? Warum konnten sie mich nicht normal behandeln? Leon versuchte es, Florian machte es auf jeden Fall.

Aus dem Augenwinkel beobachtete ich ihn. Ich wusste immer noch nicht, warum er vorhin erst so bescheuert war und dann plötzlich wieder nett. «Wieso warst du heute ein Arschloch? Hast allen erzählt, dass ich ins Meer gegangen bin? Vielleicht wollte ich nur schwimmen? Du hattest es darauf angelegt, oder?», hakte ich nach.

Er blickte mich fragend an.

«Na, du weißt schon, vorhin in der Schule als du mich provoziert hast und hinterher tröstest du mich!», erklärte ich ihm unwirsch.

Er schaute noch immer fragend drein.

«Willst du mich verarschen?», fuhr ich ihn barsch an. Ich hatte mich doch klar ausgedrückt. Er zeigte auf seinen Mund und machte dann mit der Hand ein Zeichen. Sollte das ein Fragezeichen sein? Oh man, was hatte er für ein Problem? Konnte er mir nicht einfach antworten? «Jetzt sag endlich, wieso du arschlochmäßig gehandelt hast!»

«Ich habe das gemacht, weil ich Gefühle in dir wachrütteln und dich zum Reden bringen wollte. Und offensichtlich hatte ich Erfolg. Du bist ziemlich wütend geworden.» Er hielt kurz inne, schien zu überlegen, was er sagen sollte. «Ich denke nicht, dass du es gemerkt hast, aber die anderen haben dich wie ein rohes Ei behandelt. Sie sind immer um dich rumgetänzelt, haben dein Verhalten unterstützt. Sogar Leon, dem man zugutehalten muss, dass er dich wenigstens aus dem Haus bekommen hat. Keiner hat dich normal behandelt. Das Thema Niklas war tabu. Aber wie sollst du wieder ins Leben finden, wenn alle dich in einen Kokon hüllen? Noch dazu verweigerst du dich jeglichen Gesprächen.»

Hatte Florian in meinen Kopf geschaut? Etwas Ähnliches dachte ich doch, bevor er sprach. Aber das änderte nichts daran, dass Niklas nicht mehr da war. Jeden Tag beim Aufwachen schmerzte es aufs Neue.

«Nichts wird anders, wenn ich darüber rede, wie ich mich fühle. Sie waren alle peinlich berührt, wussten nicht, wie sie mit dem Wissen umgehen sollen.

Und es macht ihn nicht wieder lebendig.»

«Na ja, du hast ihnen auch gleich die volle Dröhnung verpasst. Zum Ersten sprachst du laut darüber, wie es für dich war, als Niklas gestorben ist. Wie du dich fühlst, im hier und jetzt, wissen wir noch immer nicht.» Florian blickte mich prüfend von der Seite an. Wägte er ab, ob ich mehr vertrug?

«Raus damit. Du bist gerade so schön in Fahrt!», forderte ich ihn giftig auf.

«Ich kann es ansatzweise nachfühlen. Vor zwei Jahren verlor ich meine Oma. Sie fehlt mir schrecklich, aber man lernt, mit dem Verlust zu leben. Mit hat es geholfen mit meinen Eltern ständig über sie zu reden. Und manches erzähle ich ihr immer noch, hört sich bestimmt kitschig an.»

«Warum interessierst du dich für mich?», fragte ich ihn aus heiterem Himmel und völlig aus dem Zusammenhang gerissen.

Wir blieben stehen, weil wir an der Haustür angekommen waren. Ich fummelte den Schlüssel hervor und wir gingen direkt in mein Zimmer. Dort verkroch ich mich sofort unter der Decke und rollte mich wie ein Embryo zusammen.

Florian setzte sich auf den Schreibtischstuhl. «Ich könnte jetzt sagen, weil ich dich heiß finde, mit dir ausgehen und näher kennenlernen will. Aber das würde dich noch mehr verschrecken. Also lass ich das lieber», antwortete er endlich auf meine Frage.

Ich schaute ihn mit großen Augen erschreckt an, denn er redete schnell weiter.

«Ich möchte dich aus deinem Schneckenhaus holen, dir helfen, mit der Trauer umzugehen. Ich konnte es nicht ertragen, wie jemand in meinem Alter, schon mit so traurigen Augen durch die Welt geht.» Ich nickte nur und wir schwiegen uns an.

«Meinst du, du kannst mich jetzt alleine lassen? Ich bin müde. Ein ganzer Tag auf einem Schwimmturnier mit drei Starts ist nicht so anstrengend, wie dieser Vormittag war», bat ich ihn nach einer Weile. Er nickte, verabschiedete sich und ging. Augenblicklich war ich eingeschlafen, kaum dass ich die Augen schloss.

Ich atmete einmal tief ein und wieder aus, bevor ich meine Klasse betrat. Mir war nicht wohl dabei. Leon hatte zwar geschrieben, dass alles in Ordnung sei und ich mir keine Sorgen zu machen brauchte, aber es war mir trotzdem unangenehm, was gestern passiert war.

Meine Mutter war völlig aus dem Häuschen, als sie die Geschichte gehört hatte. Sie wollte mich heute zu Hause behalten und bemuttern. Aber ich lehnte ab.

Ich hatte über die Worte des Vikars und Florian nachgedacht. Verwechselte ich tatsächlich Trauer mit Selbstmitleid? Ich hatte mich allen verschlossen, getrieben von dem Wunsch, Niklas zurückzuhaben. Aber er war nicht mehr hier, ich schon. Würde es je wieder farbig in meinem Leben?

Nachdem ich ein zweites Mal tief ein und ausgeatmet hatte, öffnete ich die Tür und trat ein. Ohne mich umzuschauen, steuerte ich direkt meinem Platz an und setzte mich. Die anderen begrüßten mich ganz normal, einige hatten Mitleid im Blick. Genau das wollte ich nicht.

Lisa drehte sich zu mir um. «Hey du, Chemie war gestern echt der Hammer. Du kannst nächste Woche nachschreiben, soll ich dir ausrichten. Aber du bekommst eine andere Klausur, damit wir dir nichts verraten können.»

«Ok, danke», antwortete ich wie gewohnt einsilbig. Leon betrat jetzt den Klassenraum und setzte sich neben mich.

«Wie geht's dir?», fragte er betont beiläufig und darauf gefasst, wie immer nichts zu hören, denn er beugte sich zu seiner Tasche und kramte seine Bücher und Stifte hervor.

«Geht so», gab ich zu seiner Überraschung zurück.

«Ich glaube, das war die seit Wochen ehrlichste Antwort von dir auf diese Frage, die ich bekommen habe.»

«Hör zu, Leon, es tut mir leid, was gestern passiert ist. Ich wollte euch nicht damit belasten», begann ich leise, sodass nur er mich hören konnte.

Sein Gesichtsausdruck verwandelte sich von Überraschung in Unglauben.

«Du, bitte was?», rief er aus, als sein Gehirn meine Worte verarbeitet hatte. Ein paar guckten zu uns herüber und Leon räusperte sich. Dann sprach er mit leiserer Stimme weiter.

«Bist du eigentlich bescheuert? Ich wollte seit Monaten, dass du mit mir darüber redest. Das ist keine Belastung. Ich will wissen, was da in deinem Kopf vorgeht und helfen. Habe mir deswegen extra ein Buch über Trauer gekauft und von der ersten bis zur letzten Seite gelesen. Hör auf dich zu entschuldigen und fange an zu reden.» Die Tussi würde sagen, ein toller Appell.

«Mal ehrlich, nachdem du das losgeworden bist, ist es da nicht schon ein Fitzelchen einfacher geworden?»

Ich gab ihm Recht, innerlich. Diese Dinge einmal laut auszusprechen, tat gut. Ich nickte vorsichtig.

«Na also», schnaubte er zufrieden. Ich nahm wieder meine bevorzugte Haltung ein, den Kopf auf den verschränkten Armen abgelegt und schaute in den tristen Novembertag hinaus. Kurz darauf ging der Unterricht los.

In der Pause saßen wir wieder in unserer bevorzugten Ecke. Florian wurde erneut von den ganzen Mädels belagert, die immer noch hofften, dass er mit einer von ihnen ausgehen würde. Mich nervte das total. Merkten sie denn nicht, dass er nichts von ihnen wissen wollte? Er hatte ständig Blickkontakt mit Rene aus der Parallelklasse. Und das ziemlich offensichtlich.

Leon fing davon an, dass ich seine Freundin noch nicht kennen würde und wir das unbedingt nachholen müssten. Allerdings wollte ich keine verliebten Paare sehen. Um dem Gespräch aus dem Weg zu gehen und weil ich das Balzverhalten der Mädels nicht mehr ertragen konnte, stand ich auf und ging die paar Schritte zu ihnen rüber.

«Sagt mal, habt ihr immer noch nicht gecheckt, dass Flo schwul ist?», keifte ich sie an. «Er flirtet mit Rene dort drüben, während ihr euch ihm an den Hals werft.»

Sie schauten mich mit großen Augen an, dann wanderten die Blicke zu Florian. Wut blitzte in ihren Augen auf. Der zuckte mit den Schultern.

«Nun ja, ich spiele für das eigene Team. Dachte, ihr hättet es spätestens seit der Party am Sonntag gewusst, als ich mit dem Jungen aus der anderen Schule geflirtet hatte», gab er mit einem zerknirschten Gesichtsausdruck zu.

«Das hättest du uns ruhig früher sagen können!»,

fauchte Patricia und ging davon, im Gefolge die anderen beiden Mädels.

«Sorry, ich wollte dein Tête-à-Tête mit den Mädels nicht unterbrechen, aber das war ja nicht mehr mit anzusehen.»

Er grinste mich an. «Und ich hatte schon eine Wette mit mir abgeschlossen, wie lange die wohl noch brauchen, um das mitzubekommen.»

Ich schnaubte etwas unverständliches und suchte wieder an meinen Platz auf, um Ruhe zu haben. Leon hatte sich zu den anderen verdrückt, so dass keiner mich stören konnte. Aber die Glocke klingelte zur nächsten Stunde. Wir machten uns auf den Weg und Florian war auf einmal neben mir.

«Also mein Retter und Wettzerstörer, gehst du mit mir ins Kino? Da soll eine neue Komödie anlaufen übermorgen und ich suche noch jemanden, der mit mir hingeht», begann er.

«Ich habe...», versuchte ich, es abzublocken.

«Gut, ich hole dich dann um sieben Uhr ab», ließ er mich gar nicht erst ausreden.

«Frag doch Rene, er scheint....»

«Ach, wer will schon mit dem ins Kino. Der soll alles ficken, was bei drei nicht auf den Bäumen ist, habe ich gehört. Brauch ich nicht.»

Na toll, der meinte das ernst. «Für eine Komödie bin ich vielleicht nicht gerade der Richtige», nahm ich einen letzten verzweifelten Anlauf.

«Erstens, glaube ich das schon und zweitens bist du mir was schuldig, jetzt wo ich meine eigene Wette nicht mehr beenden kann, weil du mir zuvorgekommen bist», grinste er mich wieder an. Ich seufzte theatralisch auf.

«Das konnte Niklas definitiv besser», hörte ich da Hauke amüsiert hinter mir. Das war neu. Sie redeten mit mir über Niklas, ohne dabei betreten auf den Boden zu schauen oder einen mitleidigen Ton.

Was war gestern noch alles passiert, nachdem ich weg war? Hatte Florian irgendetwas zu ihnen gesagt? Ich drehte mich zu ihm um.

«Ich bin auch kein Schauspieler», erwiderte ich nur. Wir waren mittlerweile im Klassenraum angekommen und setzten uns auf unsere Plätze.

Es war Donnerstagabend und ich wartete, dass Florian mich abholte. In der Schule erinnerte er mich mehrfach. Leon hatte das Mitbekommen und sofort die Gelegenheit ergriffen und gefragt, ob er sich nicht mit seiner Freundin anschließen könnte. Florian hatte natürlich zugesagt. Jetzt lernte ich also seine Freundin kennen. Und war weiterhin unsicher, ob ich das wollte. Nicht, dass ich Leon es nicht gönnen würde, aber das auch noch mit anschauen?

Es klingelte. Ich machte mich auf den Weg nach unten, wo meine Mutter bereits die Tür geöffnet hatte.

«Ach, da bist du ja Schatz. Da ist ein junger Mann, der zu dir will.»

Da Mama und Florian sich noch nicht kannten, stellte ich die beiden vor. Dann schnappte ich mir meine Jacke und die Schlüssel und klärte sie darüber ab, dass wir ins Kino gingen.

«Warum hast du mir nicht erzählt, dass du ein Date hast, Schatz?», fragte sie ganz aufgeregt und zog dabei meine Jacke zurecht. Ich verdrehte die Augen und schob ihre Hände von mir.

«Weil ich keines habe. Florian ist neu und hatte mich gefragt. Leon wird auch da sein. Ergo, kein Date.»

«Trotzdem wünsche ich dir viel Spaß und amüsiere dich.»

«Halt bloß die Klappe. Das ist kein Date, du hast mich praktisch gezwungen», zischte ich ihm draußen auf den Weg zu seinem Auto zu

Er grinste frech. «Alles klar. Das hätten wir

geregelt.»

Am Kino wartete Leon bereits draußen vor der Tür mit einer Brünetten. Gut schaute sie aus. Aber an Geschmack mangelte es ihm noch nie. Sie standen Händchen haltend da. Er stellte uns vor. Ach ja, Conny hieß sie. Hatte ich wieder vergessen.

Ich musste wirklich an dieser Freundschaftssache arbeiten. Ich bin der schlechteste beste Freund auf der Erde. Und Leon hielt immer noch zu mir.

Wir gingen rein und kauften uns unsere Karten. Ich bestand darauf, meine selbst zu zahlen und nicht von Florian übernehmen zu lassen. Bei den Nachos, Popcorn und Getränken ließ er es nicht zu. Als ich der Verkäuferin das Geld geben wollte, nahm er ihr das weg, schob es in meine Hosentasche und reichte ihr seines.

«Oh wie süß», meinte sie, «das muss ich meinem Freund erzählen. Vielleicht kommt er auch mal auf die Idee, zu bezahlen.»

Ich verdrehte genervt die Augen. «Er ist nicht mein Freund. Dieser Typ ist mir gerade über den Weg gelaufen und behauptet, mit mir ins Kino gehen zu müssen.»

Die Verkäuferin lächelte mir mit einem Blick zu, der eindeutig sagte, dass sie mir nicht glaubte. Kopfschüttelnd wandte ich mich ab. Florian schien das zu amüsieren.

«Na komm schon, Tobi, das war lustig», stupste er mich sachte an. Wir warteten beim Saaleingang auf Leon und Conny, da sie wie jedes Mädchen noch schnell auf die Toilette musste. Typisch.

Wie oft war ich mit Niklas hier? Unzählige Male. Bei den ersten Filmen waren wir kein Paar. Wussten unsere Gefühle nicht einzuordnen. Also eigentlich schon, wollten es aber nicht wahrhaben.

Wir schauten *Transformers, Star Trek* und Ähnliches. Später, als wir bereits zusammen waren, gestand er mir, dass er auch auf typische Schnulz-Mädchen-Filme stand. Also saß ich in den letzten Jahren ständig im Kino bei *Kein Ort ohne Dich* ihm zuliebe. Zu Hause hatten wir *Dirty Dancing, Pretty Woman, Ghost - Nachricht von Sam* und andere Klassiker geschaut.

Er schaffte es sogar Schwulen-Schnulz-Filme zu finden wie *Holding the man, Freier Fall* oder der wahrscheinlich bekannteste *Brokeback Mountain.* Dabei konnte er so herrlich weinen und kuschelte sich an mich. So sehr ich die Filme nicht mochte, ich liebte es, wie aus dem harten Fußballer, Innenverteidiger, ein kuscheliges Lamm wurde.

«Hey Tobi, nicht träumen, wir wollen reingehen», holte Florian mich aus meinen Gedanken. Ich war wieder versunken.

«Komm ja schon», grummelte ich. Es war noch nicht voll. Wir waren früh dran und Leon ging bereits auf unsere Stammsitze zu. Wir hatten in jedem Kinosaal welche. Es war immer die letzte Reihe mittig. Aber dieses Mal hielt ich ihn auf.

«Nicht da. Lass uns bitte zwei oder drei tiefer gehen.» Er nickte verstehend. In den ersten Wochen, als Niklas und ich versuchten, unsere Beziehung geheim zu halten, waren wir oft im Kino. Vor allem, wenn wir wussten, dass die Filme bereits länger liefen und deswegen kaum Leute kamen. In der letzten Reihe lässt es sich hervorragend knutschen, ohne dass es direkt das ganze Kino mitbekam.

Florian schaute uns fragend an. Ich zuckte nur mit den Schultern. Die beiden nahmen mich in die Mitte. Sie wollten wohl sichergehen, dass ich nicht während des Filmes abhauen würde. Conny setzte sich auf die andere Seite von Leon.

«Warum hast du Leon abgehalten, in die letzte Reihe zu gehen?», flüsterte Florian mir zu, während er sich zu mir beugte.

«Weil ich es hier besser finde», antwortete ich wortkarg.

«Tooooobiiiiii.» Er zog meinen Namen in die Länge und hob seine Augenbrauen an. Sein Blick sagte eindeutig, ich glaube dir nicht, sag die Wahrheit und kneife nicht.

«Floooooooo», entgegnete ich ebenso und blickte zurück, nicht bereit darüber zu reden. Ich wollte nicht mitten im Kino anfangen zu weinen. Dann wandte ich mich zu Leon um. Er war voll und ganz mit Conny beschäftigt. Gott sei Dank knutschten sie nicht die ganze Zeit rum. Die verliebten Blicke reichten mir.

Endlich begann der Film und ich versuchte, meine Aufmerksamkeit der Leinwand zu schenken. Es war eine gute Komödie. Die Franzosen konnten das. Sogar mich verleitete es zwischendurch zum Lachen.

Während des Filmes merkte ich, wie Florian mich

antippte. Ich blickte zu ihm rüber. Was wollte er jetzt schon wieder? Er deutete mit seinem Kopf auf die Armlehne. Ich schaute hin und entdeckte dort sein Handy. Er hatte das Memo Programm auf, in dem er einen Satz geschrieben hatte:

Du hast ein schönes Lachen. Schade, dass man es selten hört.

Was sollte das? Konnte ich mir nicht einmal einen Film anschauen ohne irgendwelche Kommentare? Vergessen wie es mir ging? Er ließ das Handy liegen. Der Bildschirm leuchtete immer noch. Ich nahm es und tippte auf das Display. Sofort erschien die Tastatur.

Können wir den Film schauen ohne irgendwelche Kommentare?

Ich legte das Handy wieder auf die Armlehne. Florian griff danach. Kurze Zeit später erschien es erneut in meinem Sichtfeld.

Können wir. Aber du kannst mich nicht davon abhalten, dir Komplimente zu machen. Ich finde dein Lachen wirklich schön.

Ich nahm das Handy wieder. Seit Ewigkeiten hatte ich keine mehr bekommen. Das Letzte von Niklas. Aber die wurden irgendwann selbstverständlich. Wie so vieles. Ein schneller Kuss hier, eine kurze Umarmung dort. Mit dem Gedanken noch ewig Zeit zu haben.

Danke schön.

Florian nahm es dieses Mal nicht in die Hand. Er tippte schnell, während es auf der Armlehne lag.

:-)

Ein Smiley. Leon guckte irritiert zu uns rüber. Ihm war wohl der helle Handy Bildschirm aufgefallen. Ich deckte ihn schnell mit meiner Hand ab und griff nach dem Telefon.

In der letzten Reihe haben Niklas und ich immer geknutscht.

Ich reichte es direkt zu Florian rüber. Keine Minute später hatte ich es wieder.

Auf einer Skala von 1-10, wie gut war er beim Knutschen/Küssen?

Bitte was? Das ging ihn doch gar nichts an. Abgesehen davon, ich schrieb ihm gerade, dass wir da immer geknutscht haben und er fragte, wie gut Niklas war? Tickte der noch richtig? Normale Leute hätten sowas geschrieben wie, ich verstehe, warum du in diese Reihe wolltest.

Das geht dich überhaupt nichts an. Ich erzähle dir doch nicht, wie es war.

Ich gab ihm das Handy zurück. Und ehe ich mich versah, hatte ich es wieder. Leon schaute jetzt neugierig zu uns rüber.

War er etwa so schlecht, dass du nicht darüber schreiben kannst?

What the Fuck. Godverdomme. Spann der? Niklas war der beste Küsser, den ich jemals kannte. Er war zwar der bisher einzige männliche, aber ich hatte bereits mit Mädels rumgemacht. Seine Küsse waren unbeschreiblich. Jedes Mal bekam ich weiche Knie. Wenn ich alleine an unseren Ersten zurückdenke.

Wow. Wie es sich anfühlte, den Richtigen zu küssen. Ein Potpourri an Gefühlen ging durch meinen Körper, gefolgt von einer Explosion. Die Schmetterlinge spielten verrückt, ich wollte, dass es nie endete, einfach alles fühlte sich richtig an. Es war ein vorsichtiger erster Kuss. Die Angst, dass der andere doch nicht wie man selbst empfand, schwang ebenso mit.

Danach schauten wir uns an. Nicht glaubend, was wir eben getan hatten. Wir guckten uns in die Augen, ängstlich, verlangend, hungrig. Ich wollte mehr, Niklas schmecken. Seine perfekten weichen Lippen wieder auf meinen spüren und zog ihn erneut zu mir.

Und dieses Mal war der Kuss intensiver, fordernder. Es war das Versprechen nach mehr. Meine Sinne vernebelten sich, Watte formte sich im Kopf. Ich war zu keinem normalen Denken mehr imstande. Und da wusste ich bereits, dass ich nie genug von Niklas bekommen würde. Von seinen Küssen, seinen sachten Berührungen, die ich bei diesem Kuss spürte. Und ihm schien es genauso zu ergehen.

Ich bemerkte, wie eine Hand über meine Wange strich und die Tränen wegwischte. Jetzt hatte ich doch zu weinen angefangen. Und das alles nur, weil Florian es nicht sein lassen konnte. Ich wischte die andere Seite trocken, aber es hörte nicht auf.

Florian nahm mir das Handy aus der Hand und steckte es mir kurze Zeit später wieder zu. Ich versuchte, die Nachricht durch meinen Tränenschleier zu entziffern.

Tränen sind heilsam und gesund. Denk daran, wie viel

Giftstoffe du jetzt ausschwemmst.

Ich wusste nicht warum, aber ich lachte auf, als ich den Satz las. Leon schaute wieder zu uns, weil der Lacher anscheinend nicht zu der Szene auf der Leinwand passte und sah, dass ich weinte.

«Alles in Ordnung?», flüsterte er mir zu. Ich nickte. Nichts war okay, aber so war das Leben, oder? Ich schaute erneut auf das Handy, während ich mit der anderen Hand die Tränen wegwischte. Ich hatte bestimmt wieder rotgeränderte Augen. Dann konnten alle sehen, dass ich geweint hatte. Was Conny dazu sagen würde.

Eine glatte 11.

Schrieb ich und reichte Florian das Handy. Er hatte in der Zwischenzeit nach einem Taschentuch gesucht und hielt es mir hin. Ich lächelte ihm dankbar zu und hoffte, er würde es im Kino erkennen.

Zuerst wischte ich die Wangen ab und putzte dann die triefende Nase. Als ich das Taschentuch weggesteckt hatte, griff Florian nach meiner Hand und wir verschränkten unsere Finger miteinander. So saßen wir bis zum Ende des Films.

Als wir vor dem Saal waren, verschwand ich direkt in der Herrentoilette und wusch das Gesicht mit kaltem Wasser. Ich guckte in den Spiegel. Meine Augen schauten nicht mehr ganz so rot und geschwollen vom Weinen. Im Kino hatten sie bereits ein Zeit gehabt, in den Normalzustand zu gelangen. Nichtsdestotrotz war mir anzusehen, dass ich in einer Komödie war und geweint hatte.

Ich stieß wieder zu den anderen, die gewartet hatten. Conny übersah einfach, wie ich aussah und plapperte die ganze Zeit über Szenen aus dem Film. Die beiden Jungs spielten mit. Ich hörte wie gewöhnlich nur zu.

Kurz überlegten wir, noch eine Kleinigkeit trinken zu gehen, aber die Matheklausur am nächsten Tag gab den Ausschlag, doch direkt nach Hause zu fahren. Es war eine schweigsame Fahrt. Anscheinend war das unser Ding. Miteinander schweigen.

Bei mir angekommen, wollte ich wie ein normaler Mensch aussteigen, aber Florian hielt meinen Arm fest.

«Warte», war alles, was er sagte. Dann stieg er aus, ging um das Auto herum und öffnete die Beifahrertür.

«Darf ich bitten?» Er hielt mir seine Hand hin. Ich ergriff sie.

«Sie dürfen», antwortete ich in einem hoffentlich hoheitsvollen Ton. Dann stieg aus. Er schlug die Tür hinter mir zu. Ich blickte ihm in die Augen.

«Na ja, wenn deine Mutter schon glaubt, dass wir ein Date haben, sollte es auch stilvoll zu Ende gehen.»

Er grinste mich frech an.

«Danke, für den Abend, trotz meiner Tränen», erwiderte ich und lächelte zurück. Er nickte, dann verbeugte er sich wie ein Butler, ein Arm vor dem Oberkörper und einer auf dem Rücken. Ich lachte auf und überraschte mich selbst, als ich ihn zur Verabschiedung kurz umarmte. Dann ging ich rein.

«Und, was sagst du zu Conny?» Leon passte mich am nächsten Tag vor der Schule ab.

«Ich finde sie okay», antwortete ich, was nicht gelogen war. Auch wenn ich mich noch mit dem Gedanken anfreundete, Leon und sie zusammen zu sehen, fand ich sie sonst in Ordnung. Wie man halt jemanden finden konnte nach einem Abend.

«Sehr gut. Übernächstes Wochenende ist ja der Weihnachtsmarkt. Da wollten wir hin. Und du bist dabei. Florian frage ich auch noch.» Freudestrahlend eröffnete er mir diese Neuigkeit.

«Leon, kannst du bitte aufhören, mich überall mit hinzuschleppen? Ich will auf keinen Weihnachtsmarkt. Und warum sollte Florian mitkommen?» Genervt ging ich in die Schule und schlug die Richtung zu unserem Klassenraum ein.

«Weil ihr beide euch gut versteht. Darum.» Leon war mit hinterher gehetzt.

«Hör auf damit!» Ich war jetzt wütend. Wollte er mich verkuppeln? Merkte er denn nicht, dass ich niemand anderen wollte als Niklas?

«Womit soll ich aufhören?» Seine Frage klang überrascht und unschuldig.

«Mit dem Kupplungsversuch von Florian und mir.»

«Wer will uns verkuppeln?» Florian tauchte zwischen Leon und mir auf.

Na toll, jetzt hatte er das gehört. Godverdomme. Konnte ein Tag noch schlimmer werden?

«Angeblich ich, weil ich dich fragen wollte, ob du

Lust hast mit Conny, Tobi und mir auf den Weihnachtsmarkt übernächstes Wochenende zu gehen», erklärte Leon.

Ich beschleunigte meine Schritte, in der Hoffnung die beiden abzuhängen und wenigstens bis zum Klassenraum Ruhe zu haben.

«Jo, warum nicht? Komme gerne mit», antwortete er.

«Schön, dann seid ihr jetzt zu dritt, ich bleibe zu Hause», schleuderte ich den beiden grimmig über meine Schulter entgegen. Sie schauten mich verdutzt an. Ob nun wegen des Inhalts, der Art oder dass ich überhaupt etwas sagte, wusste ich nicht, war mir auch egal. Ich wollte nicht dorthin.

Und ich ging auf diesen Weihnachtsmarkt. Leon hatte mich eine Woche bearbeitet, sogar meine Eltern hatte er eingespannt. Meine Mutter hätte mir fast die dicken Wintersachen inklusive Jacke, Handschuhe und Mütze angezogen, da ich mich bis zum Schluss gewehrt hatte. Aber gegen drei Leute kam ich nicht an. Somit fuhren Leon und ich zum Weihnachtsmarkt, holten vorher noch Conny und Florian ab.

Direkt zu Beginn des Marktes schlugen mir all die bekannten Gerüche und Geräusche, die zu einem Weihnachtsmarkt gehörten, entgegen. Gebrannte Mandeln, Tannenzweige, Glockenklingen, ein Gemisch aus verschiedenen Weihnachtsliedern der ganzen Buden. Der Geruch nach Glühwein und Grog, Bratwürste und Grünkohl. Die Hütten standen alle an ihrem Platz, man wusste genau, wo man was findet.

Zudem war es kalt. Ein Weihnachtsmarkt, an dem es nicht kalt war, war keiner. Es war wie jedes Jahr. Und doch ganz anders. Ich trottete hinter Leon und Conny, die Händchen haltend über den Markt gingen, Florian war neben mir. Wir zogen wieder uns Ding durch, schweigend nebeneinander hergehen.

Vor drei Jahren, als Niklas und ich uns kennenlernten, gingen wir auch über diesen Markt. Wir trafen uns alleine am Sonntag hier, heimlich. Keiner wusste davon. Niklas imitierte ständig die Verkäufer in den Buden und brachte mich zum Lachen.

Jedes Mal wenn wir aus Versehen zusammenstießen, fühlte ich dieses unvergleichliche Kribbeln an der betreffenden Stelle, trotz dicker Winterklamotten. Ich beobachtete, wie es ihm genauso erging. Beide gaben wir noch nicht zu, dass wir uns ineinander verliebten.

Wir waren 15 Jahre alt und der Meinung, dass wir ausschließlich auf Mädchen standen. Wir lachten viel an diesem Nachmittag und genossen ihn in vollen Zügen.

«Es muss gerade etwas sehr Schönes sein, woran du denkst.» Ich schreckte zusammen. Florian stand halb hinter mir. Seine linke Schulter berührte meine rechte und er sprach diesen Satz leise, dass ich ihn kaum verstand. Mir war gar nicht bewusst gewesen, dass ich mitten im Gang stehen geblieben war. Leon und Conny begutachteten ein paar Meter weiter an einem Stand die Auslagen an.

«Äh, nichts Wichtiges. Ich habe nur....ist egal.» Ich kam langsam wieder ins hier und jetzt zurück.

«Du hast nicht nur ein schönes Lachen, sondern auch ein tolles Lächeln», meinte Florian daraufhin. Ich schaute ihn an, direkt in die Augen. Und zum ersten Mal fiel mir bewusst auf, dass er ein paar Zentimeter größer war als ich. Er hatte sich nicht bewegt. Ich ebenfalls nicht.

«Hallo Tobias», vernahm ich in dem Augenblick eine ältere weibliche Stimme. «Das ist aber schön, dich mal wieder zu sehen. Wir vermissen dich in unserem Lesekreis. Du konntest immer so lebendig vorlesen.»

«Frau Müller. Ich freue mich auch, Sie zu treffen. Und Sie haben Frau Beyer dabei. Hallo Frau Beyer», ich lächelte die beiden älteren Damen, die mindestens schon 80 sein mussten, freundlich an.

«Wie geht es Ihnen?», erkundigte ich mich.

«Ach ja, du weißt ja, das Alter. Man wird nicht jünger», antwortete Frau Beyer.

«Ist das dein neuer Freund? Schön, dass du nach Niklas Tod wieder jemanden gefunden hast. Wir haben so mit dir gelitten. Es ist nicht einfach, einen geliebten Menschen zu verlieren. Ich weiß das, ich habe meinen Anton vor 10 Jahren verloren» bemerkte Frau Müller. Ich versuchte, das Lächeln an Ort und Stelle zu halten, und merkte, wie es starr wurde. Florian legte mir eine Hand beruhigend auf den Rücken.

«Nein, Florian ist nicht mein Freund. Er ist neu hier in der Stadt. Seine Eltern haben hier im Krankenhaus angefangen», erwiderte ich starr.

«Schade, ihr seht prächtig miteinander aus.

Kommst du bald mal wieder zum Lesekreis?», fragte Frau Beyer.

«Ich denke nicht. Das ist mein letztes Schuljahr, und da bereiten wir uns auf das Abitur vor. Das nimmt viel Zeit in Anspruch», redete ich mich raus. Ich würde wohl nie wieder zum Lesekreis kommen. Mit der Kirche hatte ich abgeschlossen. Na gut, ich versuchte es. Wir verabschiedeten uns von den Damen und eilten Leon und Conny hinterher, die bereits weitergeschlendert waren.

«Wer war das?», hakte Florian amüsiert nach.

«Wie du gehört hast, Frau Müller und Beyer aus dem Lesekreis.» Den genervten Unterton nahm ich selbst wahr. Es war ein Fehler gewesen, hierher zu kommen. Zu viele Geister der Vergangenheit. Zu allem Übel thronte über dem Weihnachtsmarkt die Kirche, die an einem Ende des Marktplatzes lag. Direkt daneben lag das Gemeindehaus. Dort hatte ich Konfirmandenunterricht.

«Was ist der Lesekreis?», bohrte Florian neugierig weiter. Ich seufzte auf. Warum musste er immer alles genau wissen wollen? Konnte er es nicht einfach dabei belassen, wie es war?

«Der Lesekreis ist der Bibelkreis. Dort werden jede Woche Textstellen aus der Bibel vorgelesen und dann darüber diskutiert. Was ist damit gemeint, wie kann man es in die heutige Zeit interpretieren und so. Genug gefragt?»

«Nope. Das wirft eher erneut Fragen auf», erwiderte Florian nur. «Zum Beispiel, warum gehst du in einen Bibelkreis? Freiwillig? Gezwungenermaßen? Hast du noch mehr mit der Kirche am Hut?», startete er seinen Fragekatalog. War ja klar.

«Ich habe mich halt dafür interessiert. Im Konfirmandenunterricht haben wir auch Passagen aus der Bibel gelesen und darüber diskutiert. Unser Pfarrer ist ziemlich gut drauf und hat mit uns sehr kontrovers debattiert. Kirche und heutige Zeit, was ist dran an der Sache mit Gott und Jesus. Ich hatte überlegt, Theologie zu studieren. Er hatte mir angeboten, dass ich ihm helfen und über die Schulter schauen könnte, um zu gucken, ob es wirklich meines ist. Und aus ein paar Tagen sind ein mehrere Jahre geworden. Bis...»

Ich sprach nicht weiter. «Bis Niklas an Leukämie erkrankte und starb», beendete er den Satz. Ich nickte.

«Was hat sich geändert? Warum hast du aufgehört?» Er klang nicht schockiert oder spöttisch, eher tatsächlich interessiert. Viele begegneten mir früher mit Spott, wenn wir darüber sprachen.

«Ich weiß nicht, ob ich noch an Gott glaube. Der Vikar sagte mir neulich am Grab, dass ich mich auch von Gott verabschieden muss. Viele bemerken dann, dass der Glaube da ist, nur dass er sich verändert hat. Er empfahl mir, ein Buch von Thomas von Aquin zu lesen. Der hat darüber bereits vor einigen Jahrhunderten geschrieben.»

Es fühlte sich komisch an, mit Florian über dieses Thema zu sprechen. Gott und Glaube ist nichts, was in unserem Alltag allgegenwärtig war. In der heutigen Gesellschaft wurde nicht darüber gesprochen.

Vor allem bei der Jugend war Religion uncool und out.

«Bist du sonntags regelmäßig in die Kirche gegangen?», fragte Florian weiter.

Ich nickte. «Niklas ist manchmal mitgekommen. Er hatte mal erwähnt, dass er selbstverständlich alle Rechte und Pflichten eines Pfarrmannes wahrnehmen würde, sofern sein Beruf als Schauspieler das zulasse», antwortete ich mit einem Lächeln auf den Lippen.

Ich erinnerte mich genau an den Moment. Wir lagen nackt nebeneinander und hielten uns an den Händen. Kurz vorher hatten wir miteinander geschlafen. An einem Sonntagnachmittag. Vormittags waren wir in der Kirche, von dort gingen wir zu Niklas zum Mittagessen und verkrochen uns danach in seinem Zimmer. Es war kurz vor Ausbruch der Krankheit.

Wir alberten ein wenig herum, eines führte zum anderen. Er schaute mir bei den Worten in die Augen, ich lächelte ihn an. In diesem Moment dachten wir beide, dass uns nie etwas trennen könnte. Weit gefehlt, wie ich jetzt wusste.

Florian legte seinen Arm um mich und drückte mich kurz an sich. Mittlerweile fiel es mir nicht mehr so schwer, mit ihm über Niklas zu reden. Auch wenn ich nicht alles preisgab, kleine, für mich damals unwichtige Dinge erzählte ich ihm. In den letzten zwei, drei Wochen hatte ich sogar mehr gelächelt, als in den vergangenen sechs Monaten zusammen.

Nach einer gefühlten Ewigkeit, es waren nur vier

Stunden, hatten wir absolut jeden Stand besichtigt und überall Glühwein probiert. Der Nachmittag war nicht so schlimm, wie ich dachte, trotz der vielen Geister der Vergangenheit.

«Bier?», fragte Hauke mich. Wir waren alle auf einer Party bei Patricia. Sie war der Meinung eine vorweihnachtliche Abiparty zu Hause geben zu müssen. Und ich wurde erneut mitgeschleppt.

«Eins schadet ja nicht. Danke», antwortete ich ihm und nahm das Bier. Wir stießen miteinander an. «Schau mal, die Mädels lassen Florian jetzt in Ruhe. Zeigen ihm die kalte Schulter.»

Stimmte. Seit meinem Ausbruch in der Pause warn sie ihm immer noch böse, dass er nicht sofort die Karten auf den Tisch gelegt hatte. Ich schaute in die Runde. Es waren fast alle da. Leon saß in einer Ecke und knutschte mit Conny rum. Ein paar tanzten. Die meisten standen in kleinen Gruppen zusammen und unterhielten sich. Ich drückte mich alleine in einer Ecke herum und beobachtete alle. Warum ließ ich mich nur immer wieder überreden.

Als mein Bier leer war, beschloss ich, in die Küche zu gehen und mir ein zweites zu genehmigen. Von zweien bekam ich keinen Kater. Vielleicht konnte ich mir eine Zigarette schnorren. Wenn Niklas wüsste, wie viel ich mittlerweile rauchte, würde er mir die Leviten lesen. Er hatte es gehasst, und sich geweigert mich zu küssen. «Einen Aschenbecher küsse ich nicht», war alles, was er zu mir sagte.

«Gestern Abend war es soweit. Wir haben miteinander geschlafen», hörte ich Leon hinter mir flüstern, als ich mir ein Bier aus dem Kühlschrank holte. «Toll», erwiderte ich nur beim Umdrehen.

«Oder etwa nicht?», zweifelte ich meine vorherige

Aussage an, als ich sein Gesicht sah.

«Doch, sehr sogar. Aber bei dir klang das gerade wie ein Todesurteil.»

Fuck. «Sorry, sollte nicht so klingen. War es gut?», rang ich mir ein Lächeln ab.

«Jepp. Es war richtig toll. Aber du weißt ja, ein Gentleman genießt und schweigt.» Leon strahlte. Ich grinste ihn jetzt an. Es war schön, ihn glücklich zu sehen, und offensichtlich war es ihm ernst mit Conny.

«Ich gehe zurück zu ihr.» Er verschwand und ich war erneut alleine. Ich stellte mich in den Türrahmen und ließ meinen Blick durch den Flur schweifen. Am Ende sah ich Florian mit einem Jungen reden. Sie schienen sich gut zu verstehen. Ob das wohl der Typ von der anderen Schule war?

Während ich meine Mitschüler beobachtete, stellte ich wieder fasziniert fest, dass man sich total einsam unter lauten Menschen fühlen konnte.

«Darf ich mal durch?», holte mich ein fremder Junge zurück ins Hier und Jetzt.

«Klar» ich trat beiseite und ließ ihn in die Küche. Er griff sich ein Bier aus dem Kühlschrank. Nach einem Blick auf meine mittlerweile leere Flasche hob er fragend eine Augenbraue. Verdammt, der hatte das auch drauf. Vertrug ich noch eines? Ach, warum nicht? Ich nickte. Er gab mir ein Neues, nachdem er es geöffnet hatte, und nahm mir mein Leeres ab.

«Bist du Tobias?», fragte er mich. Ich schaute ihn erstaunt an.

«Du stehst alleine herum, redest nicht viel und

siehst gut aus. Ich habe aus den Kommentaren der anderen gefolgert, dass du Tobias sein musst», erklärte er.

«Und was haben sie sonst noch gesagt?» Jetzt war ich neugierig geworden.

«Dass du traurige Augen hast. Also, ich meine den Blick», antwortete er mir.

«Hm.» Ich ging an ihm vorbei und setzte mich auf die Arbeitsplatte. Er drehte sich mit mir. «Und was noch?», forderte ich ihn auf, weiter zu reden.

«Das war's.» Er klang unsicher.

«Wirklich?», bohrte ich.

«Vielleicht habe ich mitbekommen, dass dein Freund vor einem halben Jahr gestorben ist», meinte er vorsichtig, klang dabei allerdings nicht mitleidig, wie so viele andere.

«Okay. Da du jetzt einiges von mir weißt, darf ich dann auch etwas von dir erfahren? Ich meine, du bist klar im Vorteil.»

Ich schaute ihn auffordernd an und musterte ihn dabei. Er sah nicht schlecht aus. Braune kurze Haare, die zerzaust waren und grüne Augen, welch seltene Kombination. Er war schlank, wirkte allerdings nicht wie jemand, der regelmäßig Sport trieb. Seine Kleidung war schlicht, einfach Blue Jeans und grauer Hoodie. Tja, was die Klamotten anging, legte ich zur Zeit auch keinen Wert darauf.

«Also, ähm, nicht lachen», fing er mit einem ängstlichen Gesichtsausdruck an, «aber meine Eltern finden alte Namen echt schön.»

Ich schaute ihn erwartungsvoll an.

«Ich heiße Heinrich, Heiner.»

Okay, so schlimm war der jetzt nicht. Linhard, Eckhard, das wäre grausam, aber Heiner ging.

«Heinerich der Wagen bricht, ohne Räder kann er nicht», zitierte ich, wohl wissend, dass es falsch war.

«Heinrich der Wagen bricht. Nein Herr, der Wagen nicht, es ist ein Band von meinem Herzen, das da lag in großen Schmerzen, als Ihr in dem Brunnen saßt, und in einen Frosch verzaubert wart», korrigierte er mich.

«Du kennst den richtigen Wortlaut auswendig?», rief ich mit aufgerissenen Augen.

«Glaubst du im Ernst, du bist der Erste, der mir mit dem Zitat kommt? Eines das so häufig falsch zitiert wird, wie das Casablanca mit den blauen Augen?», konterte er grinsend.

«Schau mir in die Augen, Kleines», gab er mit extra tiefer Stimme wieder und riss seine dabei übertrieben weit auf. Unvermittelt lachte ich auf und er grinste.

«Wie viele kennen die falsche Zeile aus dem Froschkönig?», hakte ich neugierig nach.

Er schien zu überlegen. «Na gut, du bist nach meinen Eltern erst der Zweite. Solche Feinheiten behalten die wenigsten», gab er zu.

«Dabei sind Märchen etwas Tolles. Ich lese sie manchmal nur wegen des Happy Ends.»

Jetzt schaute er mich zweifelnd an, als ob mein Verstand nicht in Ordnung sein würde. «Echt? Die sind doch total grausam», entgegnete er und ehe ich mich versah, waren wir mitten in einer Diskussion über Märchen. Argumente und Gegenargumente flogen wie Ping Pong Bälle hin und her. Waren sie kindertauglich oder nicht?

Schon ewig nicht mehr hatte ich eine Diskussion geführt und bemerkte überrascht, wie ich sie genoss und extra in die Länge zog. Mittendrin hatte sich Florian zu uns gesellt und sich neben mich gestellt. Er hörte aufmerksam zu.

«Ich denke, wir sind uns einig, dass böse Dinge in Märchen passieren, aber uneinig in der Frage wie harmlos, kindertauglich oder grausam diese sind», beendete ich die Diskussion, als wir uns nur noch im Kreis drehten.

«Gut, darauf kann ich mich einlassen,» lächelte Heiner mich an. «Na, ich lass euch jetzt in Ruhe», meinte er dann und wandte sich um.

«Wieso? Du schuldest mir Informationen. Du bist immer noch im Vorteil im Gegensatz zu mir», hielt ich ihn auf. Er drehte sich mir wieder zu.

«Schon, aber ich dachte, dass ihr alleine sein wollt.» Ich schaute erst ihn und dann Florian verständnislos an. Hatte Florian vielleicht verstanden, was er meinte? Florians Lippen umspielten ein Lächeln, als er meinen Blick erwiderte. Er schien zu wissen, worauf Heiner anspielte.

«Na, weil er dein Freund ist», klärte der mich jetzt auf.

«Wie kommst du darauf?» Florian hatte nun ein breites Grinsen im Gesicht und deutete auf meine linke Hand. Ich schaute zu ihr und realisierte in dem Moment, dass sie auf seiner Schulter lag. Erschrocken zog ich sie zurück und rutschte ein Stück von ihm weg.

«Flo ist nicht mein Freund. Er ist ein Freund, aber nicht mein Freund», stellte ich hastig klar. Wann hatte ich meine Hand auf seine Schulter gelegt? Und warum war mir das bitte schön nicht aufgefallen?

«Na, wenn das so ist, spricht nichts dagegen, wenn wir uns treffen, oder?», fragte er forsch.

«Nein, absolut nicht», antwortete ich sofort.

«Gut, nächsten Sonntag?» Kam es wie aus der Pistole geschossen zurück.

«Okay», bestätigte ich ihm und fragte mich, was hier gerade abging. Oh nein, da fiel mir etwas ein.

«Das geht doch nicht. Da haben wir die Weihnachtsfeier vom Schwimmverein.» Ich dachte schnell nach.

«Nächsten Samstag? 15:00 Uhr im Lesepavillon? Der ist geheizt und wir können unsere Thesen nachprüfen», schlug ich ihm vor. Da müsste ich zwar Leon absagen, aber allein wegen des Grundes wäre er begeistert.

«Geht auch, ich komme bereits am Freitag wieder. Ich gehe in Bremen auf ein Internat und bin ansonsten der Nachbarjunge von Patricia», gab er mir wenigstens ein paar Infos über sich. «Jetzt sind wir Pari. Wir sehen uns am Samstag», verabschiedete er sich und ging.

Godverdomme, hatte ich gerade wirklich ein Date

ausgemacht? Wie war ich dazu gekommen? Florian bekam das Grinsen überhaupt nicht mehr aus dem Gesicht. Ich konnte es nicht fassen.

«So lebhaft habe ich dich noch nie erlebt. Ist dir klar, was du da gemacht hast? Eine Verabredung mit diesem unverschämt gut aussehenden Jungen klargemacht.»

Ich blickte ihn aus zusammen gekniffenen Augen und einem zusammengepressten Mund an, in der Hoffnung, dass es grimmig aussah. Es gelang mir nicht.

«Und du und der Typ? Ich habe gesehen, wie ihr euch unterhalten habt», entgegnete ich.

«Wir haben nur Nummern getauscht, kein Date.»

Oh mein Gott, ich hatte tatsächlich nächste Woche eine Verabredung mit einem Jungen. War das nicht zu früh? Was Niklas wohl darüber dachte da oben? Ich musste nach Hause und nachdenken. Eventuell sollte ich es doch wieder absagen. Aber wie? Ich hatte keine Nummer von ihm bekommen. Er hatte sich einfach aus dem Staub gemacht.

Ich musste definitiv nach Hause, die Gedanken rasten durch meinen Kopf.

Die ganze Woche überlegte ich hin und her. Nur Leon und Florian wussten Bescheid und für die beiden war es nicht die Frage ob oder ob nicht. Selbstverständlich hatte ich hinzugehen.

Mitte der Woche war ich auf dem Friedhof und hoffte dort eine Antwort zu finden. Außer, dass mir wieder vor Augen geführt wurde, wie sehr ich Niklas vermisste, erhielt ich hier keine.

Niklas hatte mir im Krankenhaus das Versprechen abgenommen, nicht zu lange zu trauern und mich neuem zu öffnen. Aber er ist nicht derjenige, der zurückgeblieben war, sondern ich.

«Hallo Nerd.» Mein Blick schnellte zur Zimmertür, in der Florian aufgetaucht ist. Und hinter ihm ein grinsender Leon.

«Was macht ihr denn hier?», fragte ich entgeistert. Was wollten die hier? Mich begleiten, um sicherzugehen, dass ich auch wirklich zur Verabredung ging?

«Natürlich bei der Klamottenwahl helfen», antwortete Leon mit einer Tonlage in der Stimme, als wäre es das normalste der Welt und sie es täglich machen würden.

«Das kann ich alleine. Ich bin schon groß», entgegnete ich.

«Sagen wir mal, Niklas konnte es und du nicht», widersprach Leon mir.

Stimmte, Niklas hatte nach einem halben Jahr beschlossen, mein Schrankinnenleben aufzubessern. Er hatte einfach einen guten Geschmack. Viele Dinge, die im Schrank hingen, hatte er ausgesucht. Praktischerweise hatten wir dieselbe Größe und so hatte er direkt Wechselklamotten, wenn er bei mir übernachtet hatte. Ich musste bei der Erinnerung lächeln.

«Diese Jeans, die du anhast, geht gar nicht, viel zu alt. Und bitte ziehe einen Sweater an. Bloß nicht den gammeligen Hoodie. Und darunter ein Hemd. Mal schauen, was wir finden.» Florian stellte sich vor den geöffneten Schrank und suchte drauflos.

«Könntet ihr bitte aufhören? Los raus hier. Ich schaffe das schon. Ich muss mich wohlfühlen, nicht ihr», versuchte ich die beiden aus meinem Zimmer zu schieben. Aber sie waren standhaft.

«Los Florian, zieh ihn aus. Du hast da mehr Erfahrung als ich», grinste Leon ihn frech an.

«Aye, Aye Sir», kam es prompt zurück und ehe ich mich versah, griff er bereits nach dem Saum meines Hoodies, um ihn mir auszuziehen. Unsere Blicke trafen sich für einen Augenblick und Florians sagte mir eindeutig, dass er die Situation genoss.

Für einen kurzen Moment hatte ich das Gefühl, es auch genießen zu können. Aber das ging schnell vorüber.

«Sagt mal, spinnt ihr? Lass mich in Ruhe, Flo!», blaffte ich ihn an und fügte mich meinem Schicksal.

Als ich nur noch in Boxershorts vor ihnen stand, hatte Leon den halben Kleiderschrank ausgeräumt. Florian gesellte sich zu ihm und zusammen durchsuchten sie die Klamotten.

Als Florian ein heruntergefallenes Hemd im Schrank aufhob, hatte er nicht nur das in der Hand, sondern auch einen kleinen Karton, der ihm umgefallen war.

«'Tschuldigung. Das wollte ich nicht», entschuldigte er sich zerknirscht. Es war meine Niklas Kiste, die ich in dunklen Momenten immer hervorkramte. Sie enthielt Fotos von ihm und mir, kleine Geschenke, die wir uns gemacht hatten.

In zwei großen Schritten war ich bei ihm und entriss ihm den Karton. Dann beugte ich mich in den Schrank, um alles wieder sicher zu verstauen. Leon stand mit Klamotten in der Hand. Seine Finger kneteten nervös das Shirt. Sie blickten beide auf den Boden und schwiegen.

«Sorry Tobi. Das wollten wir nicht», unterbrach Leon kurze Zeit später die Stille.

Als ich alles eingesammelt hatte, vergewisserte ich mich, dass ich nichts vergessen hatte. Die Dinge waren mein Heiligtum, nur ich durfte daran. Ich drückte die Kiste an mich und setzte mich auf das Bett.

«Das ist eine blöde Idee heute. Ich geh' da nicht hin. Das ist eindeutig zu früh. Ich kenn den Heiner überhaupt nicht», flüsterte ich und und spürte den altbekannten Kloß im Hals. Mein Blick war auf die Kiste gerichtet. Nur am Rande bekam ich mit, wie Leon und Florian sich anschauten und neben mich setzten, jeder an eine Seite.

«Das ist ja der Zweck der Übung, Tobi, dass ihr euch kennen lernt. Wir können dich nicht zwingen, dorthin zu gehen, auch wenn wir die ganze Woche den Anschein erweckt haben,» begann Leon sanft.

«Und es hat keiner gesagt, dass ihr gleich heiraten müsst», übernahm Florian. «Sieh' es doch einfach, wie es sein könnte. Ein schöner Nachmittag mit einem interessanten Jungen, der viel zu viel von Märchen weiß.»

«Wo liegt der Hase wirklich begraben, Tobi?» Das war wieder Leon. Hatten sie es vorher geübt? «Hast du Angst?» bohrte er weiter.

Wie sollte ich ihnen erklären, dass ich mich fühlte, als ob ich Niklas verraten würde. Ihm Schuld gegenüber empfand, weil ich mich wieder verlieben könnte.

«Komm schon, sag uns, was du denkst. Raus damit, Wort für Wort, und wir entscheiden dann, ob wir es verstehen», forderte Florian mich jetzt auf, mit ihnen zu reden.

Ich seufzte auf und schluckte mehrmals trocken, vielleicht löste sich der Kloß auf. Als ich mir endlich über den Weg traute, versuchte ich ihnen zu erklären, wie ich mich fühlte. Sie hörten mir zu und unterbrachen mich nicht.

Als ich endete, waren sie weiterhin still.

«Jetzt sagt schon was», bat ich die beiden, als die Ruhe sich hinzog.

«Das ist absoluter Bullshit!», fing Leon an. Ich schaute ihn mit großen Augen an.

«Bullshit?», wiederholte ich ihn.

«Ja, zieh dich erst an.» Damit reichte er mir die Klamotten, die Gott sei Dank noch nicht kraus waren, und ich zog mich an.

«Wie viel Zeit haben wir noch, Florian?», hakte er nach.

«Eineinhalb Stunden», antwortete dieser kurz und knapp.

«Gut. Du hörst mir jetzt gut zu», forderte Leon mich auf und sein Finger zeigte auf mich. Florian und ich schauten ihn gespannt an. Bei ihm wusste man nie so genau.

«Du verrätst Niklas in keiner Weise und Schuldgefühle brauchst du überhaupt nicht haben. Erstens triffst du dich nur mit einem Jungen. Ihr sollt nicht gleich beim ersten Mal rumknutschen oder Sex haben, nur reden», hier unterbrach er sich, um Luft zu holen.

«Zweitens hat keiner gesagt, dass du dich sofort wieder verlieben solltest. Lern Heiner einmal kennen und schau, was sich entwickelt.

Abgesehen davon, kommt jetzt mein dritter, letzter und wichtigster Punkt. Niklas hätte bestimmt nicht gewollt, dass du zum Mönch mutierst. Ihr beide hattet etwas Besonderes. Das wirst du in der Form nicht wieder haben, weil es eben er war, mit dem du das hattest. Die Menschen sind alle unterschiedlich und jede Beziehung wird anders sein, auf ihre eigene Art und Weise besonders.»

Wow, das von Leon. Conny hatte eindeutig einen guten Einfluss auf ihn. Ich stand fertig angezogen vor den beiden und starrte Leon an. Florian beobachtete mich. Dann erhob er sich, stellte sich vor mich und begann, den Kragen von meinem Hemd zu richten. Noch zu erstaunt über Leons Vortrag, wehrte ich ihn nicht ab. Den Sweater zupfte er ebenfalls zurecht und strich ihn glatt.

«Niklas wird immer einen speziellen Platz bei dir haben und keiner kann ihm diesen nehmen», fügte er hinzu und hielt mit seinen Händen über meinem Herzen an. Er lächelte mir zu.

«Geh dahin, gönn dir einen schönen Nachmittag und wenn du merkst, dass es nichts ist, dann ist es halt so. Aber gib dir und Heiner eine Chance.» Ich nickte, unfähig etwas zu erwidern, und er setzte sich wieder auf's Bett.

«Na los, dreh dich», forderte Leon mich auf. «Ja, so können wir dich gehen lassen, oder Florian?»

«Siehst wirklich gut aus. Ich würde sofort mit dir ausgehen», stimmte er zu.

Ok, ich würde dahin gehen und mich mit Heiner treffen. Und was die beiden gesagt hatten, ergab einen Sinn. Rational wusste ich es, aber wahrscheinlich brauchte es seine Zeit, bis ich emotional genauso weit war.

Auf dem Weg zum Lesepavillon bemerkte ich, dass ich mit jedem Meter nervöser wurde. Godverdomme, es war doch nur eine Verabredung. Meine Hand-innenflächen schwitzten und ich dachte pausenlos darüber nach, worüber wir sprechen sollten.

Diese Frage hatte ich mir bei Niklas beim ersten Treffen ebenfalls gestellt. Aber es war jedes Mal ein-fach mit ihm zu reden. Wir konnten über alles quat-schen, ohne Hemmungen oder Angst. Wie es wohl jetzt werden würde?

Als der Pavillon in Sicht kam, sah ich, dass Heiner schon da war. Er tigerte auf und ab. Ich blieb kurz stehen und beobachtete ihn. Noch hatte er mich nicht entdeckt. Die Chance wieder abzuhauen. Aber dann fasste ich mir ein Herz und ging auf ihn zu.

«Hey», begrüßte ich ihn. Meine Hände waren in der Jackentasche vergraben. Sollte ich ihn umarmen zur Begrüßung?

«Hey» erwiderte er den Gruß. Es entstand eine kurze peinliche Stille, in der wir beide uns gegenüberstanden und auf den Boden oder durch die Luft starrten. Ich rieb mit dem Fuß einen Stein hin und her. Wir wussten nicht, was wir jetzt sagen sollten.

«Wir sollten vielleicht reingehen», schlug Heiner vor.

«Gute Idee. Immerhin sind die Bücher ja dort drinnen und es ist auf jeden Fall wärmer als hier draußen.»

Heiner hielt mir die Tür auf und wir betraten den Pavillon. Ich sah mich um und bemerkte, dass mein Lieblingstisch frei war. Sofort steuerte ich ihn an. Er war am Fenster zwischen zwei Regalen eingezwängt. Von dort hatte man einen tollen Blick aufs Meer.

Der Pavillon war fast leer. Zu dieser Zeit waren nicht viele Touristen an der Nordsee. Die meisten fuhren lieber in die Berge zum Skifahren.

Heiner folgte mir und wir zogen unsere Jacken aus. Dann setzten wir uns gegenüber hin.

«Ich hole mal die Märchen», bot Heiner an und stand sofort auf, um das besagte Buch zu besorgen.

Das dauerte einen Moment und gab mir die Möglichkeit, ihn erneut zu beobachten. Ich stellte, wie vor einer Woche, fest, dass er wirklich gut aussah. Seine Klamotten waren auch heute schlicht, trotzdem passend. Jetzt war ich doch froh, nicht meine Gammelklamotten, wie Leon und Florian sich ausdrückten, angezogen zu haben.

Er hatte die Märchen gefunden und legte das Buch zwischen uns. Es war eine merkwürdige Stimmung, so gezwungen.

«Ähm, ich habe übrigens Tee mitgebracht», unterbrach er die entstandene Stille und kramte in seinem Rucksack herum. Eine Thermoskanne und zwei Becher aus Porzellan fanden ihren Weg auf den Tisch, gefolgt von Kandis und Milch.

«Es ist schwarzer Tee, ich hoffe, du magst den.» Er schien sich nicht sicher zu sein, ob er damit übertrieben hatte.

«Klar, danke.» Ich ergriff die Kanne, drehte sie auf und schenkte uns beiden ein. Dann nahm ich mir Kandis. Heiner war immer noch in seinem Rucksack verschwunden.

«Ich hab die Löffel vergessen», tauchte er nach einigen Minuten wieder auf.

Ich lächelte ihn an. «Kein Problem. Wir können ja die Tassen schwenken. Immerhin hast du an etwas gedacht im Gegensatz zu mir.»

Nun grinste er mir zu und seine Augen begannen zu leuchten. Was für ein tolles Grün. Nicht hell, nicht dunkel, einfach schön.

«Also, ich mache das nicht oft. Ehrlich gesagt, bin ich ziemlich unsicher, wie eine Verabredung abläuft. Du bist der erste Junge, mit dem ich mich treffe», erklärte er, während seine Hände die Tasse umfassten. Die Finger klopften einen unregelmäßigen Rhythmus dagegen. Sein Blick schwankte zwischen mir und dem Teepott hin und her.

Oh, na toll, das brauchte ich jetzt. Ich war doch nicht besser.

«Also, ich erwarte nichts, keine Sorge. Ich wollte nur... Ach keine Ahnung, warum ich das gesagt habe. Vielleicht nur als Entschuldigung, falls... Egal. Streich das, ok?», stammelte er und blickte nur noch auf die Tasse. Er wirkte hilflos und, ja, irgendwie süß.

Ich schaute zu seinen Händen und umschloss sie, ohne groß nachzudenken, mit meinen. Sie waren angenehm warm.

«Auch wenn ich bereits einen Freund hatte, heißt das nicht, dass ich ein Experte auf diesem Gebiet bin. Niklas und ich trafen uns am Anfang immer nur heimlich getroffen. Es wusste keiner, dass ich schwul war, einschließlich uns beiden», versuchte ich ihn und zu beruhigen.

Er blickte langsam auf. «Also ist das hier für uns beide neu, hm?», folgerte er. Ich nickte ihm zu. Dann zog ich meine Hände wieder zurück. Schlagartig war es kalt. Heiner wirkte erleichtert und das Eis war gebrochen.

«Bin ich deine erste Verabredung überhaupt oder nur mit einem Jungen?», hakte ich nach.

«Die Allererste. Mit Mädchen konnte ich nie etwas anfangen und wusste früh, dass ich eher das männliche Geschlecht anziehend finde. Ich hatte nie den Mut, es jemanden zu erzählen», gestand er. «Aber mittlerweile wissen alle Bescheid. Vor einigen Wochen scherzte ein Mitschüler darüber, dass ich noch nie mit Mädchen aus war. Ein anderer rief dann, dass ich lieber mit Jungs rummachen würde. Ich ließ das im Raum stehen und so verbreitete sich die Nachricht. Es machte Gott sei Dank keiner eine große Sache daraus. Die Mädels sind nur seitdem der Meinung, mit mir über Jungs ablästern zu können.» Ich lachte auf bei der letzten Bemerkung.

«Das war bei Niklas und mir total anders. Leon hatte mich wochenlang gelöchert, warum ich keine Zeit mehr für ihn hatte, da hab ich es ihm gesagt. Für ihn war es in Ordnung, aber als sich das dann herumsprach in der Schule, wurden wir am Anfang ständig angeglotzt. Wenn wir in der Pause zusammenstanden, beobachtete jeder die kleinste Bewegung. Alles wurde analysiert und für süß befunden. War echt nervig, aber mit der Zeit gab sich das dann.»

Wir tranken Tee und unterhielten uns. Ich war erstaunt darüber, wie leicht es mir fiel, mit ihm über Gegebenheiten von Niklas und mir reden zu können. Die Zeit verging wie im Flug und es war dunkel, als wir aufgefordert wurden, den Pavillon zu verlassen.

Wir beschlossen, noch ein wenig am Strand entlang zu spazieren, bevor wir uns auf den Heimweg machten. Jetzt erfuhr ich, warum er auf das Internat in

Bremen ging. Seine Eltern waren beruflich viel unterwegs und hatten wenig Zeit. Ich war froh, zu Hause
wohnen zu können.

Als wir wieder an der Straße ankamen, wo wir in
unterschiedliche Richtungen mussten, blieben wir
kurz stehen.

«So schlecht haben wir uns gar nicht geschlagen
fürs erste Mal», scherzte ich.

Er lächelte. «Stimmt. Ich fand's schön. Bin übrigens
die ganzen Weihnachtsferien zu Hause. Also, wenn
du nochmal Lust hast, meine Nummer kennst du ja
jetzt.»

Ich überlegte kurz. Am Dienstag könnten wir uns
treffen, kurz vor Weihnachten.

«Was hältst du von Kino am Dienstag?», schlug ich
vor.

«Klingt gut, aber was hältst du vom Theater? Dort
wird gerade *Die Weihnachtsgeschichte* von Charles
Dickens aufgeführt. Hättest du Lust?»

Das letzte Mal war ich mit Niklas da. War ich bereit
dafür, das Erlebnis mit einem anderen zu teilen?

«Wir können auch ins Kino, wenn dir das lieber
wäre», warf Heiner hastig ein.

Moment, hatte ich das laut gedacht? Oh nein.

«So war das nicht gemeint. Ich gehe mit dir hin»,
lächelte ich ihn an. «Also Dienstag, Theater. Ich
besorge uns die Karten und hole dich um sieben Uhr
ab.»

«Gut, ich freue mich.» Er kam einen kleinen Schritt
auf mich zu und wir umarmten uns kurz, bevor jeder

seiner Wege ging.

Langsam schlenderte ich nach Hause und ließ den Nachmittag Revue passieren. Er war nicht schlecht, hatte sogar Spaß gemacht. Ich war froh, nicht gekniffen zu haben. Seit langer Zeit hatte ich mich wohlgefühlt und überrascht bemerkte ich, wie ich mich auf Dienstag freute.

Die Schuldgefühle gegenüber Niklas waren noch nicht verschwunden, aber es wurde besser. Wann würde er mir nicht mehr so fehlen?

Wie es wohl sein würde mit Heiner ins Theater zu gehen. Ob er auch alles analysierte und eine gute Darstellung auf sich wirken lassen konnte? Ich würde es herausfinden.

Natürlich rief Leon am Abend an und ließ sich alles haarklein erzählen. Florian war diskreter und schrieb mich nur an. Meine Mutter war wenigstens so höflich, nur nachzufragen, ob es ein schöner Nachmittag war. Allerdings konnte ich ihr an der Nasenspitze ansehen, dass sie vor Neugierde platzte.

Also erzählte ich ihr beim Abendessen in groben Zügen vom Nachmittag und fragte sie direkt, ob ich am Dienstagabend das Auto haben durfte. Mein Vater sagte sofort zu und bot an, die Karten am Montag zu besorgen, wenn er von der Arbeit nach Hause kam.

Als ich am Abend im Bett lag, legte ich mich auf die Seite, sodass ich das Bild von Niklas und mir auf dem Nachtisch betrachten konnte. Sachte strich ich mit dem Zeigefinger über ihn. Meine Fingerkuppe spürte noch, wie er sich anfühlte, im Kopf erklang sein

Lachen. War es in Ordnung für dich Niklas?

Dann schaltete ich das Licht aus und legte mich auf den Rücken. Ich starrte im Dunkeln an die Decke. In meinem Inneren war es noch kalt und grau, aber ich bemerkte, wie es besser wurde. Ich würde nicht behaupten, dass riesige Farbkleckse dazugekommen waren, allerdings wurde das Meer blau und die Wolken weiß.

Es würde nie wieder, wie es war, aber es konnte anders werden. Leon hatte recht. Mir liefen die Tränen über die Wangen. Ich suchte mein Handy auf dem Nachttisch und schrieb Florian an.

Wann wusstest du, dass du dabei warst, deine Oma loszulassen?

Die Antwort ließ nicht lange auf sich warten.

Als ich anfing, bei Erinnerungen zu lachen. Aber ich denke, dass kann man nicht vergleichen. Meine Oma war mir wichtig, ich habe sie geliebt, allerdings war Niklas dein Freund.

Ich las seine Antwort und zum ersten Mal gestand ich mir ein, warum ich unter anderem so verbissen an Niklas festhielt.

Ich habe Angst, zu vergessen.

Dieses Mal ließ Florian sich Zeit. Als ich bereits dachte, es kommt nichts mehr, blinkte mein Display auf.

Also ich glaube, dass du die für dich wichtigen Dinge nie vergessen wirst. Ich wische dir übrigens virtuell die Tränen ab.

Ich lachte auf.

Woher wusstest du das?

Weil du dabei bist Abschied zu nehmen. Fühl dich gedrückt.

Danke dir. Gute Nacht und schlaf gut.

Du auch. Träum was Schönes von deinem neuen Prinzen ;-).

Ich grinste über seine Formulierung. Soweit waren wir noch lange nicht. Ich legte mein Handy wieder beiseite und schlief bald ein.

Der Sonntag und Montag zogen sich wie Kaugummi in die Länge. Ich wusste nicht, was ich machen sollte. Gut, da war noch die Weihnachtsfeier vom Verein, aber ansonsten nichts.

Ich hatte keine Lust, mich mit Leon oder Florian zu treffen und so hing ich meistens vor dem Fernseher und schaute langweilige Serien.

Mein Vater besorgte am Montag die Theaterkarten und am Dienstagvormittag begann ich mit der Inspektion des Kleiderschrankes.

Was könnte ich anziehen. Ich hatte seit drei Tagen Niklas Pulli an, aber den konnte ich schlecht im Theater tragen. Meine Mutter, die Urlaub hatte, stellte sich hinter mich und griff dann an mir vorbei. Sie holte ein Shirt und ein Hemd raus.

«Das steht dir immer sehr gut. Dazu diese schwarze Hose.» Sie gab mir einen Kuss auf die Wange und legte die Kleidung aufs Bett. Warum konnten das alle so gut, nur ich nicht?

Endlich, kurz vor sieben, fuhr ich los und holte Heiner ab. Ich klingelte an der Tür und er kam sofort heraus. Hatte er hinter der Tür gewartet? Auf dem Weg zum Theater unterhielten wir uns darüber, was wir die Tage gemacht hatten.

An der Garderobe gaben wir die Jacken ab und Heiner besorgte uns Getränke.

«Gehst du gerne ins Theater?», erkundigte er sich bei mich.

«Ja, schon, ich mag es. Nichts gegen Kino, aber das hier ist etwas Besonderes. Da kann man keine Szene fünfmal drehen, da muss es bei der Aufführung passen.»

Er nickte mir zustimmend zu. Wir unterhielten uns weiter über die Vor- und Nachteile von Kino und Theater bis sich die Türen zum Saal öffneten.

Wir suchten unsere Plätze und das Stück ging los. Ständig lugte ich zu Heiner herüber und beobachtete ihn. Er war völlig vertieft und schien es zu genießen. Zwischendurch merkte er meine Dauerbeobachtung, denn er schaute zu mir und lächelte.

Niklas hätte die Inszenierung gefallen. Garantiert wäre ich bereits zigmal angestupst worden, weil er mir etwas zeigen wollte.

Heiner machte das nicht. Aber er schaute nicht weniger intensiv hin. Ich musste aufhören, die beiden zu vergleichen. Heiner war ganz anders als Niklas. Er war schüchterner, Niklas war forscher, am Anfang machte er oft den ersten Schritt. Obwohl beide in ihrer Art direkt waren und nicht um den heißen Brei redeten. Ich mochte Heiner, aber ich war noch nicht bereit für mehr. Zumindest bis jetzt.

«Es war toll. Charles Dickens hat einfach gute Bücher geschrieben», schwärmte Heiner, als das Theater zu Ende war.

Ich lächelte.»Ja, dem habe ich nichts weiter hinzuzufügen. Hast du noch Lust etwas trinken zu gehen?», fragte ich ihn.

«Das wäre schön.»

Wir gingen in eine gemütliche Bar in der Nähe und setzten uns in eine Ecke, in der uns nicht sofort jeder entdeckte.

Kurz unterhielten wir uns noch über das Theaterstück. Dann kamen wir auf unsere Zukunftspläne zu sprechen. Er war genauso wie ich im Abijahr und wusste nicht, wie es danach weitergehen sollte. Mir ging es ähnlich, jetzt wo Theologie kein Thema mehr war.

«Aber wir haben ja noch ein halbes Jahr Zeit, uns darüber klar zu werden», beendete Heiner die Überlegung.

Ich fragte ihn über das Leben im Internat aus und stellte fest, dass er ein guter Geschichtenerzähler war. Ich die ganze Zeit über lachte ich.

«Du solltest Schriftsteller oder Komiker werden», platzte ich irgendwann heraus.

«Meinst du das ernst?», vergewisserte er sich.

«Natürlich. Ich habe schon lange nicht mehr so gelacht.» Ich hatte vergessen, wie gut man sich fühlen konnte, wenn man ausgiebig lacht.

Er lächelte mich an und seine Augen strahlten dabei. Dann schob er seine Hand näher zu meiner. Ich bemerkte es und ließ die Finger über seine gleiten. Wir sahen uns an und ich war wieder fasziniert von dem Grün.

«Weißt du eigentlich, was für eine schöne Augenfarbe du hast?»

«Danke schön.» Seine Finger spielten mit meinen. Nach einer weiteren Stunde, in der wir uns unterhielten, wir stellten fest, dass wir in denselben Kindergarten waren, nur in unterschiedlichen Gruppen, machten wir uns auf den Heimweg.

Draußen griff Heiner zaghaft nach meiner Hand und ich ließ ihn gewähren. Am Auto angekommen, ging ich auf die Beifahrerseite und wollte die Tür öffnen. Allerdings fand ich den Autoschlüssel nicht. Heiner lehnte sich mit dem Rücken an die Beifahrertür. Um seine Mundwinkel zuckte es verräterisch, während ich immer hektischer nach den Schlüsseln suchte.

«Weißt du eigentlich, dass ich noch völlig ungeküsst bin?», bemerkte er auf einmal unvermittelt. Ich hielt inne beim Suchen und schaute ihn ungläubig an.

«Wirklich nie? Kein Mädchen oder Jungen?» Ich konnte es nicht glauben. Er war 18 Jahre alt. Hatte das nicht jeder schon mal in dem Alter?

Er schüttelte den Kopf.«Wen hätte ich denn küssen sollen? Die Jungs, die nicht wussten, dass ich es wollte oder ein Mädchen, dem ich was vorspielte? Das wäre nicht fair gewesen.»

Oh mein Gott, er war eine komplette Jungfrau.

«Wahnsinn, ich dachte, das gäbe es in der heutigen Zeit nicht mehr», murmelte ich und ließ ihn nicht aus den Augen.

«Also, wenn das ein Problem für dich ist, kann ich das verstehen.» Beschämt blickte er zum Boden. Ich griff nach seinen Händen.

«Warum sollte es das sein?», fragte ich erstaunt.

«Na ja, ich habe gelesen, dass manche ein Problem damit haben.»

«Ich bestimmt nicht. Immerhin hältst du es mit mir

aus, und in meinem Schatten ist niemand geringerer als der verstorbene Freund.» Den letzten Teil flüsterte ich und stellte mich ganz nah vor ihn.

Meine Hände begaben sich auf Wanderschaft. Von unten strichen sie an seinen Armen nach oben, bis sie sein Gesicht umfassten. Sie zwangen ihn, mir in die Augen zu schauen.

«Die Frage hier ist nicht, ob ich es mir dir versuchen möchte, sondern ob du mit mir. Du magst keine Erfahrung haben, aber ich bin, sagen wir mal, seelisch nicht stabil und noch lange nicht mit der Trauer durch.»

Hatte ich das wirklich gesagt? Wollte ich es mit Heiner versuchen? Konnte man das überhaupt? Jemanden mögen und trotzdem trauern? War es richtig, was ich gerade machte? Warum gab es keinen Lebensführer, in dem man für solche Fälle nachschlagen konnte? Florian hatte gesagt, alles was sich gut anfühlt, sollte ich genießen.

Ich trat noch näher an Heiner ran. Unsere Körper berührten sich. Ich merkte, dass er zitterte. Fror er oder war das die Aufregung? Und was machte ich hier überhaupt? Hatte ich nicht vor drei Stunden im Theater gedacht, dass ich noch nicht so weit war?

Wollte ich ihn küssen? Es fühlte sich anders an als bei Niklas, allerdings auch nicht schlecht. Ich war aufgeregt, aber mein Bauch spielte nicht verrückt. Das große Herzklopfen blieb ebenfalls aus. Abgesehen davon, trafen wir uns erst zum zweiten Mal. Warum dachte ich so viel?

Ich beugte mich vor, mein Blick fiel dabei auf seine Lippen. Dann berührten meine sie, sachte und vorsichtig. Ich schloss die Augen. Sie fühlten sich weich an und schmeckten nach der Cola, die er getrunken hatte.

Am Rande bekam ich mit, wie seine Hände sich auf meine Taille legten. Er erwiderte den Kuss und zog mich näher an sich. Jetzt lehnte ich an ihm. Ich vermisste die weichen Knie oder durchdrehenden Schmetterlinge, aber vielleicht kam das noch. Langsam löste ich unsere Lippen. Mittlerweile umschlangen seine Arme mich.

Ich blickte ihn an. Allmählich öffneten sich Heiners Augen. Meine Daumen strichen sanft über die Wangen. Ein Lächeln schlich sich auf seine Lippen. Ich lächelte zurück. Wir blieben beide still. Wollten den Moment nicht zerstören.

Einem Impuls folgend, schaute ich in den Himmel. Es war eine sternenklare Nacht. Vielleicht blickte Niklas gerade auf uns hinab und nickte. Heiner folgte meinem Blick.

Ich senkte den Kopf und küsste ihn noch einmal auf seine lächelnden Lippen, während er nach oben schauten. Sie luden einfach dazu ein. Sein Körper zuckte kurz zusammen vor Überraschung, schien dann aber die Führung übernommen zu haben, er küsste mich einen Sekundenbruchteil später zurück. Es wurde intensiver, dieses Mal beendete Heiner den Kuss.

Erneut bemerkte ich, wie er am ganzen Körper zitterte.

«Frierst du?», fragte ich leise mit einem Lächeln. Er nickte.

«Da können wir Abhilfe schaffen.» Ich nahm meine Hände von seinem Gesicht und legte sie an die Arme und rubbelte schnell auf und ab. Er lachte laut auf.

«Ich glaube, nicht, dass das auf Dauer hilft. Auch wenn dein Körper mir Wärme schenkt, ist die Nacht ziemlich kalt. Vielleicht könntest du den Schlüssel suchen und wir setzen uns ins Auto?»

«Okay», gab ich widerwillig nach. Zwei Minuten später fand ich ihn in der Innentasche meiner Jacke. Jetzt fiel mir wieder ein, dass ich ihn extra dorthin gesteckt hatte, damit ich ihn nicht verliere.

Wir setzten uns ins Auto und ich startete es, die Heizung wurde auf volle Leistung gestellt. Es dauerte nicht mehr lange und Wärme durchströmte uns. Heiner hörte zu zittern auf. Ich lehnte mich an den Fahrersitz, den Kopf zu Heiner gedreht und beobachtete ihn.

«Also, ich glaube, es bleibt uns nichts anderes übrig, als es miteinander zu versuchen. Keine Ahnung, wie es mit der Entfernung funktionieren wird, aber das finden wir heraus», stellte Heiner fest, als er nicht mehr fror.

«Okay, teile ich dir direkt mit, dass ich Silvester nicht zur Verfügung stehe. Da möchte ich alleine sein.» Er begegnete meinem Blick.

«Sag mir immer, wenn du das willst. Ich bin trotzdem für dich da.» Ich nickte.

«Ich bringe dich jetzt nach Hause. Da kannst du unter deine warme Decke krabbeln», grinsend fuhr ich los.

Bei ihm angekommen, machte ich den Wagen kurz aus.

«Darf ich dich zum Abschied noch einmal küssen?», fragte er schüchtern.

«Ich wäre empört, wenn du es nicht machen würdest», antwortete ich ihm und er beugte sich zu mir rüber. Ich kam ihm entgegen und wir küssten uns zum letzten Mal an diesem Abend.

«Schlaf gut», wünschte ich ihm zum Abschied.

«Du auch. Und es war der beste erste Kuss, den man kriegen kann.» Lächelnd verließ er das Auto, drehte sich an der Haustür noch einmal um und winkte mir zu. Dann verschwand er im Haus und ich fuhr.

Was war da heute Abend passiert? Ich konnte es nicht glauben. Vor knapp acht Wochen wollte ich mich in die See stürzen und jetzt hatte ich einen Freund.

Als ich im Bett lag, schrieb ich Heiner eine kurze Nachricht, in der ich mich für den schönen Abend bedankte. Er antwortete prompt und wir texteten die halbe Nacht miteinander. Irgendwann mussten mir die Augen zugefallen sein.

Am nächsten Tag kam Leon vorbei, um sich zu verabschieden. Wie jedes Jahr fuhr er über Weihnachten zu seinen Großeltern nach Kassel, um dort zu feiern.

Selbstverständlich fragte er mich über den Theaterbesuch aus. Ich erzählte ihm alles, bis auf den Schluss. Ich wollte es für mich behalten und Leon freute sich immer so sehr mit, dass er das direkt in die ganze Welt hinausposaunte, ohne Absicht.

Abgesehen davon musste ich das selbst noch einordnen. Ich wusste nicht, ob ich verliebt war.

Auf jeden Fall hatten Heiner und ich schon wieder die gesamten Vormittag geschrieben, sofern es möglich war. Leider würden wir es nicht mehr schaffen, uns vor Weihnachten zu treffen. Seine Eltern wollten Zeit mit ihm verbringen und hatten den kompletten Tag durch geplant.

Morgen war bereits Heiligabend. Das erste ohne Niklas nach zwei Jahren. Wie würde ich es verkraften?

Am Nachmittag beschloss ich, spazieren zu gehen. Es war zwar bedeckt und kalt, aber ich konnte nicht die ganze Zeit in der Bude herumhängen. Ich ging an den Strand, es war Ebbe, der Wind blies eine frische Brise vom Meer her und ich ließ meinen Gedanken freien Lauf.

Ständig spielte ich den gestrigen Abend durch. Unbewusst strich ich mit den behandschuhten Fingern über meine Lippen und versuchte dem Gefühl der Küsse nachzuspüren. Ob ich bei Heiner mit der Zeit dasselbe empfand wie bei Niklas?

Ich blieb am Watt stehen und schaute hinaus. Es war so endlos und lebendig. Jetzt waren alle verlorenen Seelen verschwunden, auch keine Geisterschiffe zu sehen. Der Himmel war grau.

Ich setzte mich in den Sand. Hatte ja dicke Wintersachen an. Nur meine Nase und Wangen wurden immer kälter, aber es war belebend, sich den Wind um den Kopf wehen zu lassen.

«Du sitzt gerne im Freien auf dem Boden, egal bei welchem Wetter, oder?», fragte mich eine bekannte Stimme. Natürlich, Florian.

«Wenn man richtig angezogen ist, ist das kein Problem», antwortete ich ihm. Er ließ sich neben mir nieder.

«Ist dir nicht kalt?»

Ich schaute ihn von der Seite her an. «Nein, im Gegensatz zu dir, habe ich dicke Wintersachen an. Ein Skianzug kann auch am Meer hilfreich sein.»

Er hatte zwar einen gefütterten Parka, Mütze und Handschuhe an, aber ansonsten nur Stiefel und eine Jeans.

«Worüber hast du nachgedacht?» Kam er nicht mal fünf Minuten ohne Fragen aus?

«Über Geisterschiffe und verlorene Seelen», erwiderte ich wortkarg.

«Ah», kam nur von ihm. Es war kurz still.

«Und was genau?», konnte er nicht lange zurückhalten. Ich erzählte ihm von meinen Vorstellungen bei Stürmen.

«Glaubst du, wir könnten ein wenig laufen? Ich

friere hier fest und meine Nase ist bestimmt schon abgefallen», bat er mich. Schicksalsergeben nickte ich.

«Wenn dir das Wetter zu kalt und ungemütlich ist, warum bist du dann hier draußen?», beschwerte ich mich genervt.

Er grinste mich an. «Deine Mutter hat mir verraten, dass du hier bist.»

«Hm, ich bin zu durchschaubar.»

Wir standen auf und schlenderten los, ohne Ziel, zumindest ich, Florian trottete mir hinterher. Jetzt war er still und hatte das Fragen aufgegeben. Wir zogen wieder unser Ding durch, schweigend nebeneinander hergehen, lächelte ich in mich hinein. Wenn wir saßen oder standen, war er ein Fass ohne Boden, sobald wir in Bewegung waren, war er eher ruhig.

«Besser?», fragte ich ihn gnädig.

«Es geht. Gleich muss ich mich direkt vor euren Kamin setzen, damit ich auftaue.»

Ich schaute ihn an. «Warmduscher», stieß ich gespielt verächtlich aus.

«Bin ich stolz drauf.» Wir gingen wieder still nebeneinander her. Warum war er bei uns?

«Was wolltest du von mir?», erkundigte ich mich neugierig.

«Ich habe ein Geschenk für dich. Liegt unter dem Weihnachtsbaum und darf erst morgen geöffnet werden», äußerte er geheimnisvoll.

«Du brauchst mir nichts schenken», wehrte ich mich. «Außerdem habe ich keines für dich.»

«Egal. War nicht teuer, nur eine Kleinigkeit»,

beschwichtigte er mich.

Wieder Stille. Mittlerweile bestimmt fünf Minuten. Dabei wurde immer behauptet, dass die besten Gespräche bei Spaziergängen geführt würden. Das schien bei uns beiden nicht zu funktionieren. Nach einigen weiteren Minuten bog ich zur Promenade ab, um dort wieder zurückzugehen. Florian folgte mir.

«Ich habe Heiner geküsst», platzte es aus mir heraus. Warum hatte ich das gesagt? Spann ich, oder was? Ich wollte mit niemanden darüber reden.

«Ok», erwiderte Florian nur. Hatte er verstanden, was ich ihm erzählt hatte?

«Warte mal, du hast was? Hab ich grade richtig gehört?», rief er drei Sekunden später ungläubig und blieb abrupt stehen.

Aha, der Groschen war mit Verspätung gefallen. Ich drehte mich zu ihm um und beobachtete ihn.

«Ich habe Heiner geküsst», wiederholte ich. Sein Gesicht drückte noch immer Unglauben und Überraschung aus. In seinen Augen sah ich für einen kurzen Augenblick etwas aufblitzen. War das Enttäuschung? Bestimmt nicht, ich hatte mich garantiert geirrt.

«Wow», war das erste Wort, welches er formte, nachdem sein Gehirn die Information verarbeitet hatte. «Das hätte ich nicht gedacht. Das ging schnell. Du solltest ihm nur eine Chance geben.» Seine Tonlage konnte ich nicht einschätzen, klang er verärgert?

«Ich habe mich an den Rat gehalten, den du mir vor ein paar Wochen gegeben hast. Ein gutes Gefühl zulassen und genießen. War das etwas verkehrt?» Ich war verwirrt. Leon und er wollten das doch die ganze Zeit. Was hatte ich jetzt wieder falsch gemacht?

«Nein, alles gut», wiegelte Florian ab und rang sich ein zu einem Lächeln durch. Allerdings wirkte es aufgesetzt, nicht echt. Er setzte sich in Bewegung und ging an mir vorbei.

Ich schaute zum Wattenmeer und schüttelte den Kopf. Was war das denn jetzt? Ich eilte ihm hinterher.

«Seid ihr zusammen?», fragte er, als ich wieder auf seiner Höhe war. Ich hatte Mühe, zu ihm aufzuschließen, da er ein schnelles Tempo anschlug.

«Ja, und ich mag ihn.»

«Was sagt Leon dazu? Der ist bestimmt auf Wolke sieben und plant eure Hochzeit.» Das Gift spritzte nur so aus seinem Mund. Ich packte ihn am Arm und brachte ihn zum Stehen.

«Was ist eigentlich los?», motzte ich ihn an. Ich hatte nichts Falsches gemacht.

Er zuckte mit den Schultern. «Alles gut. Sagte ich doch bereits», wütete er zurück.

«Offensichtlich nicht», schimpfte ich. «Ehrlich gesagt, weiß ich nicht, warum dich das aus der Fassung bringt. Ich habe nichts Schlimmes getan, bin nur deinem Rat gefolgt.»

«Dann solltest du dir in Zukunft überlegen, von wem du einen Rat annimmst», schrie er mich an.

«Und ich dachte, du freust dich für mich.» Enttäuscht ließ ich ihn los und ging weiter. Mir war egal, ob er mir hinterherkam. Was sollte das bitte schön. Godverdomme, der hatte doch einen Knall.

«Nerd, hey Nerd, warte mal», rief er mir hinterher. Ich hörte, wie seine Schritte schnell näher kamen. Er lief. Ich reagierte nicht, marschierte wütend weiter.

Dann ergriff er meinen Arm und hielt mich auf. «Was?», brüllte ich.

«Ich war einfach überrascht, okay?» Er klang noch verärgert, hatte sich allerdings wieder im Griff.

«Soll das heißen, ich darf mit Jungs ausgehen, aber alles, was darüber hinaus geht, ist verboten?» Ich war noch stinkwütend. «Na los, erklär mir das bitte, damit ich beim nächsten Mal weiß, was ich....»

Weiter kam ich nicht. Er war mit einem Schritt auf mich zugekommen, hatte meinen Kopf ergriffen und küsste mich.

Mein Gehirn brauchte ein paar Sekunden, um zu begreifen, was hier gerade abging. Aber dann reagierte ich. Ich stieß Florian von mir.

«Spinnst du?», schrie ich ihn an. Wir waren hinter einer Bank stehen geblieben. Ich drehte mich zu ihr und stütze mich an der Rückenlehne ab. Mein Blick ging zum Boden.

«Flo» setzte ich an, «Florian...» Ich atmete ein oder zweimal tief ein und wieder aus. Was sollte ich bloß sagen?

«Florian, ich mag dich und ich bin dir wirklich sehr dankbar, für das, was du für mich machst, aber ich mag dich nicht», hier hielt ich kurz inne, «so. Tut mir leid.»

Florian stellte sich neben mich. Wir blickten beide auf das Watt hinaus.

«Ich.. Ne... T-tobias, ich...es tut mir leid», stammelte er los. «Ich wollte das nicht. Ehrlich.»

«Ich würde dich nicht gerne als Freund verlieren, aber ich denke, wir sollten uns ein paar Tage nicht sehen.» Ich blickte ihn jetzt an. Er nickte kaum merklich.

«Werde dir darüber klar, ob du nur mit mir befreundet sein kannst. Und nun tun wir so, als wäre das hier nie passiert», bat ich ihn. Er nickte wieder.

«Schöne Weihnachten, Florian.» Er schaute mich ebenfalls an. «Wünsche ich dir auch. Wir sehen uns irgendwann.»

«Ja.» Ich stieß mich von der Bank ab und ging. Godverdomme, was ist nur los in den letzten Tagen? Hatte ich soeben einen neuen Freund schon wieder verloren?

Zu Hause stürmte ich sofort in mein Zimmer. Meine Mutter rief mir noch hinterher, dass es gleich Abendbrot geben würde, aber mir war der Appetit vergangen. Ich schmiss mich aufs Bett, zog das Kissen über den Kopf und ließ den Tränen, die sich wieder einmal in meine Augen stahlen, freien Lauf.

Wäre Niklas nicht gestorben, hätte ich diese ganzen Scheißprobleme nicht. Keinen Heiner, bei dem ich mir nicht sicher war und kein Florian, der sich anscheinend Hoffnungen gemacht hatte.

Dann wäre Niklas jetzt hier. Wir würden uns morgen in der Kirche sehen, den ersten Feiertag würde er bei uns verbringen und ich den zweiten bei ihm. So, wie im letzten Jahr. Wir wären in diesem

Moment bei ihm oder hier und unsere eigene kleine Bescherung abhalten. Scheiß Leukämie. Scheiß Leben. Scheiße, scheiße, scheiße. Ich schlug mit den Fäusten in die Matratze und weinte.

Plötzlich spürte ich, wie es neben mir nachgab und mir jemand beruhigend über den Rücken und die Schultern strich. «Es wird besser, Schatz. Lass dir Zeit.»

«W-w-warum er?», schluchzte ich?

«Wer wäre denn besser gewesen? Es hat niemand verdient, so früh zu sterben», versuchte meine Mutter mich zu trösten und strich weiter über den Rücken.

«Die Scheißterroristen, diese ganzen Osama-bin-Laden-Menschen können alle die tödlichen Krankheiten haben. Die haben's verdient», jammerte ich weiter.

«Ach Schatz. Du weißt selbst, wie kindisch sich das anhört.»

«Mir egal.» Ich beruhigte mich langsam. Meine Mutter merkte das.

«Ich habe uns eine heiße Schokolade mit Sahne gemacht. Komm unter dem Kissen hervor.»

Ich schniefte, dann legte ich es beiseite und setzte mich auf. Sie hielt mir ein Taschentuch hin und nachdem ich mich geschnäuzt hatte, gab sie mir die heiße Schokolade. Sogar Schokoflocken hatte sie auf die Sahne gestreut und ein Löffel steckte in der Tasse.

«Ich habe ein neues Buch über irische Sagen. Mach deiner alten Mutter Platz, dann lese ich uns vor.»

Vorsichtig rutschte ich beiseite und sie setzte sich

neben mich. Wir lehnten uns am Kopfteil des Bettes an und stopften uns Kissen in den Rücken, damit es gemütlicher war. Sie schlug das Buch auf, nahm sich ihre Tasse und begann zu lesen.

Ich rückte näher an sie heran und legte meinen Kopf auf ihrer Schulter ab. Es war mir in diesem Moment egal, dass ich 18 Jahre und zu alt für solche Dinge war. Aber es gab Situationen im Leben, da brauchte man das.

Nach den ersten Sätzen kam mein Vater in das Zimmer geschlichen, ebenfalls mit einer Tasse bewaffnet und setzte sich ans Fußende. Er lächelte meiner Mutter zu. Sie wirkten nach all den Jahren immer noch glücklich. Klar, sie konnten sich furchtbar streiten, aber das gehörte dazu. Wie schafften sie das nur? Würde ich irgendwann auch solch eine Beziehung führen?

Am nächsten Tag gingen meine Eltern nachmittags in die Kirche, den Kindergottesdienst. Sie liebten diesen. Ich blieb zu daheim. Sie versuchten nicht einmal, mich umzustimmen. Ich zappte durch das Fernsehprogramm und wartete, dass sie nach Hause kamen. Dann würden wir essen, lecker Raclette. Am Vormittag hatten wir bereits alles vorbereitet und danach kam die Bescherung. Die Geschenke lagen unter dem Weihnachtsbaum bereit.

Ich hatte heute die Lederkette mit dem silbernen Kruzifix umgelegt, die ich im ersten Jahr von Niklas zum Geburtstag bekommen hatte. Nach der Beerdigung hatte ich sie abgelegt, aber heute war mir danach.

Heiner hatte kurz geschrieben und mir frohe Weihnachten gewünscht. Wir schrieben hin und her. Er würde in den Mitternachtsgottesdienst mit seinen Eltern gehen. Seine Großeltern waren heute gekommen und er hatte nicht viel Zeit.

Leon hatte sich auch gemeldet. Er konnte es nicht abwarten, wieder zu Hause zu sein.

Bei der Bescherung begann wir mit meiner Mutter. Danach folgte mein Vater und als letztes ich. Meine Eltern schenkten mir ein Buch *100 Dinge, die man einmal im Leben gemacht haben sollte* und eine Popcornmaschine, da ich gerne Popcorn aß. Meine Mutter hasste es, wenn ich ihre Töpfe dafür nahm. Leon und ich schenkten uns nichts. Am Schluss lag nur noch das Geschenk von Florian dort. Es war ein Buch, das fühlte ich durch das Geschenkpapier, auf dem übrigens tanzende Weihnachtsmänner waren.

«Na los, Tobi, mach es auf», forderte mein Vater mich auf. Ich entfernte das Papier und drehte es auf die richtige Seite. *Von der rechten Art, den Glauben zu verlieren* von Hans-Conrad Zander. Was war das denn für ein Buch? Ich schlug es auf und Florian hatte auf die erste Seite etwas geschrieben.

Lieber Nerd, ich konnte leider kein Buch von Thomas von Aquin finden, dafür habe ich dieses hier gefunden. Zander bezieht sich auf die Lehren von Thomas von Aquin und einem gewissen Johannes vom Kreuz. Ich hoffe, es hilft dir weiter, bei deinem verlorenen Glauben. Liebe Grüße dein Flo.

Mir traten die Tränen in die Augen.

«Dieser Idiot weiß auch noch, die perfekten Geschenke zu machen», murmelte ich vor mir her. Ich schluckte mehrmals, bevor ich losheulte. Es funktionierte. Heute wollte ich nicht weinen. Davon hatte ich genug. Meine Mutter kam zu mir rüber, um sich das Buch anzuschauen.

«Das ist aber lieb von ihm», meinte sie und mein Vater stimmte ihr zu.

«Ich mache uns jetzt eine heiße Schokolade und dann können wir alle anfangen, in unseren neuen Büchern zu schmökern», bestimmte meine Mutter. Und wenn sie etwas so Elementares beschloss, wehrte man sich besser nicht.

Weihachten war vorbei. In zwei Tagen kam Leon wieder. Von Florian hatte ich seit dem verhängnisvollen Nachmittag nichts mehr gehört. Allerdings hatte ich mich auch nicht für das Buch bedankt.

Heiner hatte mich zu sich eingeladen, seine Großeltern waren noch da, aber er hatte wieder Zeit für mich.

Ich gab zu, ich war nervös, als ich an der Tür stand und klingelte. Ich war mir nicht sicher, was Heiner über mich, über uns gesagt hatte. Vor Weihnachten, wussten seine Eltern noch nicht Bescheid, dass er schwul war. Allerdings erzählte er mir gestern am Telefon, das er sich geoutet hatte. Sie hatten ihn nicht verbannt, waren aber auch nicht jubelnd durch die Gegend gerannt, wie er es ausdrückte. Ich würde es ja gleich erfahren.

Heiner öffnete mir die Tür, lächelte erfreut, als er mich sah und umarmte mich. Es war schön, ihn wieder leibhaftig zu sehen und nicht nur die Stimme am Telefon zu hören oder zu schreiben.

«Komm rein.» Er trat beiseite und ließ mich eintreten. Ich zog Jacke und Schuhe aus und er führte mich ins Wohnzimmer.

«Mama, Papa, das ist Tobias. Das sind meine Eltern und dort hinten versteckt, meine Großeltern, aber sie wollten sich erst später vorstellen. Sie waren der Meinung, dass portionsweise manchmal besser ist, als wenn man direkt alles auf einmal abbekommt.»

«Du bist also der Junge, den mein Sohn als Freund bezeichnet», begrüßte Heiners Vater mich.

«Ähm, meine Eltern freunden sich immer noch mit dem Gedanken an, dass ihr Sohn keine Mädchen nach Hause bringen wird», bemerkte Heiner amüsiert.

Ich schaute von einem zum anderen. Okay, die Lage war nicht gespannt.

«Hallo Tobias.» Heiners Mutter hielt mir ihre Hand hin und ich ergriff sie.

«Hallo. Und ja, ich bin Heiners Freund», kommentierte ich diese komische Unterhaltung. Ich streckte Heiners Vater die Hand hin. Er schüttelte sie vorsichtig, nicht dass er sich ansteckte. Kurz entschlossen ging ich zu den Großeltern und begrüßte sie auch.

«Immerhin hat unser Enkel einen guten Geschmack», meinte Heiners Oma und lächelte verschmitzt.

«Na, wo wir uns jetzt alle kennen, können wir uns an den Tisch setzen und endlich den Kuchen essen.»

Mit diesen Worten ließ Heiners Vater sich an der Kaffeetafel nieder und wir anderen folgten ihm. So komisch das Gespräch am Anfang war, Heiners Eltern und Großeltern waren sehr unterhaltsam und seine Oma schoss regelrecht den Vogel ab. Sie hatte einen trockenen Humor und scherte sich nicht im mindesten darum, was sie wem wie sagte.

Ich mochte sie. Vielleicht hatte ich ja irgendwann auch den Mut dazu. Zumindest wusste ich jetzt, woher Heiner sein erzählerisches Talent her hatte.

Nach zwei Stunden gingen Heiner und ich auf sein Zimmer. Es war nicht groß, aber gemütlich. Auf einer Seite mit einer Schräge, unter der sein Schreibtisch stand, direkt darüber ein Fenster, gegenüber ein Kleiderschrank und eine Kommode und an der Wand geradeaus befand sich das Bett. Er hatte keine Poster aufgehängt, dafür hing neben der Tür ein riesiges Bild. Auf dem waren zwei Vögel auf einem Strand zu sehen, unter den Vögeln ein Spruch: *Do wat du wullt, de Lüüd snackt doch*[1]. Das schien ein Lebensmotto in dieser Familie zu sein. Ich schmunzelte, als ich das Bild sah.

«Deine Großeltern scheinen besser als deine Eltern mit dem Schwulsein zurechtzukommen», bemerkte ich.

«Ja, allerdings. Das hätte ich nie gedacht. Aber meine Eltern halten sich tapfer. Es ist ungewohnt für sie. Sie kommen mit Veränderungen nicht so leicht zurecht. Wahrscheinlich hätten sie genauso reagiert, wenn du ein Mädchen gewesen wärst», erklärte er.

Wir setzten uns auf das Bett und lehnten uns an der Wand an. Es war komisch, da wir beide nicht recht wussten, was wir machen sollten. Es war etwas anderes, ob man telefonierte, oder sich sieht.

«Hast du was dagegen, wenn ich Leon übermorgen von uns erzähle? Allerdings muss ich dich vorwarnen, es dauert nicht lange, bis alle Bescheid wissen», fragte ich ihn.

«Nö, mach mal. Immerhin ist er dein bester Freund. Ich habe Jannis heute Morgen ebenfalls aufgeklärt. Konnte nicht mehr warten, bis wir uns in anderthalb Wochen im Internat wiedersehen.»

---

[1] Tu was du willst, die Leute reden doch.

«Schön, vielleicht erzählen wir es ihm auch zusammen. Ich wollte ihn morgen besuchen. Komm doch mit», lud ich ihn ein.

«Meinst du, das ist in Ordnung?», vergewisserte er sich unsicher.

«Na klar, Niklas hatte ich ebenfalls immer mitgenommen. Leon ist das gewohnt und außerdem wird Conny bestimmt auch da sein», wischte ich seine Bedenken beiseite.

«Okay.»

Das Gespräch erstarb kurz. War das immer so schwer am Anfang? Konnte mich nicht mehr erinnern, aber irgendwie hatte ich das Gefühl, dass es mit Niklas anders war. Vielleicht war er sich unsicher, was er machen durfte? Immerhin war ich sein erster Freund, er hatte noch nicht einmal eine Freundin.

«Also, wenn du küssen, kuscheln oder knutschen möchtest, stehe ich zur Verfügung.» Er schaute mich an. «Ich meine, ich bin zur Zeit neben dir, physisch, nicht nur am Handy.» Er lachte nervös auf.

«Du brauchst keine Angst zu haben», versuchte ich weiter, ihm Mut zu machen.

«Das ist alles völlig neu für mich», gab er zu und spielte mit seinen Fingern.

«Für mich ebenfalls. Wir lernen uns erst kennen, aber es spricht nichts gegen küssen oder kuscheln oder beidem.»

«Warum ist es für dich neu? Du hast das doch mit Niklas auch gehabt», fragte er erstaunt.

«Ja, allerdings bist du nicht er. Es ist praktisch

wieder wie das erste Mal mit allem», antwortete ich ihm.

«Das ergibt sogar einen Sinn, irgendwie. Oh Mann.» Er ließ sich auf die freie Seite fallen und lag jetzt verdreht auf dem Bett. Ich krabbelte neben ihn und legte mich ebenfalls hin, so dass ich ihn anschauen konnte.

Er streckte seine Hand aus und begann, mit dem Zeigefinger meine Gesichtskonturen nachzufahren. Die Augenbrauen, Nase, Wangenknochen, Kinn. Seine Augen folgten dem Finger. Als er bei den Lippen ankam, drückte ich ihm einen Kuss auf.

Die ganze Zeit blickte ich ihm in die Augen. Sein Finger hinterließ an den Stellen, die er berührte ein Kribbeln. Dann legte er sich richtig auf die Seite und küsste mich. Endlich bemerkte ich ein leichtes Flattern im Bauch. Es waren nicht die ganz großen Schmetterlinge, wie bei Niklas, aber Leon hatte Recht, es war bei jedem anders und trotzdem besonders.

Der Kuss wurde intensiver. Ich umfasste mit meinem freien Arm, Heiner irgendwo in der Körpermitte und zog ihn näher an mich. Meine Zunge umspielte seine Lippen und sie verstanden die Aufforderung. Aus einem Kuss wurden mehrere und daraus eine Knutscherei. Heiner wurde immer sicherer. Ich lächelte bei dem Gedanken, was selbstverständlich nicht unbemerkt blieb.

Meine Hand war inzwischen unter seinen Sweater gerutscht, während Heiners Hand brav auf meinen Klamotten lag. Natürlich wollte er wissen, worüber ich lächeln musste und ich erzählte es ihm. Heiner lief rot an. Ich küsste ihn einfach wieder.

Wir machten so lange weiter, bis sein Vater an die Tür klopfte und kurz darauf das Zimmer betrat. Wir blickten beide zu ihm auf.

Als er uns auf dem Bett liegen sah, wusste er im ersten Moment nicht, wo er hinschauen sollte. Verlegen schweifte sein Blick durchs Zimmer, nur um uns machte er einen großen Bogen.

«Ähm, das Abendessen ist fertig. Kommt ihr?» So schnell er konnte, verschwand er. Heiner und ich versuchten, das Lachen zu unterdrücken, was zumindest zum Teil gelang und im Glucksen endete.

Dann richteten wir unsere Klamotten und gesellten uns zu den anderen. Heiners Vater schaute in dem Moment, in dem er uns erblickte, sofort auf seinen Teller. Heiner und ich tauschten einen Blick und grinsten. Seine Eltern bekamen heute eindeutig einen Crashkurs in Sachen Heiner und Freund.

Als ich auf dem Rückweg von Heiner nach Hause war, kam ich an unserer Kirche vorbei. Ich sah, dass die Lichter innen brannten, und beschloss spontan reinzugehen. Über ein halbes Jahr war ich nicht mehr hier gewesen.

Nachdem ich die Tür hinter mir wieder leise schloss, umfing mich Stille. Die dicken Mauern hielten allen Lärm draußen. Diese Ruhe gab mir immer ein Gefühl der Sicherheit, dass ich schon vergessen hatte. Ich konnte hier gut nachdenken.

Langsam ging ich den Mittelgang entlang und betrachtete das Deckengewölbe. Mir war es bis heute ein Rätsel, wie die Leute das früher vor hunderten Jahren geschafft hatten.

Vor dem gekreuzigten Jesus blieb ich stehen und begutachtete ihn. Ich setzte mich auf den Boden vor ihm. Die Knie zog ich an und schlang meine Arme um sie. Das Buch von Florian hatte ich durchgelesen. Dann blickte ich mich um, ob ich auch wirklich alleine war.

«Warum sollte ich an dich glauben? Mir ist bewusst, dass du nicht persönlich dafür sorgst, dass einer krank wird und einer anderer gesund bleibt. Menschen werden krank, das liegt uns in den Genen und hat nichts mit Gott zu tun. Aber wenn man die Schöpfungsgeschichte genauer betrachtet, bist doch du wieder Schuld. Ich habe immer an dich geglaubt, weil es mir Sicherheit gab. Dort oben gab es noch jemanden, dem ich nicht egal bin. Aber wenn das so ist, warum hast du mir dann das Liebste genommen?

Wieso hast du Niklas sterben lassen? All diese Fragen und du wirst sie mir nie beantworten. Es ist unbefriedigend nur zu hören, dass er bis zu seinem Tod ein schönes Leben hatte. Das hatte er noch vor sich. Was hat er verbrochen, dass er so früh sterben musste? Kannst du mir das wenigstens beantworten?»

Bisher hatte ich mich nie getraut, in dieser Form Zwiesprache zu halten, aber ich merkte, dass es mir half laut zu sprechen.

Ich hörte die Schritte nicht, ich spürte nur, wie sich auf einmal jemand neben mir nieder ließ und blickte zu der Person.

«Hallo Tobias.» Es war Sebastian Becker, der Vikar.

«Das machen Sie gerne, oder? Andere belauschen und sich dann leise anschleichen», begrüßte ich ihn, dieses Mal nicht abweisend.

«Es tut mir leid. Aber ich wollte dich nicht unterbrechen. Wie geht's dir?», fragte er freundlich.

«Was glauben Sie wohl, wie es mir geht? Ich tanze Schleifen und pupse Schmetterlinge», antwortete ich ihm ironisch, um ihm dann doch noch eine ernste Antwort zu geben.

«Es wird nie wieder wie vorher und ich werde Niklas immer vermissen, aber es ist besser. Seit einer Woche habe ich einen Freund. Wenn ich bei ihm bin, geht es mir gut, wenn ich alleine bin, fehlt mir Niklas. Wie kann man auf der einen Seite jemanden mögen und trotzdem einen anderen so sehr vermissen, dass es körperlich weh tut?»

«Weil wir Menschen fähig sind, nicht nur einen

Menschen zu lieben und auf viele verschiedene Weisen lieben», meinte er. Ich nickte, um ihm zu verstehen zu geben, dass ich ihn verstanden hatte.

Dann stand ich auf, der Vikar erhob sich auch. «Danke für das kurze Gespräch.» Mit diesen Worten schaute ich mich noch einmal in der Kirche um. Ich hatte keine Lust, mehr mit ihm zu reden und ging.

Die nächsten Tage verbrachte ich mit Heiner, zumindest die Nachmittage. Leon kriegte sich vor lauter Freude kaum ein, als Heiner und ich zusammen bei ihm auftauchten.

Aber Silvester blieb ich trotzdem alleine. Es war Niklas und mein Jahrestag. Drei Jahre wären es an diesem Tag geworden. Das wollte ich nicht zwischen all der feiernden Leute verbringen. Leon akzeptierte es ohne Gegenwehr. Mit Florian hatte ich bis jetzt nicht gesprochen. Zu meiner Überraschung stellte ich fest, dass mir die Gespräche mit ihm fehlten.

Nachmittags ging ich zu seinem Grab und als ich zurückkam, war es bereits Abend. Aus dem Schrank holte ich die Niklas Kiste heraus und öffnete sie. Ich räumte sie aus und betrachtete als erstes die Fotos von uns. Im Laufe der Jahre hatten wie sie ausgedruckt, da wir beide immer noch die echten mochten und nicht nur auf Laptop und Handy.

Dann nahm ich all die Geschenke und Erinnerungsstücke in die Hand und verteilte sie um mich. Als Letztes ergriff ich das kleine Büchlein *Weißt du eigentlich, wie lieb ich dich hab.*

Es war Silvester vor zwei Jahren. Niklas war den

ganzen Tag bei mir und wir schauten wieder Schnulz-
filme und eine Doku. Die Doku *Bridegroom* handelte
über ein schwules Paar, bei der einer der beiden
durch einen Unfall ums Leben gekommen war. Weil
die sie nicht verheiratet waren, durfte der Überle-
bende sich nicht verabschieden und auf die Trauer-
feier war er nicht erwünscht. Das trieb sogar mir die
Tränen in die Augen.

Als der Film zu Ende war, holte Niklas aus seiner
Tasche ein Geschenk und gab es mir. Während ich es
auspackte, kuschelte er sich wieder an mich. Es war
zwar nur ein kleines kitschiges Buch, aber ich hatte
mich sehr darüber gefreut.

«Alles Gute zum ersten Jahrestag», freute er sich,
dass sein Geschenk so gut angekommen war. Ich
hatte ein Foto von uns beiden im Rahmen für ihn. Das
holte ich jetzt hervor und gab es ihm. Wir ließen das
Jahr Revue passieren. Unsere Gespräche mit den
Eltern, die überhaupt nicht schlimm waren, wie wir
dachten, die Klassenkameraden, die sich daran
gewöhnen mussten. All die ersten Dinge, die man
zusammen erlebte und entdeckte. Danach gingen wir
zu der Silvesterparty, die in dem Jahr bei Hauke statt-
fand.

Mir stiegen bei der Erinnerung wieder die Tränen
in die Augen. Ich schlug das Buch auf. Auf der ersten
Seite hatte Niklas in seiner krakeligen Schrift eine
Widmung geschrieben.

Ein tolles Jahr liegt hinter uns und ich wünsche mir,
dass diesem noch viele folgen werden. Ich liebe dich, dein

Bär.

Da saß ich, mitten in meinem Zimmer, um mich herum die Erinnerungsstücke und Fotos ausgebreitet, hielt das Buch in der Hand und weinte. Dieses Mal nicht, weil mir Niklas fehlte, sondern wegen der Ungerechtigkeit des Lebens. Wir wurden der Chance beraubt, herauszufinden, ob es mit uns funktioniert hätte. Hätten wir uns um unsere erste Wohnungsein- richtung gestritten? Wie sähe unser Zusammenleben aus? Hätten wir es überhaupt so weit geschafft?

Jemand setzte sich hinter mich, neben mir tauchten Beine auf, Arme umschlangen mich und hielten mich fest. Sachte wiegten wir uns hin und her. An den Socken erkannte ich Florian. Er liebte bunte Strümpfe mit Motiven, und heute hatte er Meister Yoda an.

Ich lehnte meinen Kopf an seine Schulter und weinte wieder seinen Pullover nass. Ich weiß nicht wie lange ich brauchte, aber ich beruhigte mich. Wir blieben so sitzen.

«Hey Nerd» flüsterte er in meine Haare, da sein Kopf an meinem lehnte.

«Was machst du hier?», schniefte ich ebenso leise.

«Leon erzählte mir auf der Party, dass du heute nicht kommen würdest. Ich konnte dich nicht alleine lassen.» Er flüsterte immer noch. Ich merkte, dass meine Hände nach seinen Armen gegriffen und dort Halt gefunden hatten.

«Und warum kannst du mich nicht alleine lassen?»

«Genau deswegen.» Sein Kopf beschrieb einen Kreis um all die versammelten Erinnerungen auf dem

Boden. «Ich wusste, wenn du hier bist, wirst du weinen und ich wollte nicht, dass du dich in deiner Trauer verlierst.» Er griff nach dem Buch, dass mir aus der Hand geglitten war, als ich nach seinen Armen gegriffen hatte.

«Und bevor du etwas sagst, ich möchte nur mit dir befreundet sein. Mir ist bewusst, dass du mit Heiner zusammen bist, aber ich will trotzdem für dich da sein», schob er hinterher. Ich nahm das schweigend hin.

Er schlug das Buch auf und las Niklas Widmung. «Bär? Du hast ihn Bär genannt?», lachte er auf. «Er sieht gar nicht so bärenmäßig aus.»

Ich schmunzelte bei der Bemerkung. «Ich hab drei Haare auf der Brust, ich bin ein Bär», summte ich. «Niklas war der Meinung, als wir etwa ein halbes Jahr zusammen waren, dass er Haare auf der Brust bekommt. Ständig hat er das Lied gesungen. Ich konnte zwar trotz intensiver Untersuchungen keine finden, aber ab da habe ich ihn Bär genannt, wenn wir unter uns waren», erzählte ich ihm.

Wir saßen immer noch vertraut auf dem Boden und hatten uns nicht bewegt. Zum ersten Mal nahm ich Florians Geruch wahr. Er roch gut, wie ich feststellte. Anders als Niklas oder Heiner.

«Wie nannte er dich?»

«Maulwurf», grinste ich. «Ich verkrieche mich immer unter einer Decke, wenn ich mich unwohl, mit einer Situation überfordert fühle oder einfach meine Ruhe haben will.»

Florian quittierte das mit einem Okay. Dann legte er das Buch beiseite, löste sich von mir, stand auf und streckte mir seine Hand entgegen.

«Komm, wir gehen an den Strand», forderte er mich auf und griff gleichzeitig nach meinem Arm, um mich hochzuziehen.

«Ich will jetzt nicht an den Strand. Da sind die ganzen verrückten Touris und andere, die Silvester feiern», wehrte ich ab. Außerdem merkte ich, dass mir die Augen vom Weinen brannten und sich Kopfschmerzen breitmachten.

«Ach quatsch, die kommen erst um halb zwölf, wir haben es jetzt acht Uhr. Da ist noch niemand. Zieh dich an und keine Widerrede», schmetterte er meinen Einwand ab und zog mich unbarmherzig hoch.

Wir gingen nach unten und zogen uns an. «Wir müssten noch einmal kurz bei mir vorbei», erwähnte er geheimnisvoll. Ich wurde hellhörig.

«Was hast du vor?» Ich klang misstrauisch, sogar in meinen Ohren.

«Lass dich überraschen, es ist nichts Schlimmes.» Na toll, darauf hatte ich überhaupt keine Lust.

«Was ist, wenn Heiner uns sieht? Ihm sage ich ab und mit dir gehe ich zum Strand? Was soll er von mir denken?»

Auch diesen Einwand fegte er weg. «Heiner wird von Leon auf der Party eingeführt. Keine Sorge, er wusste nicht, dass ich da war, und früh wieder abgehauen bin.» Super, ich war der Überraschung ausgeliefert.

Bei ihm angekommen, musste ich draußen warten. Nicht lange und Florian kam wieder heraus mit einer Laterne in der Hand. Ich schaute ihn verständnislos an.

«Wir können los. Ich erklär dir alles auf dem Weg.» Ich zuckte mit den Schultern.

«Du hast mir neulich erzählt, dass du dir bei Sturm immer vorstellst, wie die Geisterschiffe mit den verlorenen Seelen auf dem Meer tanzen. Da ist mir etwas eingefallen, dass ich mal gelesen habe. Die Chinesen haben einmal im Jahr ein sogenanntes Geisterfest, wo sie den Verstorbenen helfen, ihre Qualen und Leiden loszuwerden. Sie stehen ihren Geistern bei, zu ihren Familien zurückzukehren. Dafür wird zum Beispiel Papiergeld verbrannt oder Laternen müssen über das dunkle Wasser fahren. Dadurch weisen sie den Geistern den Weg. Das ist eine Art der Trauerbewältigung. Ich habe diese für dich gebastelt und da wir gerade Flut haben, passt es. Und es ist heute fast windstill, so dass du gleich die Kerze anbekommst und die Laterne ins Wasser stellen kannst», erklärte er.

Oh mein Gott.

«Flo, das ist total lieb von dir, aber das ist zu viel. Wie soll ich das je wieder gutmachen?»

«Durch deine Freundschaft. Irgendwann geht es mir schlecht und dann weiß ich, bist du für mich da. So läuft das doch mit Freunden, oder?», war seine schlichte Antwort.

Am Strand waren wir tatsächlich bisher die Einzigen. Ich zündete die Kerze an und setzte die Laterne aufs Wasser. Sie schwamm. Wir beobachteten schweigend, wie die Wellen sie mitnahm.

Ich stellte mich nah an Florian und lehnte mich an ihn, während wir zusahen, wie die Kerze flackerte und nach einem kurzen Kampf verlor und erlosch. Die Laterne wurde von der Dunkelheit verschluckt, wie alles andere auch. Es war noch immer still, nur das Rauschen der Wellen war zu hören.

«Danke dir», durchbrach ich die Ruhe. Er umarmte mich, ließ aber schnell wieder los. In diesem Moment ging mir auf, dass Florian immer dann zur Stelle war, wenn ich jemanden brauchte. Bei ihm hatte ich keine Hemmungen zu weinen, mit ihm darüber zu sprechen, wie dunkel es in mir aussah.

Bei Heiner machte ich das nicht. Ich redete zwar mit ihm über Niklas, aber ich erzählte ihm nur die lustigen Dinge. Nie sprach ich darüber, wie es mir ging, weil ich Angst hatte, ihn zu verschrecken. Konnte so eine Beziehung funktionieren? War ich ihm gegenüber fair? Ich mochte Heiner, beschloss ich. Irgendwann würde ich auch mit ihm über meine Innenleben sprechen.

«Lass uns wieder zu mir gehen, bevor hier die Ersten erscheinen», bat ich Florian.

Zu Hause verbrachten wir den Silvesterabend und den Beginn des neuen Jahres damit, ihm die Geschichten zu den Bildern von Niklas und mir zu erzählen.

Am Nachmittag des Neujahrstages trafen wir uns bei Leon. Er, Conny und Heiner waren noch von der Silvesterparty mitgenommen, während ich quietschfidel war. Florian war gegen zwei Uhr gegangen. Dieser kam im Laufe des Nachmittags auch vorbei und hatte einen unbekannten Jungen im Gefolge. Es war Jonas, sein bester Freund aus Essen. Er war die nächsten Tage auf Besuch bei ihm.

Ob Florian ihm wohl von mir erzählt hatte? Er hatte zumindest niemanden gegenüber erwähnt, dass Jonas kam. Die anderen berichteten von der Silvesterparty, wer mit wem und wohin verschwunden war, wer Mitternacht noch erlebte und wer zu voll war.

«Wo warst du eigentlich Florian? Ich hab dich gar nicht gesehen. Dein Schwarm war auf jeden Fall da und hat nach dir gefragt», erkundigte Conny sich bei imn.

«Ich habe den Abend mit...» Ich schaute ihn flehend an nichts zu verraten.

«...Jonas verbracht.» Jetzt guckte der schnell zu ihm, spielte das Spiel aber mit.

«Wir hatten uns so lange nicht mehr gesehen und da habe ich auf einen Männerabend zu zweit bestanden. Nur er und ich.»

Nach einem dankbaren Blickwechsel mit Florian, blickte ich erleichtert aus dem Fenster und sprang auf.

«Es schneit, Leon, los, du weißt, was zu tun ist», rief ich aufgeregt. Der schaute ebenfalls raus und rannte zu seiner Kommode im Zimmer. Darauf stand die Anlage. Schnell riss er eine Schublade auf und fing an wild darin zu suchen.

«Nun mach schon», drängelte ich.

«Ich finde die CD nicht.» Ich stellte mich neben ihn und zusammen durchsuchten wir die Schublade. Die anderen schauten uns verständnislos an, aber jetzt war keine Zeit für Erklärungen. Wir mussten unser Schneeritual durchziehen, dass wir seit der Kindheit praktizierten.

Endlich, wir fanden sie. Leon legte sie ein, suchte das richtige Lied raus und drehte die Anlage voll auf. Rolf Zuckowskis Stimme erfüllte den Raum.

Es schneit, es scheint, kommt alle aus dem Haus, die Welt, die Welt, sieht wie gepudert aus....

Leon und ich hüpften wild im Zimmer herum und brüllten mit. Ich glaube, die anderen dachten, wir hätten einen Dachschaden. Von denen hatte mich noch nie einer so erlebt, seitdem wir uns kannten.

Früher war ich öfter so verrückt. Conny schüttelte über uns den Kopf, als würde sie uns für nicht zurechnungsfähig halten, Heiner gesellte sich zu uns und sang mit, Florian und Jonas lachten sich kaputt und fielen aber mit ein.

Als das Lied zu Ende war, stürmten Leon und ich die Treppe runter zu unseren Jacken.

«Schuhe werden erst an der Terrassentür angezogen, Jungs», hörten wir seine Mutter lachend aus dem Wohnzimmer, die wusste, was die Stunde geschlagen hatte. Wir schnappten uns unsere Sachen, liefen zur Terrassentür, zogen uns dort an und gingen nach draußen. Immer gefolgt von den anderen.

Im Garten stellten wir uns in die Mitte, hielten die Arme in die Luft und tanzten und sangen hier weiter. Nach einigen Minuten blieben wir stehen, an der Terrassentür standen die anderen und warteten ab, was noch folgen mochte.

«Das war unser Schneetanz, in der Hoffnung, dass der Schnee reichlich fallen möge und lange liegen bleibe», erklärte Leon.

Heiner kam zu mir herüber und umarmte mich von hinten. Er war noch schüchtern, was öffentliche Zuneigung anging, von daher freute mich das besonders. Allerdings verstand ich ihn, Niklas und mir erging es nicht anders am Anfang. Aus Angst jemanden vor den Kopf zu stoßen, traute ich mich nicht einmal, seine Hand zu berühren. Aber irgendwann hatten wir diese Phase überstanden.

Heiner drückte mir einen Kuss auf die Wange. Ich schaute währenddessen zu Florian, der meinen Blick erwiderte. Jonas hatte die Szene auch beobachtet und legte ihm einen Arm um die Schultern, ich sah, wie sein Daumen leicht seinen Hals streichelte und sein Blick von mir und Heiner zu Florian schweifte. Er wusste also Bescheid.

Conny, Heiner und Leon bekamen das nicht mit. Heiner war mit mir beschäftigt und Conny war zu Leon herüber geschlendert. Diese Geste von Jonas bei Florian wirkte so vertraut. Ich zwang mich wegzuschauen und wandte mich Heiner zu.

«Mir ist kalt, ich gehe wieder rein. Kommt ihr mit?», tönte Florians Stimme zu uns rüber.

«Du Pussy. Dich härten wir auch noch ab», rief Leon ihm entgegen, setzte sich aber in Bewegung. Ich gab Heiner einen Kuss und folgte ihnen mit ihm. Selbstverständlich zogen wir an der Terrassentür die Schuhe wieder aus und stellten sie ordentlich im Flur auf der Matte ab.

In Leons Zimmer, überlegten wir, einen Film anzuschauen. Es war nicht einfach, sich auf einen Gemeinsamen zu finden. Vor allem für Conny als einziges Mädchen unter fünf Jungs. Wir konnten uns nach langer und hitziger Diskussion auf *Fack yu Göhte* einigen.

«Ich wusste gar nicht, dass du so verrückt sein kannst, Tobi», warf Conny während des Filmes ein.

«Oh, Tobi war früher oft so. Ich kann euch Geschichten erzählen, das würdet ihr nicht glauben. Niklas und ich konnten ihm die Dinge selten ausreden. Manchmal mussten die Touris echt leiden unter ihm», klärte Leon die anderen auf.

«Los erzähl' was», bat Heiner neben mir.

«Nein, du hältst die Schnauze. Das fällt unter das Beste-Freunde-Schweigegelübde», versuchte ich ihn zu bremsen.

Florian, der ebenfalls neben mir saß, presste seine Hand auf meinen Mund. «Achte nicht auf ihn Leon. Erzähl' schon. Wir haben nicht jeden Tag die Gelegenheit Tobi von einer anderen Seite kennen zu lernen.»

Ich befreite mich von der Hand. Er hatte ziemliche Kraft. Aber jetzt übernahm Heiner und legte mir von hinten einen Arm um den Körper, verschloss mit der

Hand wieder meinen Mund und zog mich an sich, um jeden Protest gleich im Kern zu ersticken.

Leon überlegte, was er erzählen könnte. «Ok, das ist etwas eklig und nicht lustig. Da waren wir, ich glaube zehn Jahre. Egal, es war Sommer, Ferienzeit und da laufen die Touris ja in Scharen hier herum. Ein älteres Ehepaar saß auf der Promenade auf der Bank und schaute in trauter Zweisamkeit zwischen all den anderen Leuten auf das Meer hinaus. Tobi kam auf die Idee, Möwenscheiße an ihre Jacken zu schmieren. Also suchte er sich einen langen Stock und zog ihn schön durch den Schiss. Dann ging er mit dem Stock in der Hand an der Rückenlehne der Bank vorbei und zog ihn ganz vorsichtig an deren Klamotten vorbei. Dabei setzte er das unschuldigste Gesicht der Welt auf. Und ob ihr es glaubt oder nicht, die Kacke ist an den Klamotten hängen geblieben.»

«Ih, das ist eklig.» Conny verzog das Gesicht. Heiner hatte inzwischen seine Hand von meinem Mund genommen und ich mich an ihn gekuschelt. Ich genoss diesen ausgelassenen Nachmittag in vollen Zügen. So entspannt hatte ich mich lange nicht mehr gefühlt.

«Oh, weißt du noch vorletztes Jahr, als wir die Tastaturen im Computerraum zum Wachsen gebracht haben?», fiel mir da ein.

«Ihr habt was gemacht?», fragte Jonas ungläubig.

«Ich hatte Langeweile zu Hause, Niklas beim Training, Leon keine Ahnung mehr was und ich hatte nichts zu tun. Da habe ich ein wenig im Internet gesurft und gesehen, wie Leute Feuchttücher und Samen in eine Tastatur getan haben. Das fand ich lustig. Also habe ich Küchentücher und Kressesamen besorgt und in einer Freistunde sind wir in den Computerraum gegangen. Damals war er nicht abgeschlossen. Ich hatte eine Flasche Wasser dabei, damit ich die Küchentücher anfeuchten konnte. Niklas und Leon fanden das erst gar nicht lustig und wollten mich davon abbringen. Aber ich habe einfach begonnen und mir jeden Arbeitsplatz vorgenommen.

Wir haben das am Freitag gemacht, am Montag ist unser Direktor fast aus den Latschen gekippt, als er die Tastaturen gesehen hatte. Da wuchs zwischen den Tasten Kresse.» Ich lachte los bei dem Gedanken an den Aufruhr in der Schule.

«Stimmt, blöd nur, dass du für solche Streiche bekannt warst», fiel Leon in mein Lachen ein. «Aber du hast für jeden aufgeflogenen Streich mannhaft gerade gestanden.»

«Nur leider war es dieses Mal ein teurer Spaß. Ich habe ein Jahr lang Tastaturen von meinem Taschengeld bezahlt.»

Florian, Conny und Jonas lachten jetzt ebenfalls mit. Heiner bewegte sich auf und ab.

Leon und ich erzählten noch einige Streiche und wir lachten, bis uns die Tränen kamen. Gegen Abend löste sich unsere Gemeinschaft auf. Heiner kam mit zu mir. Wir wollten so viel Zeit wie möglich miteinander verbringen, bevor er zum Schulbeginn wieder ins Internat musste.

Die paar Tage flogen dahin und ehe wir uns versahen, war es wieder Samstag. Ich verbrachte sie mit Heiner. Leon, Conny, Florian und Jonas schlossen sich mal mehr, mal weniger an. Ich genoss jeden Einzelnen und dachte nicht oft an Niklas. Abends im Bett schlichen sich regelmäßig das schlechte Gewissen und Schuldgefühle an.

Dann rief ich mir Niklas und Leons Worte ins Gedächtnis. Wenn er mich von da oben hier unten sehen könnte, wäre er bestimmt zufrieden. Meine Eltern waren froh, dass ich wieder aus mir herauskam und von Heiner begeistert.

Ständig fragte ich mich, wie es sein würde, wenn wir uns nur am Wochenende sehen. Morgen musste Heiner wieder ins Internat. Wir wollten jeden Tag telefonieren. Allerdings kam er erst in vier Wochen beim erneut heim. Vorher durfte er nicht. Die mussten alle dortbleiben, um sich einzugewöhnen.

Vielleicht fuhr ich nach Bremen und besuchte mit Heiner ein Spiel von Werder Bremen. Mit Niklas war ich viermal im Stadion. Er war ein großer Werder Fan.

Diesen Nachmittag verbrachten Heiner und ich alleine. Die wenige Zeit, die uns verblieb, wollten wir für uns. Wir trafen uns am Strand. Es war kalt, aber die Sonne hatte Erbarmen mit uns und strahlte.

«Ähm, Tobi, ich hab eine Frage», begann Heiner zögerlich. Wir sprachen gerade über die Schule. «Und du fühl dich nicht gedrängt, ich wäre nicht böse, wenn du nein sagst», fügte er hastig hinzu.

Ich wurde neugierig. Er nahm sichtbar all seinen

Mut zusammen. Ich beobachtete ihn.

«Schieß los», munterte ich ihn auf.

«Magst du heute Nacht bei mir übernachten?» Die Worte kamen regelrecht aus seinem Mund geschossen. Ich brauchte einen Moment, um sie für im Kopf zu sortieren. Natürlich wollte ich das.

«Du musst nicht, wenn du nicht willst», bestätigte er mir noch einmal, dieses Mal enttäuscht, meine lange Pause missdeutend.

«Nein, ich meine, ja, selbstverständlich will ich bei dir übernachten. Aber nicht, dass deine Eltern gleich in Ohnmacht fallen», beruhigte ich ihn sofort.

Er lächelte mich an und seine Augen strahlten. Seine Eltern freundeten sich zwar langsam mit dem Gedanken an mich an, aber sie kämpften noch immer mit der Normalität. Ich machte mir einen Spaß daraus, Heiner in ihrer Gegenwart zu umarmen oder nach seiner Hand zu greifen. Sie schauten ständig peinlich berührt durch die Gegend.

Auf dem Weg zu ihm am frühen Abend, hielten wir bei mir, damit ich ein paar Sachen zum Wechseln und meiner Mutter Bescheid geben konnte.

Nachdem Abendessen verkrümelten wir uns in sein Zimmer. Auf dem Bett kuschelten wir uns aneinander und knutschten. Seine Eltern würden nicht mehr, ohne anzuklopfen, hereinkommen, trotzdem hatten wir zusätzlich abgeschlossen.

Nach einer Weile schlug ich vor, uns bettfertig zu machen, und unter die Decke zu kuscheln. Ich stand auf und zog mich bis auf die Boxershorts aus. Dann kramte ich mein Schlafshirt hervor und schlüpfte hinein. Es war total süß mit anzusehen, wie Heiner mich beobachtete. Als ich fertig war, setzte er sich auf und begann, sich langsam auszuziehen. Ein Lächeln stahl sich auf meine Lippen.

«Komm, ich helf dir», beschloss ich und gab ihm keine Gelegenheit zum Antworten. Ich setzte mich auf seinen Schoß, ergriff den Saum des Pullovers und zog ihn aus. Als sein Kopf wieder zum Vorschein kam, gab ich ihm einen langen Kuss.

In mir kroch die Lust auf mehr hoch, aber ich bremste mich. Heiner hatte keinerlei Erfahrung und ich wollte ihn nicht verschrecken. Dann zog ich ihm das T-Shirt aus und küsste ihn wieder, während meine Hände seinen Oberkörper erkundeten.

Seine Hände begaben sich auf Wanderschaft unter meinem Shirt. Sanft drückte ich Heiner nach hinten, und hockte nun über ihm. Meine Hände arbeiteten sich langsam streichelnd nach unten vor, während wir uns weiter küssten. Mein Mund küsste sich seinen Weg über das Kinn zum Hals.

Am Hosenbund angekommen, knöpfte ich die Hose auf. Dabei schaute ich ihn fragend an, ob es in Ordnung war. Er zog mich zu sich runter und küsste mich zur Antwort. Dann zog er mir das Shirt aus.

Mein Penis drückte gegen den Stoff. Vom Hals küsste ich mich wieder abwärts über das Schlüsselbein nach unten. Er streichelte mir über den Rücken und hatte die Augen geschlossen. Heiner genoss es in vollen Zügen. Durch die geöffnete Hose spürte ich, wie sein Schwanz steif wurde. Als ich an der Hose ankam, richtete ich mich kurz auf und befreite ihn davon. Die Socken kamen direkt mit. Mit meinen Händen an seinen Innenschenkeln entlang streichelnd kam ich wieder nach oben.

Als ich über seine Boxershort strich und dabei seinen Schwanz berührte, stieß er ein leises Stöhnen aus. Ich küsste mich aufwärts und als sich unsere Münder vereinigten, rieb ich mit meinem Becken an seinem. Automatisch übernahm er die Bewegung und seufzte wieder auf.

Ich keuchte auf, es war ein tolles Gefühl trotz des Stoffes dazwischen. Eines, dass ich lange nicht mehr hatte. Heiner stöhnte immer öfter, die Küsse wurden gieriger.

Ich legte mich neben ihn. Er schaute mich fragend an. Dann nahm ich seine Hand, führte sie unter meine Boxershorts zum Schwanz, schloss sie um ihn und rieb mit ihr hoch und runter. Er blickte mich mit großen Augen an, machte aber weiter. Ich zog meine Hand hervor und unter seine Shorts gleiten, wo ich begann, ihm einen runterzuholen.

Von Sekunde zu Sekunde atmeten wir schwerer, wir küssten uns zwischendurch. Um mehr Platz zu haben, schob ich seine Boxershorts herunter. Leise stöhnend kam er, dabei drückte seine Hand um meinen Schwanz und das brachte bei mir ebenfalls das Fass zum Überlaufen. Wir lagen still nebeneinander und ich verteilte kleine Küsse in seiner Halsbeuge, während wir zu Atem kamen.

Nach einigen Minuten ergriff er Taschentücher vom Nachttisch und reichte mir eines, damit wir uns säubern konnten.

«Kannst du mir bitte verraten, wie ich das jetzt vier Wochen ohne dich aushalten soll?», durchbrach er die Stille. Ich kicherte.

«In dem wir dabei telefonieren und uns selbst berühren.»

«Du... du meinst....Tel... Telefonsex?», stotterte er schockiert und fasziniert zugleich.

«Jepp. Oder geht das nicht, weil du nie alleine im Zimmer bist?», fragte ich ihn.

«Hast du denn sowas schon gemacht?», wollte er neugierig wissen.

«Ja, mit Niklas. Wir waren etwa eineinhalb Jahre zusammen und er war mit dem Sportverein für drei Tage unterwegs. Am ersten Abend, wir hatten schon ne Stunde telefoniert, fing er auf einmal an mir zu erzählen, was er jetzt am liebsten mit mir machen würde. Na ja, eins führte zum anderen. Wir haben das seitdem öfters gemacht, wenn wir uns nicht mehr sehen konnten», erzählte ich ihm.

Ich dachte an den besagten ersten Abend zurück. Am Anfang war es mir peinlich. Den Partner zu berühren, während er anwesend war, war die eine Sache. Aber laut auszusprechen, wo er sich anfassen sollte, schon etwas anderes. Und ganz speziell war es, sich selbst zu befriedigen, während der Freund am Telefon war. Zumindest für mich. Allerdings legte ich meine Scham schnell ab. Mit Niklas über die Entfernung auf diese Art und Weise Lust zu empfinden, konnte sehr viel Spaß machen.

Heiner und ich redeten miteinander, bis er die Initiative ergriff und eine zweite Runde folgte.

Am nächsten Morgen wurden wir von einem Klopfen an der Tür geweckt. Im Nacken spürte ich den regelmäßigen Atem von Heiner, seine Morgenlatte drückte gegen meinen Hintern. Seine Arme umschlangen mich.

Beim Wachwerden lächelte ich. Heiner regte sich hinter mir. Ich hatte ganz vergessen, wie schön es sein konnte, neben jemanden aufzuwachen.

Heiner gab mir einen Kuss in den Nacken. Wir hatten uns gestern Abend nichts mehr angezogen, so dass wir nur unsere Boxershorts trugen. Unter der Decke in der Umarmung war es muschelig warm. Ich drückte mich näher an ihn und seufzte wohlig auf.

«Morgen» brummte ich und beugte meinen Kopf zu einem seiner Arme, den ich küsste.

«Morgen» erhielt ich kratzig zurück. «Ich will heute nicht fahren. Will viel lieber hier bleiben», nuschelte er in meine Haare.

«Wir könnten uns einfach die Decke über den Kopf ziehen. Dann findet uns garantiert keiner», schlug ich noch schläfrig vor.

«Mh, klappt bestimmt.» Ich zog die Decke über unsere Köpfe. Heiner streichelte mit seinen Fingerspitzen über meine Arme, was mir eine Gänsepelle über die Haut jagte.

Es klopfte wieder an der Tür. Dieses Mal energischer. «Heiner, steh' endlich auf. Wir haben es neun und um elf Uhr wollen wir los. Du musst dich noch fertig machen, den Rest packen und frühstücken», erklang die Stimme seines Vaters dumpf durch die

Tür.

«Ja, wir kommen schon», grummelte Heiner zurück.

«Also ich komme gerade nicht», stellte ich fest und grinste.

Heiner lachte leise auf und prustete mir dabei in den Nacken.

«Hat leider nicht funktioniert. Wir sollten aufstehen.» Seine Stimmung wechselte. «Nur noch zwei Stunden und dann vier Wochen nur telefonieren und skypen. Echt blöd, aber ich konnte Mama und Papa nicht überreden, das letzte halbe Jahr hier auf die Schule zu gehen.»

«Jo. Ab ins Bad.» Ich schlug die Decke beiseite und die plötzliche Kälte vertrieb die letzte Müdigkeit.

«Nein, ich lass' dich nicht gehen.» Mit diesen Worten umarmte er mich fester. Ich lachte.

«Komm einfach mit mir ins Bad.»

«Naaa gut.» Er gab mir einen letzten Kuss in den Nacken und ließ mich los.

Wir gingen ins Bad und putzten uns die Zähne. Dann stieg ich unter die Dusche. Heiner beobachtete mich mit großen Augen.

«Na komm schon», forderte ich ihn auf. Er zog sich aus und folgte mir. In der Dusche hätten zwei weitere Personen ohne Probleme Platz gefunden. Ich zog ihn an mich und küsste ihn. Er erwiderte den Kuss sofort, dann machte er einen Schritt an mir vorbei und nahm sein Shampoo zur Hand.

«Wir sollten uns beeilen, sonst wird meine Mutter

nervös, weil wir nicht pünktlich loskommen. Dabei könnten wir auch heute Nachmittag fahren.»

Mir war egal, was seine Mutter wurde. Bei Heiners nackten Anblick hatte ich ganz andere Dinge im Kopf. Ich stellte mich hinter ihn, drückte meinen Körper an ihn. Dann rieb ich mit meinem Becken an seinem Hintern. Er erstarrte einen Moment. Meine Hände fuhren langsam an seiner Seite von den Schultern an abwärts.

«Ich werde bei deinem Anblick nervös», flüsterte ich ihm ins Ohr. Mein Glied wurde steif.

«Tobi..., bitte...» Seine Stimme erstarb, als ich nach seinen Eiern griff und anfing sie zart zu drücken. Dafür keuchte er auf.

«Ja, was wolltest du sagen?», fragte ich ihn wieder provozierend.

«Soll ich aufhören?» Meine zweite Hand beschäftigte sich ebenfalls mit seinen Eiern. In jeder Hand lag eines. Sein Schwanz zeigte Wirkung und wurde hart. Er keuchte und schüttelte mit dem Kopf. Ich hatte mich weiter an ihn gerieben und mir entkroch ein Stöhnen.

«Gut.» Ich ließ seine Eier los, drehte ihn um und drückte ihn gegen die Wand. Dann lehnte ich mich an und nahm unsere Schwänze in eine Hand, während ich ihn küsste.

Heiners Hände blieben an meinem Hintern hängen, den er jetzt knetete. Mitten im Kuss stöhnte ich. Von oben prasselte unablässig warmes Wasser. Die Kussunterbrechung nutzte ich und kniete mich vor ihn. Von unten blickte ich in seine Augen, in denen ich

Verlangen lesen konnte.

Mit meiner Zunge leckte ich seinen Schwanz entlang bis zur Eichel. Seine Augen wurden groß und er vergrub seine Hände in meinen Haaren. Dann lehnte er seinen Kopf an die Wand.

«Heiner, jetzt werdet endlich fertig, wir wollen frühstücken. Du musst schon völlig aufgelöst.» Dieses Mal war es die Stimme seiner Mutter, die t genervt klang.

Er riss die Augen noch weiter auf, sofern das möglich war. Ich ließ mich davon nicht abschrecken und nahm seinen Schwanz in meinen Mund. Langsam glitt er tiefer. Heiner versuchte, mich wegzustoßen, aber ich machte unbeirrt weiter.

«Hast du mich gehört?», erklang erneut seine Mutter. Er unterdrückte ein Stöhnen, während ich den Schwanz wieder freigab.

«Ja», war alles, was er hervorbrachte. Wir wussten nicht, ob seine Mutter ihn gehört hatte und ob sie gegangen war, wir hörten auf jeden Fall nichts mehr.

Meine Zunge spielte jetzt mit seiner Eichel, bevor ich wieder seinen Penis in meinem Mund aufnahm. «Oh Mann», entfuhr es Heiner, während er versuchte leise zu sein.

Nun erhöhte ich das Tempo und hielt dabei die Taille fest. Er hatte den Impuls, in mich zu stoßen und das wollte ich verhindern. Ich spürte, wie er immer härter wurde und sein Glied anfing zu pulsieren. Jetzt dauerte es nicht mehr lange. Ganz zart ohne ihn zu verletzen, rieb ich mit den Zähnen an ihm entlang und mit einem letzten erleichterten Keuchen entlud er sich. Ich schluckte einen Teil, bevor ich seinen Schwanz aus dem Mund gleiten ließ und mich wieder aufrichtete, um ihn zu küssen.

Mein Penis war immer noch steif. Heiner schaute mir in die Augen und bevor sein Blick nach unten schweifte. Ohne ein Wort zu sagen, griff er nach meinem Schwanz und verhalf mir zu einem Orgasmus.

Danach beeilten wir uns fertig zu werden und schwiegen dabei.

«Mach sowas nie wieder, okay?», bemerkte Heiner, bevor wir das Badezimmer verließen. Die Hitze stand im Raum, überall war Dunst.

Ich schaute ihn traurig an. «Schade, ich dachte, es hätte dir gefallen.»

«Das meinte ich nicht», korrigierte er mich und wurde rot. «Du weißt genau, was ich meine. Wie kannst du in aller Seelenruhe weitermachen, während... während meine Mutter vor der Tür steht und mit mir redet?», empörte er sich.

Ich grinste ihn frech an. «Hat doch geklappt.» Dann gingen wir nach unten.

«Da seid ihr ja endlich. So lange brauche ich nicht mal als Frau im Bad. Was habt ihr denn da gemacht?», fragte Heiners Mutter genervt. Sein Gesicht überzog wieder eine Röte, aber seine Eltern bekamen es nicht mit. Sie waren mit dem Belegen ihrer Brötchen beschäftigt.

«Wir haben uns gewaschen, die Zähne geputzt und

angezogen. Jetzt stinken wir nicht mehr», antwortete ich grinsend. Heiner griente ebenfalls. Sein Vater grunzte nur.

«Heiner, kannst du den letzten Koffer herunterholen? Dann packe ich jetzt das Auto und wir können los», bat sein Vater nach dem Frühstück. Wir gingen hoch, wo er noch den Kulturbeutel und sein Kissen einpackte. Ohne sein Kissen schlief er nirgendwo anders.

Mir wurde bewusst, dass es jetzt ernst wurde und mir wurde schwer ums Herz. Heiner schien es ebenfalls nicht leicht zu fallen. Er trat auf mich zu. Ich griff nach den Gürtellaschen an der Jeans und zog ihn zu mir. Dann legte ich meine Arme um ihn und vergrub meine Hände in seinen Gesäßtaschen. Er umarmte mich und lehnte sich gegen mich, seinen Kopf legte er auf meiner Schulter ab.

«In vier Wochen sehen wir uns wieder. Die gehen fix vorbei», redete ich uns beiden gut zu.

«Aber nicht schnell genug.» Wir blieben eine Weile still stehen, bevor wir uns zum Abschied küssten.

Dann ergriff Heiner seinen Koffer und ging herunter. Ich folgte ihm mit meinen Sachen. Als wir draußen waren, zog er die Haustür hinter mir zu und schloss ab. Sein Vater nahm ihm den Koffer ab und verstaute ihn im Auto. Seine Mutter stand an der Beifahrertür und wartete auf ihre Männer.

Ich umarmte Heiner ein letztes Mal für die nächsten vier Wochen und sog seinen Geruch ein. Ich hatte mir ein Shirt von ihm eingepackt, damit ich etwas von ihm hatte. Als ich ihn wieder losließ, überraschte er mich, in dem er mich küsste.

Seine Eltern schnell ein und taten so, als ob sie es nicht mitbekommen hätten. Dann schlenderten wir zum Auto, Heiner nahm auf dem Rücksitz Platz und ich wünschte allen eine schöne Fahrt.

«Bis später. Ich melde mich heute Abend bei dir und schreibe, wenn wir angekommen sind», verabschiedete Heiner sich, dann schloss er die Tür und sie fuhren los.

Ich schaute dem Auto hinterher, bis es um die Ecke verschwand. Nun machte ich mich auf den Weg nach Hause mit einem Umweg am Friedhof vorbei, Niklas hallo sagen.

Zu Hause angekommen, wusste ich nicht, was ich mit mir anfangen sollte. Ich lag auf dem Bett, hörte Musik und starrte die Decke an. Dann nahm ich das Foto von Niklas und mir vom Nachttisch und betrachtete es.

Mit Heiner war alles anders. Bei Niklas wusste ich nie, wohin mit den Schmetterlingen in meinem Bauch. Jeder Kuss, jede Berührung war so vertraut. Natürlich würde das mit der Zeit bei Heiner auch kommen. Ich mochte ihn sehr, aber bei Niklas wusste ich von Anfang an, dass ich mich mit Haut und Haaren in ihn verliebt hatte.

Bei Heiner gab es eine Anziehungskraft. Er sah gut aus und ich war gerne mit ihm zusammen. Mit ihm vergaß ich kurzzeitig die Trauer um Niklas.

Ach Niklas, warum nur? Ich fing an, deinen Geruch zu vergessen, wie deine Küsse geschmeckt haben. Und ich dachte, dass ich mich daran immer erinnern würde.

Mein Zeigefinger streichelte über sein Gesicht.

Ich vergaß langsam, wie deine Haut sich anfühlte. Wie du mir morgens zum Wachwerden hinter mein Ohr gepustet hast, weil du wusstest, dass es mich ärgert. Warum haben wir nur Fotos gemacht und keine Videos? Dann könnte jetzt ich deine Stimme und Lachen hören.

Bei den Gedanken liefen mir einzelne Tränen über die Wangen, aber ich weinte lange nicht mehr so viel. Der letzte richtig große Heulanfall war an Silvester gewesen.

«Hey Nerd, denkst du wieder an Niklas?», fragte

Florian in meine Gedanken, der leise das Zimmer betreten hatte. Ich hatte die Tür aufgelassen und er hatte keine Schuhe an, sodass ich ihn auf Socken kaum hörte. Er setzte sich im Schneidersitz neben mir auf das Bett und strich sanft mit seinem Zeigefinger die Tränen von meiner Wange.

«Flo, was machst du denn hier? Wo ist Jonas?» Ich ließ das Bild sinken und legte es auf dem Bauch ab, hielt es aber weiterhin fest.

«Der ist eben in den Zug gestiegen. Heiner ist auch wieder auf den Weg ins Internat, oder?»

Ich nickte.

«Und da ich nicht wusste, was ich machen sollte, dachte ich mir, gehste mal den Nerd besuchen. Der ist bestimmt alleine», klärte er mich auf.

«Tja, da sitzen wir Zurückgebliebenen und wissen nichts mit uns anzufangen», erwiderte ich traurig. Wir schwiegen und hörten der Musik zu. Florian deutete mir zu rutschen, was ich bereitwillig machte. Dann nahm er mir das Bild ab, stellte es wieder auf dem Nachttisch ab und legte sich neben mir.

Seit Tagen brannte mir eine Frage auf den Lippen, die ich ihm unbedingt stellen wollte, aber nicht wusste, wie und ob.

Nachdem mir am Neujahrstag aufgefallen war, wie vertraut Florian und Jonas miteinander umgingen, beobachtete ich die beiden ständig. Das was die sie verband, ging zum Teil über eine Freundschaft hinaus. Sei es, dass der eine dem anderen einen Klaps auf den Hintern gab oder Jonas, der größere der

164

beiden, Florian von hinten umschlang. Leon und ich waren beste Freunde, früher rauften wir miteinander, aber wir wären nie auf die Idee gekommen, uns zu umarmen.

Ich drehte mich auf die Seite, winkelte meinen Arm an und stützte den Kopf auf der Hand ab. Einfach fragen, mehr als wütend werden, konnte er nicht.

«Was ist da zwischen dir und Jonas?», legte ich ohne Umschweife los.

«Was meinst du?», entgegnete er vorsichtig. Also war da was. Aber hatte Jonas nicht erwähnt, dass er eine Freundin hätte?

«Na ja, ist Jonas dein Ex? Ihr wirkt sehr vertraut miteinander. Nicht nur wie beste Freunde. Halt so, wie man jemanden kennt, mit dem man mehr als nur Freundschaft teilt», erklärte ich ihm meine Eindrücke.

«Jonas ist hetero. Er ist nicht mein Ex.» Er hatte immer nicht gesagt, dass nichts zwischen ihnen gelaufen war.

«Nur weil jemand hetero ist, heißt das noch lange nicht, dass er keine Erfahrungen mit Jungs sammelt», bohrte ich weiter.

Florian suchte meinen Blick. Ich schaute zurück in diese unglaublichen braunen Augen. Er schien zu überlegen, was er sagen sollte.

«Also? Willst du mir wirklich vormachen, dass ihr nichts miteinander hattet?», gab ich nicht auf. Er schwieg weiterhin und betrachtete mich. Zwischendurch blinzelte er.

«Du hast eine gute Beobachtungsgabe. Das hab ich

nicht gewusst.» Er sprach, na endlich.

«Du weißt vieles nicht von mir. Ich bin nicht nur der Trauerkloß, den du kennengelernt hast.» Konnte er bitte damit rausrücken, was zwischen den beiden lief?

«Da hast du Recht. In den letzten Tagen lerne ich Seiten an dir kennen, von denen ich nie gedacht hätte, dass es sie gibt, verrückter Nerd.»

«Komm schon, Flo, ich erzähle dir auch Persönliches von mir. Jetzt bist du dran. Freunde vertrauen sich doch. Ich werde mit niemanden darüber sprechen. Darauf hast du mein großes Freunde-Geheimnisse-sind-sicher-Ehrenwort.»

Dabei hob ich meine freie Hand und machte das Peacezeichen. Florian lachte, dann stand er auf, schloss die Tür und legte sich wieder auf den Rücken neben mir.

«Also, vor etwa zwei Jahren verbrachten wir bei mir ein Wochenende. Meine Eltern waren für verreist. Wir hatten etwas getrunken, waren allerdings nicht betrunken. Ich hatte ihm zwei oder drei Wochen vorher erzählt, dass ich schwul bin. Außerdem mit wem ich schon rumgeknutscht hatte auf Partys. Er war erstaunt über die Namen, die fielen. Na egal. An dem Abend fragte er mich, wie es sei, einen Jungen zu küssen. Ich antwortete ihm, nicht anders als ein Mädchen. Dann wollte er wissen, ob wir es nicht ausprobieren könnten, und ich hatte nichts dagegen. Also küssten wir uns, nur auf die Lippen. Als er es nicht schlimm fand, fragte er nach einem Zungenkuss.»

«War das nicht komisch? Er ist dein bester Freund. Ich könnte mir nicht mal im Traum vorstellen, Leon auch nur ansatzweise zu küssen. War es dann anders zwischen euch?», unterbrach ich ihn.

Er streckte eine Hand aus und strich mir eine Strähne aus der Stirn, die mir immer wieder in die Augen fiel. Mein Herzschlag beschleunigte sich, allerdings ignorierte ich es gekonnt.

«Ist das merkwürdig für dich? War es komisch an Silvester, als ich dich umarmt oder getröstet habe?»

«Warum sollte es das? Macht man das nicht so?» Ich war verwirrt, was hatte das eine mit dem anderen zu tun? Das waren freundschaftliche Gesten.

«Nerd, das hier ist ebenso vertraut. Das tauscht man nicht nur unter Freunden aus.» Er hatte recht, aber ich ließ das im Raum stehen.

«Dank des Alkohols sahen wir es nicht so. Wir verbuchten das unter Freunde-forschen ab. Ich war nicht in ihn verliebt, er wusste, dass ich damals auf Malte aus der Stufe über uns stand. Das hatte ich ihm auch gebeichtet.

Aber es blieb nicht nur beim Küssen an dem Abend. Ich hatte noch keinerlei sexuellen Erfahrungen mit irgendjemanden gemacht, außer Knutschen. Jonas hatte bereits mit einer seiner Eroberungen zwei oder dreimal geschlafen. Mehr auch nicht.»

An dieser Stelle hielt er kurz an. Ich war einerseits schockiert, andererseits fand ich es spannend. Beste Freunde probierten sich aus und waren trotzdem noch befreundet. Ich könnte das echt nicht mit Leon.

«Wir überlegten, was wir machen wollten und beschlossen, uns erst einmal auszuziehen», nahm er den Faden wieder auf. Er beobachtete mich bei der Erzählung, vielleicht um meine Reaktion abzuschätzen. Seine Hand strich über den angewinkelten Arm. Mir lief ein wohliger Schauer über die Haut.

Meine Hand verweilte auf seiner Brust. Ich spürte seinen gleichmäßigen Herzschlag.

«Dann begannen wir uns wieder zu küssen, knutschten eine Zeitlang. Es war Jonas, der die Initiative ergriff. Es endete damit, dass wir uns gegenseitig einen bliesen.»

«Oh mein Gott, wenn ich mir vorstellen würde... nein, das kann ich nicht!» Ich schüttelte den Kopf. «Und das war alles, was ihr gemacht habt?»

«Na ja, wir probierten in der Nacht mehr aus. Das gesamte Wochenende. Wir holten uns gegenseitig einen runter, durchsuchten das Internet, was man alles anstellen könnte. Im Laufe der nächsten Wochen schliefen wir miteinander. Obwohl ich es eher ficken nennen würde. Miteinander schlafen hat für mich etwas mit Gefühlen zu tun.»

«Wie könnt ihr euch benehmen, als wäre nichts? Und nach den Wochen war alles vorbei?»

«Wenn einer von uns vergeben ist, läuft nichts. Ansonsten, und die Lust uns überfiel, haben wir miteinander geschlafen. Manchmal auch nur einen Blowjob. Es wurde irgendwie normal. Letzten Sommer waren wir zusammen auf Malle. Jonas war gerade 18 geworden und wir zogen durch die Bars und Discos.

Wir teilten uns ein Zimmer mit einem Doppelbett. Jonas hatte sogar Sextoys eingepackt. Meisten brachte er ein Mädel mit und ich tauchte mit einem Jungen auf. Selbstverständlich nie zum selben Zeitpunkt. Wir klärten alle im Vorfeld auf, damit es keine bösen Überraschungen gab. Natürlich nicht jeden Abend, aber es waren einige. Und es hat Spaß gemacht.»

Ich starrte ihn mit offenen Mund an.

«Schließ den Mund, Nerd. Wir sind jung und Jonas ist, was Sex anbelangt, wie soll ich sagen, experimentierfreudig. Ich lasse mich regelmäßig davon anstecken. Natürlich haben wir immer auf Sicherheit geachtet und wer nicht wollte, konnte gehen. Jonas hat sich noch nie in ein Jungen verliebt und ich denke, das wird er nicht, aber er mag dieses Schubladendenken nicht. Schwul, hetero, bi. Das sind für ihn nur Worte. Er macht, was er mag.»

«Du bist ein Sexmonster. Dagegen bin ich das liebste Lamm auf Gottes Erden. Hast du auch mit Frauen geschlafen?» Florian grinste bei Sexmonster. Ich gab zu, ich war etwas schockiert über diese Offenbarung.

«Ich habe nie mit einer geschlafen und wenn er mit einer ankam, kümmerte ich mich um Jonas. Außerdem glaube ich, so unschuldig, wie du tust, bist du nicht. Du magst bisher nur mit Niklas Erfahrungen gesammelt haben. Aber so wie ich dich in den letzten Tagen kennengelernt habe, bist du bestimmt keine Unschuld vom Lande mehr.»

Vielleicht wurde ich ein wenig rot. Wir hatten hin

und wieder im Internet das ein oder andere ange-schaut, nachgelesen und es unter Umständen auch ausprobiert.

«Ich habe nicht nur mit Niklas Erfahrungen gesam-melt», gestand ich. Dabei betrachtete ich eingehend meine Finger, die ein Muster auf Florians Sweater nachzeichneten.

«Ach, ist unsere Maria nicht so unschuldig, wie ich sie halte?»

«Hör auf, Heiner so zu nennen. Jeder ist anders und hat sein eigenes Tempo. Nicht alle können ein Sexmonster sein. Wie lange hattet ihr keinen Sex mehr?», lenkte ich ihn von Heiner und mir ab.

Er ging mit einem Grinsen darauf ein. «Kurz nach dem Sommer lernte er seine Freundin kennen. Sie sind noch zusammen. Ich weiß nicht, wie viel er ihr erzählt, aber seitdem ist er wieder tabu für mich. Es war immer nur eine Sache auf Zeit. Spaß, Lust, mehr nicht.»

«Godverdomme», ich ließ mich auf den Rücken plumpsen.

Florian lachte. «Komm her.» Er zog mich zu sich herüber, sodass ich wieder auf der Seite lag, halb auf ihm. Ich legte meinen Kopf in seine Halsbeuge und er drückte mir einen Kuss auf den Scheitel.

«Wir sollten sowas nicht machen», mahnte ich ihn.

«Warum nicht?», fragte er unschuldig.

«Du weißt weshalb», antwortete ich ihm und mir drängte sich der Gedanke auf, dass es nicht nur wegen seiner Gefühle für mich war.

«Wir sind nur Freunde. Ich bin mir dessen bewusst und ich kann damit umgehen. Mach dir keine Sorgen», beruhigte er mich. Deswegen war ich nicht beunruhigt.

Ich trat von einem Fuß auf den anderen oder tigerte auf und ab. Der blöde Zug hatte natürlich fünf Minuten Verspätung. Godverdomme. Immer wenn man die Zeit nicht abwarten konnte. Da kam einem eine Minute wie eine Stunde vor.

Die letzten vier Wochen vergingen wie im Flug mit Schule, Training, Wettkämpfe. Florian versuchte ich, soweit es möglich war, aus dem Weg zu gehen, was während der Unterrichtszeit nicht einfach war..

Endlich, der Zug fuhr ein. Ich stand zur Zeit weit am Ende und schritt langsam den Bahnsteig ab, während ich nach Heiner Ausschau hielt.

In der Mitte des Zuges erblickte ich ihn, als er ausstieg. Ich lächelte und mein Herz hüpfte. Er blickte sich ebenfalls um. Auf dem Rücken trug er einen Rucksack, in dem auf jeden Fall sein Kissen war.

Jetzt hatte er mich gefunden und kam auf mich zu. Wir umarmten uns und ich drückte ihn an mich. Als wir uns lösten, küsste er mich, worüber ich mich freute. Wir bekamen beide das Grinsen nicht mehr aus dem Gesicht vor Freude. Dann erst sprachen wir die ersten Worte miteinander.

«Ich habe Jannis mitgebracht. Er wollte dich kennenlernen, wo ich jetzt ständig mit dir telefoniere und über dich spreche.» Ich bemerkte den Jungen hinter Heiner. Na toll, und ich dachte, wir könnten den Abend nur zu zweit bei ihm verbringen.

Er kam halb um Heiner herum und hielt mir die Hand hin. «Hallo Tobias.» Ich ergriff die Hand und begrüßte ihn ebenfalls. Dann gingen wir zum Auto.

«Hattest du etwas geplant?» Erkundigte Heiner sich.

«Och, nichts Besonderes. Leon und die anderen gehen zu einer Abiparty im Nachbarort. Wenn ihr Lust habt, können wir auch hingehen. Ich fahre, will nichts trinken zur Zeit.»

«Klingt gut, oder Jannis?», fuhren wir zu der Abiparty. Aber erstmal zu Heiner, wo wir mit seinen Eltern zu Abend aßen. Er und Jannis erzählten aus dem Internat, von den neuen Schülern und den Kursen.

Endlich, konnten wir uns von ihnen verabschieden. Heiner zeigte Jannis das Gästezimmer und Bad und Jannis verschwand..

Ich ergriff die Gelegenheit und zog Heiner in sein Zimmer. Dort bugsierte ich ihn zum Bett und schmiss ihn drauf. Dann legte ich mich auf ihn und fing an, ihn zu küssen. Ich hatte so lange darauf gewartet und endlich hatte ich ihn für mich.

Heiner legte seine Arme um mich und erwiderte die Küsse, genauso hungrig wie ich. Auch wenn die vier Wochen schnell verflogen waren, es war lang.

«Wir müssen uns langsam fertig machen», unterbrach er uns nach kurzer Zeit. Ich grummelte, überhaupt nicht einverstanden mit dem Einwand und küsste ihn weiter.

«Du schläfst doch heute und morgen hier, trotz Jannis?», stoppte er mich erneut ängstlich. Meine Hände wanderten unter seinen Sweater und streichelten über den Oberkörper.

«Natürlich. Denkst du etwa, ich würde die wenige Zeit mit dir unterbrechen?», beruhigte ich ihn.

«Gut, komm, steh' auf. Ich will mich noch umziehen und Jannis kommt jeden Augenblick rein», bat er mich. Ich seufzte tief, gab ihm einen Kuss und krabbelte von ihm runter.

Während er aufstand, setzte ich mich aufs Bett und lehnte mich gegen die Wand. Er zog sich bis auf die Boxer aus und suchte in seinem Schrank nach neuen Klamotten. Ich beobachtete jede Bewegung von ihm.

«Weißt du eigentlich, dass du einen knackigen Arsch hast?», meinte ich mit einem Unschuldslächeln.

«Bitte was?», drehte er sich zu mir um und wurde rot. Er konnte noch nicht damit umgehen, wenn ich ihm solche Komplimente machte.

«Ich sagte...», in dem Moment klopfte es an der Tür und Jannis steckte seinen Kopf zur Tür herein.

«Kann ich reinkommen?», fragte er mit einem frechen Grienen.

«Ja» antwortete Heiner ihm.

«Also ich sagte, dass du...», begann ich von vorne, wurde aber hastig von Heiner unterbrochen.

«Ich habe verstanden, was du gesagt hast.» Ich grinste ihn an. Er drehte sich zum Schrank, um endlich seine Sachen daraus hervorzukramen. Jannis schaute verwirrt von Heiner zu mir und wieder zurück und setzte sich dann auf den Schreibtischstuhl.

Irgendwann kamen auch wir auf der Party an. Dort suchten wir nach Leon und Conny. Ich sah das überraschte Gesicht von ihm und die unausgesprochene Frage, was wir denn hier machen würden, aber schnell schüttelte ich den Kopf und er verstand. Ich stellte Jannis vor. Marie, Patricia, Hauke und Co waren auch da. Wir versuchten, über die Musik eine Unterhaltung zu führen, was darin endete, dass wir es ließen.

Jannis wollte für uns Getränke besorgen und Marie und Heiner schlossen sich ihm an.

«Na, der ist doch nett», schrie Leon mir ins Ohr.

«Ich mag ihn nicht» rief ich zurück.

«Weil du ihn einfach nicht magst, oder weil er dir dein Wochenende mit Heiner versaut?» Leon grinste mich an. Er kannte mich zu gut.

«Dreimal darfst du raten», antwortete ich ihm genervt.

In der Menge entdeckte ich Florian mit diesem Typen von der Nachbarschule. Ich wusste nicht, dass er noch Kontakt zu diesem eitlen Fatzken hatte. Den Namen konnte ich mir nicht merken, deswegen hatte ich ihn so getauft. Hätte ich mit Florian geredet, wüsste ich bestimmt, dass sie sich trafen.

Florian schien meinen Blick zu spüren, denn er schaute zu mir rüber. Dann hob er sein Glas und prostete mir zu. Ich nickte ihm zu.

«Hier, deine Cola», hörte ich in dem Moment Heiners Stimme in meinem Ohr. Das Glas hielt er mir vor die Nase. Ich unterbrach den Blickkontakt mit Florian und nahm die Cola. Heiner hatte Florian ebenfalls entdeckt und legte einen Arm um mich. Es musste ihn viel Überwindung gekostet haben und ich widmete mich wieder ihm.

Nach einer Weile drehte ich eine Runde durch den Raum. Bei dem ein oder anderen hängen blieb ich kurz stehen, bis ich in einer Ecke angelangt war, in der ich den kompletten Raum im Blick hatte. Ich beobachtete die Leute, bis ein betrunkener Heiner kurz vor dem Lallstadium vor mir stand und mir um den Hals fiel. Er küsste mich und ich ließ mich bereitwillig darauf ein. Auch wenn sie sehr nach Alkohol schmeckten. Er drängte mich immer weiter zurück, bis ich an der Wand anlangte und nicht mehr weiterkonnte.

Er begann, an meiner Hose zu fummeln.

«Heiner, Heiner, hör auf. Wir sind hier in einem Raum voller Leute.» Meine Hände hielten ihn auf und zogen sie fort.

«Warum?», fragte er. «Uns sieht hier keiner.» Er versuchte, sich zu befreien, aber ich hatte sie eisern im Griff.

«Wir sollten vielleicht nach Hause fahren, du hast genug», beschloss ich und zog ihn mit mir auf der Suche nach Jannis.

«Es ist doch gerade lustig», maulte er.

Jannis fand ich mit Marie knutschend in einer anderen Ecke.

«Jannis, wir wollen los, komm», unterbrach ich die beiden unsanft, indem ich ihn an der Schulter rüttelte. Er hatte ebenfalls gut getrunken.

«Nur ein kleines Bisschen», bettelte er, aber ich war

unerbittlich. Wenn Heiner schon anfing, meine Hose zu öffnen, war definitiv Bettzeit.

Die beiden zum Auto zu bugsieren, war schwerer als einen Sack Flöhe zu hüten. Beim Ausgang drehte ich mich um und sah, wie Florian mit dem eitlen Fatzke knutschte.

Es gab mir einen Stich, war ich doch bisher der Ansicht gewesen, dass er sich in mich verliebt hatte. Nun ja, es war sein gutes Recht, ich war mit Heiner zusammen. Aber musste er sich dafür unbedingt den Typen aussuchen? Es gab so viele andere und er nahm sich diesen. Mit einem Ruck löste ich mich von dem Anblick, suchte wieder meine Mannen zusammen, die entwischt waren und verließ die Party.

Bei Heiner angekommen, kam Jannis zu meinem Entsetzen erst noch mit in unser Zimmer. Ich hatte absolut keine Lust darauf. Es war halb vier in der Nacht und ich wollte schlafen.

Sie waren in dem Stadium, in dem alles und jeder witzig war und nervten mich. Ständig sprachen sie über Internatsdinge, die ich nicht verstand. In meiner Vorstellung sollte der Abend anders, ohne Jannis, ablaufen.

«Tobi hat gesagt, ich hätte einen Knackarsch. Findest du das auch?», fragte Heiner jetzt Jannis und drehte ihm seine Breitseite hin.

«Lass mich mal schauen», antwortete dieser und betrachtete intensiv den Hintern. Dabei kicherte er wie ein Mädchen. Dann trat er an ihn heran und wendete Heiner von links nach rechts.

«Doch, der ist nicht übel, aber Frauenärsche mag ich lieber», lautete sein Urteil. «Wäre ich schwul, würde ich draufstehen.»

Ich verdrehte die Augen, als beide losprusteten.

«Und weißt du, worauf du noch stehen würdest?», begann Heiner, als er wieder sprechen konnte.

Oh Mann, ein betrunkener Heiner konnte viele Hemmungen fallen lassen.

Nun kam er auf mich zu. Was hatte er vor? Wollte er jetzt etwa meinen untersuchen? Auf keinen Fall. Nicht vor dem Idioten.

«Tobi, ich muss dich leider Gottseidank obenrum ausziehen», erklärte er mir, griff im selben Moment nach meinem Sweater und zog ihn hoch. Ich wehrte mich.

«Heiner, was soll das? Könntest du aufhören, mich auszuziehen?», beschwerte ich mich. Jannis lachte. Er hatte sich auf den Schreibtischstuhl gesetzt und vor Lachen vornübergebeugt. Wahrscheinlich wäre er umgefallen, wenn er nicht gesessen hätte.

«Komm schon, Froschkönig. Ich will deine tollen Muskeln zeigen», bettelte Heiner mich mit Dackelaugen an und gab mir einen nach Alkohol schmeckenden Kuss. Ein Wunder, dass ich davon nicht betrunken wurde. Und wie hatte er mich bitte genannt? Froschkönig? Ich war weder ein Frosch noch ein König.

«Ich will mich nicht vor Jannis ausziehen. Und nenn mich nicht Froschkönig», nörgelte ich. Ich hatte absolut keine Lust mehr und überlegte, nicht doch noch nach Hause zu fahren. Meine Stimmung war an einem Tiefpunkt angekommen.

Niklas war immer anhänglich, wenn er getrunken hatte. Das war ebenfalls nervig, aber wie gerne hätte ich ihn jetzt an mir hängen. Wie sich die Sichtweise ändern konnte.

Durch meinen Gedanken an Niklas war ich kurz abgelenkt, was Heiner weidlich ausnutzte und mir das Sweatshirt über den Kopf zog. Seine Hände fuhren dabei genüsslich über meine Haut.

Als das Shirt auf dem Boden landete, streichelte er wieder mit flachen Händen über meinen Bauch. In seinen Augen funkelten sowohl Freude als auch Faszination. Durch das Schwimmtraining hatte ich breitere Schultern als normal, eine gute Armmuskulatur und ein tolles Sixpack.

«Du bist mein Froschkönig, ob du willst oder nicht ist mir schnuppe», trötete Heiner mir dann ins Ohr. Schmerzhaft rieb ich mir darüber.

Jannis lachte immer noch, allerdings erhob er sich jetzt und trat auf mich zu.

«Darf ich das mal anfassen?» Hatte er einen Schaden? Selbstverständlich durfte das nur Heiner.

«Nein, auf keinen Fall», erwiderte ich gereizt. Jannis hörte gar nicht zu.

«Verdammt bist du gut trainiert. Heiner, darauf würde ich wahrscheinlich auch stehen. Aber obenrum ist es mir eindeutig zu flach.»

Er streckte seine Hand aus, allerdings stieß ich sie

weg. Er ließ sich nicht beirren und langte mit der anderen Hand zu, worauf ich mich wegdrehte und einen Schritt beiseite trat.

«Wie wär's, wenn du jetzt ins Gästezimmer gehst? Dann könnten wir schlafen! Ich bin müde», änderte ich meine Taktik und lächelte ihn liebenswürdig an.

«Die Idee finde ich gut. Los Jannis, gute Nacht», rief Heiner begeistert aus. Hoffentlich wurden seine Eltern bei dem Krach der beiden nicht wach.

Jannis kam der Aufforderung zögernd nach, verschwand aber. Als die Tür hinter ihm zufiel, seufzte ich zufrieden auf. «Endlich alleine.»

«Und weißt du, worauf ich Lust habe?» Ich guckte Heiner misstrauisch an. Alles was ich wollte, war schlafen, aber ihm schien der Sinn nach etwas anderem zu stehen.

«Nein, darauf hast du keine Lust mehr. Du bist viel zu müde und betrunken», redete ich ihm ein. Es funktionierte nicht. Er streichelte wieder über meinen Oberkörper und kam mir näher. Dann griff er unsicher zwischen meine Beine und rieb durch die Hose meinen Schwanz.

«Bin ich nicht und du auch nicht», widersprach er mir. Er küsste mich. Ich unternahm keine Gegenmaßnahmen, sondern ließ ihn gewähren. Anscheinend war ich nicht müde, denn mein Körper verriet mich gerade. Wohlige Schauer überliefen ihn und mein Penis reagierte auf Heiners Behandlung.

Er ließ von mir ab und drängte mich zum Bett. Dort angekommen, schubste er mich drauf und ich landete

180

auf dem Rücken. Er krabbelte auf mich und küsste mich wieder. Zwischendurch hatte er sich sein Shirt ausgezogen. Er küsste sich seinen Weg abwärts zu meiner Hose und befreite mich von allen weiteren Kleidungsstücken.

Dann betrachtete er mich eingehend. Als nächstes strichen seine Fingerspitzen die Innenseite meiner Oberschenkel nach oben. Er griff er nach meinen Eiern. Erst sehr vorsichtig und testend, wurde von allerdings sekündlich mutiger. Ich keuchte auf.

Nun beugte er sich vor und leckte mit seiner Zunge darüber, bevor er sie nacheinander in den Mund nahm. Seine Augen waren immer wieder auf mich gerichtet, vergewisserten sich, dass er nichts falsch machte. Er war bei allem so unsicher, lernte aber schnell.

Jetzt richtete ich mich auf und zog ihn zu mir hoch. Küsste ihn erst, bevor ich ihn auf den Rücken drehte und zu Ende auszog.

Dann kümmerte ich mich um seinen Schwanz und die kleinen Freunde. Zur Belohnung stöhnte er auf. Allerdings hinderte er mich am Weitermachen. Plötzlich lag auf dem Rücken und spürte seinen Mund an meinem Penis. Ich setzte mich auf und zog ihn über mich, sodass ich mich um ihn kümmern konnte. Fast gemeinsam kamen wir zum Höhepunkt.

Heiner drehte sich wieder um und kuschelte sich an mich. Ich gab ihm einen Kuss.

«Warst ja gar nicht müde, Froschkönig», meinte er und gähnte herzhaft. Er angelte nach der Decke, deckte uns beide zu und nahm mich in den Arm. Mein Rücken ruhte an seiner Brust.

Heiner schlief schnell ein, wie ich an dem regelmäßigen Atem feststellte. Ich konnte nicht einschlafen. Mir kam immer wieder das Bild vom küssenden Florian in den Sinn.

Mochte er den eitlen Fatzken wirklich oder war er nur einen Zeitvertreib? Und warum küsste er ihn? Vor sechs Wochen küsste er mich. Was fand er nur an dem Typen? Gut, er sah nicht schlecht aus, aber direkt knutschen?

Und warum ärgerte ich mich darüber? Ich hatte Heiner und mit ihm Spaß. Und wieso sollte Florian nicht seinen haben? Ich wollte Heiner und nicht ihn. Das hatte ich unmissverständlich klar gemacht.

Irgendwann fielen auch mir die Augen vor Müdigkeit zu.

Ein Klopfen holte Heiner und mich mal wieder aus dem Schlaf. Noch im Halbschlaf nahm ich wahr, dass sich die Tür öffnete. Heiner regte sich nicht. Ich war von ihm umschlungen und konnte mich nicht bewegen.

«Morgen ihr Schlafmützen», erklang im nächsten Moment die muntere Stimme von Jannis. Wie konnte der Idiot schon wieder so gut drauf sein?

«Na los, wacht auf. Es ist halb eins.» Seine Schritte näherten sich. Heiner bewegte sich leicht.

«Verschwinde Jannis», brummte Heiner und entknotete unsere Beine, blieb aber ansonsten liegen.

«Draußen scheint die Sonne. Ich will an den Strand gehen. Kommt schon, steht auf.»

Godverdomme, wie kann man nur so schrecklich fröhlich klingen, wenn man den vorigen Abend getrunken hatte.

«Jannis, verlass mein Zimmer und komm in Zukunft erst rein, wenn ich es sage!», grummelte Heiner genervt.

«Warum, glaubst du ich erwische euch bei Unanständigkeiten? Als ob ihr das machen würdet, wenn deine Eltern zwei Türen weiter schlafen», lachte Jannis.

«Heiner, wenn du nicht gleich dafür sorgst, dass der dein Zimmer verlässt, stehe ich höchstpersönlich im Adamskostüm auf und werfe ihn raus», bemerkte ich gereizt.

«Jannis, raus jetzt, wir kommen gleich!», erwiderte Heiner nachdrücklich.

«Ich hoffe, dass ihr nicht kommt, während ich im Zimmer bin» gab er lachend über seinen Witz von sich. «Ich warte unten auf euer Erscheinen.» Das letzte Wort betonte er besonders.

Heiner zog mich näher an sich und gab mir einen Kuss in den Nacken.

«Ich habe Kopfschmerzen, Froschkönig», flüsterte er und kitzelte mich mit seinem Atem. Ich kicherte leise.

«Wenn du mich aufstehen lässt, hole ich dir eine Aspirin», bot ich ihm an, drehte mich in seinen Armen um und gab ihm einen Kuss auf die Nase. Bevor ich ihn richtig küsste, musste er erst einmal seine Zähne putzen.

«Mh, aber es ist gerade so gemütlich.»

«Jo, so lange, bis Jannis wieder im Zimmer steht.»

Mit einem Seufzer ließ er mich los. Ich hatte ein Déjà vu. So ähnlich war es vor vier Wochen. Ich stand auf, suchte meine Boxershorts, ein Shirt und eine Jogginghose von Heiner und zog die Sachen schnell über.

Dann ging ich nach unten, wo ich Heiners Mutter herumhantieren hörte. Sie gab mir ein Glas Wasser und die gewünschte Aspirin. Jannis nahm das als Aufforderung mitzukommen.

Nachdem wir alle fertig angezogen und gegessen hatten, spazierten wir auf Jannis Wunsch endlich zum Strand.

Zwischendurch rief Leon an, ob wir Lust hätten, heute Abend mit ihm und einigen anderen zum Essen zu gehen. Er wollte einen Tisch beim Griechen reservieren.

Jannis benahm sich, als ob er noch nie einen Strand oder Meer gesehen hätte. Ich fand das nervig, musste allerdings zugeben, dass er ganz nett war. Aber er hätte sich auch ein anderes Wochenende aussuchen können, um mich kennenzulernen.

Wir trafen uns alle am Marktplatz, der Grieche war von dort aus nicht mehr weit. Marie hängte sich direkt bei Jannis ein. Florian war ebenfalls dabei und hatte den eitlen Fatzken mitgebracht. Sein Name lautete Kilian, wie ich heute erfuhr.

Waren die beiden jetzt zusammen? Warum war Jonas nicht schwul? Der wäre meilenweit entfernt, wenn die beiden Paar wären.

«Hey Nerd, die Kirche ist offen», holte mich Florian aus meinen Gedanken.

«Da ist jeden ersten Samstag im Monat abends Gottesdienst für alle, denen sonntagmorgens zu früh ist», antwortete ich mechanisch.

«Hast du nicht mal wieder Lust hinzugehen?», fragte Leon mich, der mitbekommen hatte, worüber Florian und ich gesprochen hatten.

«Nein», antwortete ich abweisend. Die Kirche, mein Glauben, ob vorhanden oder nicht, war ein Thema, mit dem ich noch immer nicht mit mir im Reinen war. Ich war zweimal in den letzten Wochen dort, konnte allerdings nicht sagen, warum.

«Eventuell würde dir das helfen», schaltete sich Heiner sich ein, der neben mir ging.

«Können wir einfach essen gehen und nicht weiter

darüber reden?» Gereizt beschleunigte ich meine Schritte, bis ich bei Conny ankam, die mit Patricia und Lisa vor ging.

Insgesamt waren wir 12 Leute und hatten eine lange Tafel bekommen. Wir unterhielten uns alle durcheinander. Verstohlen beobachtete ich ständig Florian und Kilian, weil ich wissen wollte, was jetzt zwischen den beiden war.

Jannis und Marie waren vollkommen in ihrer eigenen Welt. Sie alberten herum und flirteten miteinander. Jannis würde in Zukunft bestimmt öfters mit dabei sein an den Wochenenden. Leider.

«Tobi, kannst du das bitte lassen, das kitzelt», sprach Heiner mich an. Ich guckte ihn verständnislos an. Was machte ich denn?

«Deine Hand», gab er mir zu verstehen. Ich schaute auf sie. Meine Finger kraulten Heiners Nacken. Unbewusst musste ich einen Arm auf seine Stuhllehne gelegt haben.

«Sorry.» Ich nahm den Arm schnell weg.

«Das hat er bei Niklas auch gemacht», erinnerte sich Patricia, die das mitbekommen hatte. «Ich habe darauf gewartet, dass er zu schnurren beginnt. Sein Gesicht nahm dann immer den Ausdruck einer zufriedenen Katze an.»

«Wer ist Niklas», fragte jetzt der eitle Fatzke. Florians Blick ruhte auf mir. Ich konnte mittlerweile mit solchen Situationen umgehen, ohne direkt in Tränen auszubrechen.

«Mein Freund», antwortete ich wortkark.

«He? Das ist doch Heiner», gab er verständnislos von sich.

«Er ist letzten Sommer gestorben», schob ich hinterher.

«Oh.» Er schaute mich mitleidig an. Innerlich zählte ich bis drei und richtig, sie kamen.

«Das tut mir leid.»

«Ich brauche dein Mitleid nicht», erwiderte ich darauf bissig.

«Habt ihr alle gewählt?», lenkte Leon das Gespräch in eine andere Richtung in die folgende Stille. Sofort lockerte sich die Stimmung wieder auf.

Florians Blick lag noch immer auf mir. Ich erwiderte ihn. Seine Lippen umspielte ein Lächeln. Warum tat er das? Ich löste den Blick von ihm und ließ ihn durch den Raum schweifen.

Auf der anderen Seite in der Ecke saß ich mit Niklas, als wir das erste Mal als Paar essen waren. Es dauerte zwei Jahre, bis wir uns das leisten konnten. Vorher waren wir meist nur mit den Eltern unterwegs.

Der Abend war von vorne bis hinten gelungen, da wir einen tollen Kellner hatten. Er bemerkte sehr schnell, dass hier nicht nur zwei Freunde saßen. Daraufhin behandelte er uns, als ob einer dem anderen einen Heiratsantrag machen wollte.

Als er die Getränke brachte, stellte er einen Teller mit einer Nudel und einem Klops auf den Tisch. Dabei lächelte er verschmitzt. Lauter solcher kleinen Aufmerksamkeiten erhielten wir und am Ende wünschte er uns viel Glück.

«Vielleicht solltest du essen, bevor es kalt wird», flüsterte mir Heiner zu. Ich musste ihn wohl wie ein Auto nur nicht so schnell angeschaut haben. Er deutete auf den Teller vor mir. Ich bemerkte ihn und begann zu essen.

Es schmeckte so gut wie immer. Ich hatte mir dasselbe, wie an dem Abend mit Niklas bestellt. Vielleicht hatte ich ja doch die Chance, Glück noch einmal zu erleben. Wer weiß. Morgenmittag fuhr er zurück nach Bremen. Aber nächstes Wochenende kam er wieder.

Ich spazierte alleine am Strand entlang. Heiner und Jannis hatte ich kurz vorher zum Bahnhof gebracht. Es war herrlich leer hier. Die Wochenendtouris waren abgereist. Der Wind wehte heftig von der Seeseite her, es war genau das Wetter, dass ich im Winter mochte.

Ich hing meinen Gedanken nach. Wenn ich so dahin schlenderte, nahmen sie ihre eigenen merkwürdigen Wege. Manchmal wusste ich im Nachhinein nicht mehr, worüber ich nachgedacht hatte.

Niklas und ich waren oft an Sonntagnachmittagen am Strand spazieren. Bis auf die Sommerferienzeit, da war einfach kein Platz. Dafür hatten wir uns über die Touris lustig gemacht.

Aber jetzt dachte ich darüber nach, wie es war, einen Geist zu küssen, wenn Niklas als einer zurückkommen würde. Wäre es glitschig und feucht? Könnte ich ihn fühlen? Schmeckte alles nach Nebel?

War er durch die Laterne jetzt auch eine der verlorenen Seelen? Dann wünschte ich mir mehr Stürme und könnte ihn sehen. Ich schlang die Arme um meinen Oberkörper, weil ich zu frösteln begann, obwohl mir nicht kalt war.

Plötzlich sprang mich jemand von hinten an. Ich erschrak fürchterlich. Eventuell stieß ich auch einen Schrei aus.

«Hallo Nerd», flötete mir die fröhliche Stimme von Florian ins Ohr. «Du sitzt ja mal nicht sinnlos auf dem Boden herum, sondern stehst.»

Ich verdrehte die Augen. Tatsächlich, irgendwann war ich nicht weiter gegangen und schaute dem stürmischen Meer zu.

«Meine Güte, Flo. Lauerst du mir gerne auf? Gehört das zu deinen Lieblingshobbies?», fauchte ich ihn an.

«Nope, aber du warst nicht zu Hause, nicht bei Leon und Maria ist auf den Weg nach Bremen. Also blieb nur der Strand», grinste er mich an.

War ich so berechenbar? Anscheinend. Ich setzte mich wieder in Bewegung, genau wissend, dass Florian mir folgte. Immerhin hatte er dazu gelernt und sich warm und regenfest angezogen. Seine Mütze hatte sogar einen Bommel. Der neuste Schrei zur Zeit bei uns an der Schule.

«Nenn Heiner nicht immer Maria.» Ich betonte das Heiner. Florian schnaubte nur.

«Ich wusste gar nicht, dass du noch Kontakt zu diesem Kilian hast», ließ ich fallen und hoffte, dass es beiläufig klan. Ich blickte ihn von der Seite an, um seine Reaktion mitzubekommen.

«Du hast nicht gefragt», bekam ich zur Antwort. Touché.

«Dann frage ich jetzt. Was ist das zwischen euch? Spaß oder mehr?»

Er schaute mich prüfend an. «Das wird sich zeigen. Wir wissen beide nicht, wohin das führt. Zur Zeit macht es nur Spaß. Muss es immer was ernstes sein?», erwiderte er. Wir waren stehen geblieben und standen uns gegenüber. Ich zuckte mit den Schultern.

«Muss ja jeder für sich wissen.»

«Und wie ist der Sex mit Maria?», hakte Florian neugierig nach.

«Das geht dich zwar nichts an, aber ich habe nie behauptet, dass wir miteinander geschlafen haben», entgegnete ich.

«Stimmt, du hast nur gesagt, dass er nicht mehr unschuldig ist. Ich entsinne mich. Du bist dir schon darüber im Klaren, dass Maria ein Pfadfinder ist und du der Ausbilder?», zog er mich spöttisch auf.

«Hör auf, okay? Nur weil er noch keinerlei Erfahrung hat. Und wie ist es mit Kilian? Mag er es von dir gefickt zu werden? Gefühle sind wohl nicht im Spiel, wenn es nur um Spaß macht.»

Ich wollte ihn mit dem Satz verletzen, damit er ging und mich in Ruhe ließ. Aber er grinste nur und hob dabei eine Augenbraue an.

«Eifersüchtig?» Ich wandte mich ab und schritt weiter. Er kam hinterher und war ruckzuck erneut neben mir.

«Lass mich einfach in Ruhe, Flo», bat ich ihn müde. Warum tauchte er immer wieder auf?

«Und schon sind wir beim Kern meines Anliegens», bemerkte er. «Wieso bist du mir in den letzten Wochen aus dem Weg gegangen?»

Diese Frage wollte ich nicht beantworten.

«Werde ich dir gefährlich?», bohrte er weiter. Fuck. Warum musste er so direkt sein.

«Ich wüsste nicht, wieso. Und ich bin dir ausgewichen, weil ich dachte, es wäre für dich einfacher. Aber da habe ich mich wohl geirrt», redete ich mich raus.

«War das nicht geklärt? Hatte ich Silvester nicht gesagt, dass ich mit dir befreundet sein will?» Er hielt mich fest und drehte mich zu sich um. Dann schaute er mich mit einem intensiven Blick an.

«Du hast Heiner und ich denke, dass er dir guttut. Du nimmst wieder am Leben teil. Ich würde mich nicht zwischen euch stellen.»

«Aber?» Da war eindeutig eines.

«Ich weiß nicht, ob Heiner für dich nur eine Übergangsphase ist, was du jetzt abstreiten würdest. Allerdings hat er dich wirklich gern. Nach Silvester habe ich ihn an Niklas Grab gesehen und bin leise näher getreten. Er konnte mich nicht sehen, aber ich ihn belauschen, was normalerweise nicht mache, allerdings war ich neugierig.» Hier hielt er inne.

«Du hast ihn an Niklas Grab belauscht?» Ich war fassungslos. Und was machte Heiner dort?

«Natürlich hat er dir nichts darüber gesagt. Ich weiß nicht mehr den genauen Wortlaut. Aber sinngemäß ging es darum, dass er nicht mit Niklas konkurrieren wolle und sich nicht sicher sei, wie lange es mit euch hält. Allerdings würde er alles dafür tun, damit es dir wieder besser geht.»

Ich starrte Florian mit großen Augen an. Wieso machte Heiner so etwas? Das passte nicht zu ihm.

«Warum erzählst du mir das?», hakte ich nach.

«Vielleicht solltest du mehr mit ihm reden. Er scheint sich sicher zu sein, dass du ihn irgendwann fallen lässt. Wäre es nicht fair euch beiden gegenüber, nur mit ihm zusammen zu sein, wenn du es auch ernst meinst?»

«Willst du, dass ich mit Heiner Schluss mache,

damit der Weg für dich frei ist?» War es das, was er wollte? Warum sonst hätte er das sagen sollen?

«Willst du das denn? Wo wir wieder bei meiner Eingangsfrage wären, wieso bist du mir aus dem Weg gegangen? Denk mal drüber nach, was du möchtest. Wenn ich Heiner am Grab richtig verstanden habe, redest du nicht mit ihm über Niklas. Also irgendwie schon, aber nur über Kleinigkeiten. Er erwähnte nämlich ebenfalls, dass er gerne gewusst hätte, wie Niklas gewesen sei und was du fühlst.»

«Es geht dich einen feuchten Scheißdreck an, worüber ich mit Heiner rede. Ich erzähle ihm ja auch nicht, was ich mit dir bespreche», schleuderte ich ihm entgegen. Er blieb ruhig.

«Du hast recht, es geht mich nichts an. Ich will nur, dass du ehrlich zu dir und Heiner bist. Das habt ihr beide verdient.»

Ich funkelte ihn wütend an. Dann stapfte ich weiter. Florian lief mir dieses Mal nicht hinterher. Er blieb stehen. Was fiel ihm ein? Natürlich mochte ich Heiner.

Ich konnte nur nicht ihm über Niklas reden, wie mit Florian. Es ging einfach nicht.

«Wenn du es genau wissen willst, ich kann mit ihm nicht darüber sprechen», schrie ich Florian entgegen, als ich mich wütend wieder umdrehte. Er stand an derselben Stelle und schaute mir hinterher. Seine Haare wurden vom Wind zerzaust.

«Ich kann es einfach nicht. Er drängt mich nicht, über Dinge zu reden, über die ich nicht reden will. Er bringt mich zum Lachen, nicht zum Weinen», brüllte ich weiter und war wieder ein paar Schritte auf Florian zugegangen. «Ich mag ihn und will ihn nicht verlieren. Er gibt mir ein verdammt gutes Gefühl, etwas, das ich schon lange nicht mehr hatte.»

«Na dann ist doch gut, du kannst zwar nicht mit ihm über wichtige Themen sprechen, aber es geht dir gut. Ich wünsche dir viel Erfolg mit deiner Beziehung. Allerdings gehört mehr dazu und das weißt du.»

Damit drehte er sich um und ging. Ich trat wütend in den Sand und zertrampelte die Muscheln, bis ich mich abgeregt hatte.

Florian hatte keine Ahnung, wie ich mich fühlte. Sollte er doch den blöden Kilian, diesen eitlen Fatzken, ficken bis er schwarz wurde.

Ich machte mich langsam auf den Heimweg und rief dabei Heiner an. Ich brauchte jetzt Aufmunterung.

Ich wachte auf. Meine Morgenlatte drückte an Heiners Hintern. Ich registrierte im Halbschlaf, dass wir heute andersrum lagen als sonst. Normalerweise lag ich in seinen Armen.

Ich bohrte meine Nase in seine Haare und nahm den Geruch auf. Heiner liebte Shampoo mit Zitrusfrüchten. Im Moment duftete er nach Orange.

Wohlig rieb ich meine Taille an ihm und merkte die aufkeimende Lust. Ich begann, den Nacken mit Küssen zu übersähen. Dort hafteten noch die Reste vom Parfüm, die sich mit dem Nachtschweiß und dem typischen eigenem Geruch vermischten.

Meine freie Hand wanderte an seiner Seite herunter bis zu seinem Penis. Ich streichelte ihn sanft, dann suchten meine Finger seine Eier. Heiner regte sich. Ich hielt kurz inne, er drückte sich gegen mich.

Das nahm ich als Aufforderung weiterzumachen. Meine Hand wanderte über seine Taille zu seinem Hintern und ich rutschte ein Stück ab, um diesen zu kneten. Mein Mund küsste Heiners Schulter und aus den Augenwinkeln konnte ich sehen, wie sich ein Lächeln auf seinen Lippen formte.

Ich zog meinen anderen Arm unter Heiner hervor und er legte sich auf den Rücken. Er spreizte die Beine, so dass ich mich zwischen sie legen konnte. Ich rieb unsere Glieder aneinander, was uns beide zum Stöhnen brachte, dann arbeitete ich mich küssend nach unten. Als ich bei seinem Schwanz angelangt war, glitt eine Hand wieder an den Hintern und er hob ihn an. Meine Finger streichelten über sein Loch.

Ich befeuchtete sie und begann, ihn zu befingern. Mit einem Blick vergewisserte ich mich, dass es in Ordnung war. Soweit waren wir bisher nie gegangen. Aber bis auf einen ersten überraschten Blick hob er sein Becken mehr an. Ich schnappte mir ein Kissen und schob es zur Unterstützung unter ihn.

Dann machte ich mit den Fingern weiter und verwöhnte seinen Schwanz mit meinem Mund. Als ich den ersten Finger in ihn steckte, blickte ich ihn wieder an, bis auf einen leisen überraschten Laut bemerkte ich keinen Widerwillen.

Nachdem er sich daran gewöhnt hatte, schob ich den Zweiten dazu. Heiner genoss es. Als ich mit dem Dritten anfangen wollte, zog er mich hoch und drehte mich auf den Rücken. Jetzt kümmerte er sich um mich. In den letzten zwei Wochen viel gelernt.

Damit ich nicht kam, unterbrach ihn, wendete uns und widmete mich wieder dem Hintern. Dieses Mal spielte meine Zunge mit, worüber er erneut überrascht aufkeuchte.

Als ich mir sicher war, dass er genug vorbereitet war, holte ich aus meiner Tasche ein Kondom und Gleitgel. Heiner beobachtete mich aufmerksam. Dann richtete er sich auf, nahm mir das Kondom aus der Hand und zog es mir über.

Als er fertig war, beugte ich mich über ihn, benutzte das Gleitgel und küsste ihn. Ich setzte meine Spitze an und schob meinen Schwanz vorsichtig ein, immer einhaltend, damit er sich daran gewöhnen konnte. Dabei küsste ich ihn ununterbrochen.

Als ich komplett drin war, hielt ich kurz inne. Dann begann ich mich aus ihm zurückzuziehen. Dabei keuchte ich auf. Oh Godverdomme, das fühlte sich immer noch so gut an.

Heiner umfasste mein Becken und kam mir entgegen und wir erhöhten das Tempo. Dabei wurden wir lauter und ich hoffte, dass uns keiner außerhalb des Zimmers hören konnte.

Ich fasste zu Heiners Schwanz und begann, ihn in umserem Tempo zu reiben. Seine Hand umfasste meine und erhöhte die Geschwindigkeit noch einmal. Er stand kurz vorm Orgasmus und ich drückte sacht zu.

Dann kam er. Ich spürte, wie sein Schließmuskel sich anspannte und nach zwei drei letzten Stößen sprang ich ebenfalls über die Klippe.

Nachdem ich mich aus ihm zurückgezogen hatte, legte ich mich neben ihn. Ich wandte ihn meinem Kopf zu und sah, wie Heiner mit geschlossenen Augen, heftig atmend, da lag.

Mein eigener Puls war ebenfalls noch in erhöhten Regionen und das Herz pochte einen wilden Rhythmus. Einem Impuls folgend legte ich den Kopf auf seiner Brust ab, küsste sie und horchte auf sein Herzschlag, dass meinem in keiner Weise nachstand. Ich lächelte.

Heiner fuhr mit einer Hand in meine Haare und ließ seine Finger immer wieder dadurch fahren. Langsam beruhigten wir uns. Ich griff nach den Taschentüchern und reinigte uns. Er lag mit geschlossenen

Augen da.

«Habe ich dir weh getan?», fragte ich besorgt nach, weil keine Reaktion von ihm kam. Daraufhin öffnete er die Augen und schaute mich mit einem liebevollen Blick an.

«Absolut nicht. Es war...», er suchte sichtlich nach Worten, «...es war einfach Wahnsinn. Warum haben wir damit so lange gewartet?»

«Aber es wird trotzdem ein wenig unangenehm sein, gleich, wenn du aufstehst», erwiderte ich mit einem entschuldigenden Ton.

«Dafür nehme ich gerne Schmerzen auf mich. Ich mache mir eher Sorgen, wie viele von den anderen Gästen uns gehört haben könnten.» Ich grinste.

Wir waren in Bremen in einer Pension. Dieses Wochenende besuchte ich Heiner. Eigentlich war Elternwochenende, aber seine Eltern konnten nicht kommen und deswegen bat er mich stattdessen.

Er übernachtete mit mir in der Pension. Meine Eltern spendierten mir die zwei Übernachtungen inklusive Ticket. Sie waren froh, dass ich wieder anfing, ein normales Leben zu führen.

Seit dem Streit mit Florian waren zwei Wochen vergangen, in denen wir kaum bis nicht miteinander geredet hatten. Sogar den anderen war aufgefallen, dass zwischen uns etwas vorgefallen war. Aber so sehr Leon mich löcherte, ich erzählte es ihm nicht.

«Und wehe, ich werde ab sofort nicht jedes Mal auf diese Weise von dir geweckt. Ich wüsste keine angenehmere», meinte Heiner.

198

«Ich versuche es. Aber versprechen kann ich nichts. Du darfst dich übrigens genauso aufgefordert fühlen, mich so zu wecken.»

«Wird schwierig. Du bist immer vor mir wach», widersprach er mir grinsend.

«Wollen wir duschen gehen? Ich habe gestern Abend gesehen, dass sie groß genug für zwei ist.»

Ich schmunzelte. «Ah, du hast Lust auf eine zweite Runde», folgerte ich. «Nein, ich will mich revanchieren», konterte er. Ich hatte nichts dagegen.

«Na dann komm.»

Im Frühstücksraum trafen wir auf Jannis und Marie. Sie war eingeladen, da er sie seinen Eltern vorstellen wollte. Deswegen waren wir gestern gemeinsam mit dem Zug gekommen und würden am Sonntag wieder fahren.

«Schau dir die beiden an. Bei dem Grinsen folgere ich, dass ihr bereits einen spaßigen Morgen hattet», wurden wir von Jannis begrüßt. Mittlerweile hatte ich gelernt, dass er kein Blatt vor den Mund nahm und generell aussprach, was er dachte.

Aber das mit dem Grinsen glaubte ich ihm sofort. Ich musste nur Heiner anschauen und hatte das Gefühl, in einen Spiegel zu gucken.

Heiner hatte sich erfolgreich bei mir bedankt und nicht zugelassen, dass ich auch nur ansatzweise Hand bei ihm anlegte.

Wir trafen an der Schule gleichzeitig mit Jannis Eltern ein und die große Vorstellungsrunde begann. Marie wirkte im Gegensatz zu sonst ruhig und zurückhaltend. Die vier verabschiedeten sich bald von uns, da Jannis Eltern Termine mit Lehrern hatten. Zum Mittagessen trafen wir uns in der Schulkantine verabredet wieder.

Am Vormittag und kurz nach dem Essen waren die Besprechungen und am Nachmittag fanden Sportveranstaltungen statt, bei denen Schüler verschiedener Schulen gegeneinander antraten.

Heiner zog mich mit sich fort, da er mir sein Zimmer zeigen wollte. Ich schaute mich auf dem Weg neugierig um. Es sah doch tatsächlich aus, wie andere Gebäude auch.

Früher war das ein riesiger Gutsbetrieb. Im Herrenhaus waren die Schule und Verwaltung untergebracht. Die Stallungen und Scheunen waren zu den Schlafräumen umgebaut. Heiner schlief im Kuhstall.

Sein und Jannis Zimmer war nicht groß, aber es reichte. Jeder hatte eine Seite mit einem Bett, Nachttisch, Schrank und Schreibtisch. Toiletten und Duschen nutzten alle gemeinsam auf dem Flur.

Ich wusste sofort, welche Seite Heiner gehörte. Genauso wie in seinem Zimmer zu Hause hingen keine Poster oder Bilder an den Wänden, bis auf eines. Es zeigte Pooh und Ferkel von hinten, wie sie Hand in Hand eine Straße entlang gingen. Darüber war folgender Spruch gedruckt:

«Welchen Tag haben wir heute?», fragte Pooh.

«Es ist heute», quiekte Ferkel.

«Mein Lieblingstag!», sagte Pooh.

Ich schmunzelte, als ich das Bild sah. Es passte zu

Heiner. Er liebte Sprüche über alles. Vielleicht sollte ich ihm ein Spruch-Büchlein schenken.

Ich setzte mich auf sein Bett. Auf dem Nachttisch hatte er ein Bild von uns beiden liegen. Oder statt des Büchleins einen Bilderrahmen? Auf dem Schreibtisch lagen seine Schulsachen. Man merkte dem Zimmer an, dass es zwei Individuen beherbergte und doch war es sauber und aufgeräumt.

«Ist das immer so ordentlich hier oder nur wenn Besuch erwartet wird?», erkundigte ich mich. Er spielte mit seinem Handy herum und räusperte sich. Dann schaute er auf.

«Tschuldigung. War Kilian. Wollte wissen, ob es uns gut geht.» Der eitle Fatzke sollte sich um Florian kümmern und Heiner in Ruhe lassen.

«Meistens sieht's wirklich so aus. Auf aufgeräumte Zimmer wird Wert gelegt», beantwortete Heiner meine Frage. «Wollen wir weiter? Ich will dir die Schule zeigen, bevor wir zum Essen gehen.»

«Okay», ich stand auf und schnappte mir Heiner, bevor er das Zimmer verließ. «Aber vorher schaffen wir für diesen Raum eine tolle Erinnerung.» Ich schleifte ihn zum Bett, drückte ihn darauf und legte mich auf ihn. Dann küsste ich ihn. Mehr wollte ich nicht. Heiner erwiderte den Kuss und umarmte mich. Gerade als wir uns lösten, wurde kurz an die Tür geklopft und wurde direkt geöffnet.

«Heiner bist du...», begann eine fremde Stimme und hielt mitten im Satz inne, um nach einer Pause, in der sie sich gefangen hatte, weiter zu stammeln. «Oh, äh, ich... ich wollte nicht stören.»

Heiner lachte. «Komm rein, Isa.» Die Person, die zu der Stimme gehörte, erschien vollständig im Türrahmen. Ein Mädchen in unserem Alter. Sie wirkte verlegen. Ich setzte mich auf.

«Tobias, das ist Isa eine Freundin, Isa, das ist Tobias mein Freund», stellte Heiner uns vor. Isa lächelte immer noch verschämt und hob kurz zum Gruß die Hand. Ich grinste und hob ebenfalls die Hand.

«Ich wollte Tobi gerade die Schule zeigen. Willst du mit? Deine Eltern sind auch nicht da, oder?», lud Heiner Isa ein. «Du hast doch nichts dagegen?», vergewisserte er sich bei mir. Ich schüttelte den Kopf und wir zogen zu dritt los.

Wir trafen viele Leute, denen ich vorgestellt wurde. Ständig wurde ich von einer Ecke in die andere gezogen. Zwischendurch hatte ich das Gefühl von Orientierungslosigkeit. Langsam konnte ich mir vorstellen, wie es Florian ergangen war an seinen ersten Tagen in unserer Schule. Er tat mir im Nachhinein leid.

Was er wohl heute machte. Bestimmt mit Kilian herumhängen. Konnte mir auch egal sein, schalt ich mich. Hör auf, darüber nachzudenken. Du bist mit und wegen Heiner hier.

Insgesamt war es interessant einen Aspekt von Heiners Leben kennenzulernen, den man sonst nur aus Erzählungen und von Bildern kannte. Endlich die Personen zu den ganzen Namen zu sehen, machte es realer. Marie schien es ebenso zu gehen, jedenfalls deutete sie es beim Mittagessen an.

Nach dem Essen gesellten sich Marie und Jannis zu uns, seine Eltern hatten einige Termine, bei denen er nicht mit dabei sein musste und wir gingen zum Sportplatz.

«Sag mal, Heiner, wirst du krank?», fragte Jannis ihn nach einiger Zeit. Ich schaute überrascht auf.

«Ach Quatsch, ich habe nur einen Frosch im Hals», beruhigte er ihn. Stimmt, Heiner räusperte sich schon den ganzen Tag.

«Mach kein Scheiß, unsere Klasse ist dieses Mal mit dem Gottesdienst dran und du bist der Einzige, der sich mit der Lesung beschäftigt hat», rief Isa entsetzt auf.

«Gottesdienst?», war bei mir hängen geblieben.

«Sonntagmorgens findet an den Besuchswochenenden immer einer statt. Mal ein Katholischer und mal ein Evangelischer und jimmer ist eine andere Klasse dafür zuständig. Dieses Mal ist es ein evangelischer und wir sind dran», erklärte Heiner mir.

Ich schaute ihn an, nicht wissend, ob ich wütend sein sollte oder nicht. «Und wann bitte wolltest du mir das sagen? Hattest du gehofft, dich morgen früh raus schleichen und rechtzeitig bevor ich aufwache, wieder da zu sein?»

Heiner blickte mich betreten und zerknirscht an. Jannis und Marie fanden auf einmal den Sportplatz sehr interessant und Isa verstand nicht, warum ich so aufgebracht war.

«Das ist doch nur ein blöder Gottesdienst. Da geht

man hin und fertig», meinte sie.

«Für mich ist das aber nicht nur», fuhr ich sie an. Sie wirkte betroffen und verstand noch immer nicht, was hier vor sich ging. Ich wollte keinen Gottesdienst besuchen, bis ich mit mir im Reinen war.

«Tut mir leid, ich wollte es dir heute Abend sagen», erwiderte Heiner leise und schuldbewusst. «Ich erwarte nicht von dir, dass du daran teilnimmst. Aber ich muss leider.»

Er blickte mich an. «Danach komme ich sofort wieder zurück.» In seinen Augen las ich eine unausgesprochene Entschuldigung und er stellte sich vor mir, griff nach den Händen. Seine Finger verschränkten sich mit meinen. Ich holte tief Luft, um mich wieder zur beruhigen und nickte leicht.

Daraufhin küsste Heiner mich, womit ich nie gerechnet hätte, war doch die halbe Schule versammelt und viele kannten ihn. Am Bahnhof, wo er in der Menge untertauchen konnte, war es kein Problem mehr für ihn, ansonsten hielt er sich sehr zurück. Ich lächelte und entschuldigte mich bei Isa, erklärte ihr allerdings nicht, warum ich so reagiert hatte.

Ich würde da nicht hingehen, aber vielleicht konnte ich in Heiners Zimmer warten. Heiner räusperte sich erneut und holte mich aus meinen Gedanken.

«Bist du sicher, dass du nicht krank wirst?», hakte ich besorgt nach.

«Alles gut» wiegelte er kurz angebunden ab und räusperte sich. Jetzt hätte ich aus eigener Erfahrung sagen können, dass es nicht gut ist, wenn einer sagt, alles ist gut. Hatte ich es doch selbst monatelang gemacht, aber ich unterließ es. Wieso konnte ich nicht sagen, bei Niklas hatte ich nicht nachgegeben, bis er entnervt aufgab.

Das war auch der Grund, warum Niklas überhaupt zum Arzt gegangen war. Ich hatte ihn so lange bearbeitet, bis er zugab, dass es ihm schlecht ging. Er fühlte sich schlapp, ständig müde und erschöpft. Die Tatsache, dass er ungewöhnlich viele blaue Flecken hatte, die ewig zum Heilen brauchten, konnte er bald nicht mehr leugnen. Das war der Anfang vom Ende.

Wir wandten uns dem Podium zu, wo die ersten Reden gehalten wurden. Einige Leute starrten uns an, Heiner ließ aber meine Hand nicht los und ignorierte die Blicke stoisch. Ich beobachtete ihn von der Seite, er guckte stur nach vorne, die Glotzer ignorierend. Ich lächelte. Das hier bedeutete für ihn eine riesige Über-windung und ich wusste, dass er das für mich tat, als Wiedergutmachung für den Gottesdienst.

Godverdomme, warum konnte ich ihn nicht ein-fach lieben? Er hatte es verdient, jemanden, der ihn liebte, bereit war, das zurückzugeben, was er gab, mit allem, was dazu gehörte. Mir war nicht aufgefallen, dass er sich den ganzen Tag räusperte. Was war ich für ein Freund?

Stopp, hatte ich das wirklich gedacht? Da waren mir meine Gedanken durchgegangen. Das hatte ich bestimmt nicht ernst gemeint.

«Hör auf, mich anzustarren», flüsterte er mir zu.

«Ich kann nicht. Bin viel zu stolz auf dich», raunte

ich zurück und gab ihm daraufhin einen Kuss auf seine Wange.

Redete ich mir ein, dass ich bei Heiner ein Kribbeln verspürte? Ich freute mich immer, ihn zu sehen, aber das tat ich bei Leon oder Florian ebenfalls. Er wurde rot, lächelte allerdings.

«Lass uns das hier überstehen, dann verschwinden wir, okay?», wisperte er mir ins Ohr. Ich nickte mit einem Grinsen. Garantiert redete ich mir das ein.

Am nächsten Morgen wachte Heiner mit einer nicht vorhandenen Stimme auf. Es war keine richtige Erkältung, aber wahrscheinlich war er auf den Weg dorthin. Wir gingen zusammen zur Schule und seine Klassenkameraden waren alles andere als begeistert. Sie überlegten, wer Heiners Part übernehmen sollte.

Marie und ich standen abseits und beobachteten die Diskussion, bis mir das zu viel wurde. Ich wurde magisch von der kleinen Kirche, die mit zum Gelände gehörte, angezogen. Sie wurde von einem jungen Pfarrer betreut, der noch nicht lange sein Vikariat hinter sich hatte, wie Heiner mir erzählt hatte.

In der Kirche überkam mich dasselbe Phänomen, wie in jeder anderen. Stille umfing mich und Ruhe legte sich über mich. Ein vages Gefühl, das mich an Geborgenheit erinnerte. Das hatte ich lange nicht mehr gespürt in einer Kirche.

Ich ging langsam durch den Mittelgang bis zum Altar. Dort blieb ich stehen und drehte mich um die eigene Achse und blickte mich dabei um. Es waren tolle Bleiglasfenster, in einem war Maria mit dem kleinen Jesuskind abgebildet. Das gab es wahrscheinlich in jeder Kirche.

Da war das Pult für die Lesung, hier sollte eigentlich Heiner gleich stehen, aber das fiel flach mit der Stimme. Ich trat dahinter und strich sachte mit den Fingern darüber. Unser Pfarrer hatte mich bereits zweimal eine Lesung halten lassen Anfang letzten Jahres. Ich war so stolz darauf, wie Niklas nach einem besonderes gelungenem Spiel von ihm.

«Hallo, du bist nicht Heiner», durchbrach eine Stimme meine Gedanken. Ich drehte mich zu ihr um und sah einen Mann vor mir. Das musste der Pfarrer sein.

«Nein, ich bin sein Freund, Tobias», stellte ich mich vor.

«Hallo Tobias, ich bin Pfarrer Andreas Bock. Einfach Andreas.» Er streckte mir die Hand hin und ich ergriff sie. «Dann wolltest du dir also anschauen, wo Heiner gleich steht, damit du ihn im Blick hast?», fragte er mich.

«Äh, nein, er kann die Lesung nicht halten, er hat keine Stimme zur Zeit. Eigentlich wollte ich nicht mal hier hereinkommen», antwortete ich.

«Warum? Im Prinzip ist das doch nur ein Gebäude, nicht wahr?»

«Das ist nicht nur ein Gebäude, dies ist eine Kirche. Ein Ort der Zusammenkunft, zum gemeinsamen Feiern des Gottesdienstes», empörte ich mich. Andreas lächelte.

«Aber muss man das unbedingt hier machen? Kann

man das nicht auch auf einer grünen Wiese oder in einem einfachen Stall? Gott ist überall, nicht nur in einer Kirche. Er mag nicht alles geschaffen haben, wie die Bibel schreibt, aber wo Leben ist, ist Er. Luther und Calvin haben die Kirche als das bestimmt, was sie ist, ein funktionaler Raum, nichts heiliges, wie es bei den Katholiken ist.»

«Aber hier hat man Ruhe und lässt die Hektik des Alltags hinter sich. Meinen Eltern hilft es immer, wenn sie, selten genug, in die Kirche gehen», widersprach ich ihm.

«Ah, da kommen wir zu dem, was sich in der heutigen Zeit verändert. Wir fangen an, der Kirche als Gebäude eine neue Bedeutung zuzuweisen. Im Alltag nehmen wir uns für uns, weil wir von Termin zu Termin hetzen. Wir haben verlernt, innezuhalten. Ich mag es Gottesdienste im Freien abzuhalten und danach ein gemeinsames Picknick zu veranstalten. Um Gott zu begegnen, benötige ich nicht diese vier Wände.»

Er bewegte seinen Arm im Kreis, die den Innenraum der Kirche umfasste.

«Aber woher wollen Sie wissen, ob es Gott gibt? Wir wissen heute, dass Leben nicht in sechs Tagen, sondern in vielen tausend Jahren entstanden ist. Ich habe in Bio aufgepasst.»

«Da hast du vollkommen recht. Die Frage ist also, warum ich mir sicher bin, dass es Gott gibt. Ich gebe dir eine einfache Antwort, wir haben nicht viel Zeit. Ich denke, dass der Urknall irgendwie entstanden sein muss, damit Leben entstehen kann. Außerdem glaube ich, dass alles perfekt ist, auch wenn es nicht so erscheint. Napoleon sagte einmal: *Gott ist überall im Weltall sichtbar, und jene Augen, die ihn nicht sehen, sind wahrlich blind oder schwach.*»

Er hielt kurz inne. «Aber das Schönste an unserer Zeit ist doch, dass jeder an das glauben kann, dass er möchte.» Wieder machte er eine kurze Pause, um Luft zu holen, dann sprach er weiter. Dabei beobachtete er mich genau.

«Wir Menschen stellen unseren Glauben häufig in Frage, wenn Unvorhergesehenes geschieht und wir niemandem die Schuld geben können. Also muss Gott es sein, wer sonst, er hat alles geschaffen, das Gute und das Schlechte. Aber an vielem sind wir Menschen Schuld und manches geschieht einfach, ohne dass jemand Schuld ist.

Die Kunst ist, zu akzeptieren, dass man einiges nicht erklären kann. Warum raucht einer sein ganzes Leben lang Kette und wird hundert, während der andere nur 20 Jahre geraucht hat und an Lungenkrebs stirbt. Die Wahrheit ist doch, dass wir alle irgendwann sterben müssen, der eine früher, der andere später. Bei Jüngeren fällt uns die Akzeptanz schwerer, weil sie noch ein ganzes Leben vor sich hatten.»

Ich hatte mittlerweile meine Hände in die Taschen gesteckt und schaute auf die Fußspitzen.

«Ich muss jetzt die Kirche für den Gottesdienst vorbereiten. Es war mir eine Freude, dich kennenzulernen.» Damit verabschiedete sich Andreas von mir und ging. Ich schaute ihm hinterher. Woher wusste er, was mich bewegte?

Ich spürte, wie mir jemand den Arm um die Schulter legte. Es war Heiner. «Kommst du mit? Es geht gleich los», krächzte er mit fast tonloser Stimme. Ich nickte ihm zu. Wie lange stand er schon da und hörte zu? So schnell konnte man nicht durch die Kirche gehen.

«Hast du alles gehört?»

«Fast. Ich wollte nicht stören.» Und dann ging mir ein Licht auf.

«Du hast mit ihm über mich gesprochen.» Es war eine Feststellung keine Frage. Er sah mich wieder schuldbewusst an, bevor er nickte.

«Ich wollte wissen, wie ich dir am besten helfen könnte.» Ich zog ihn an mich und gab ihm einen Kuss auf seine Wange.

«Haben sie sich endlich geeinigt, wer deinen Part übernehmen soll?», erkundigte ich mich dann und er schüttelte den Kopf.

«Keiner will einen ungeübten Text vorlesen», krächzte er wieder.

«Vielleicht solltest du das Reden einstellen, mein Lieber. Worum geht die Lesung?» Er reichte mir die Papiere und ich las sie durch. Ich kannte den Text. Wir hatten ihn in der Leserunde gelesen und diskutiert.

«Tja, da wird sich einer finden, und wenn es der Pfarrer selbst macht» tröstete ich Heiner und wir gesellten uns zu den anderen, die immer noch diskutierten.

Ein Junge zeigte dann auf ein Mädchen, und bestimmte sie zur Leserin. Ich hatte mir die ganzen Namen nicht merken können. Heiner übergab ihr die Papiere, damit sie sie noch ein oder zweimal vorher lesen konnte, aber das laut vorlesen vom Pult konnte sie nicht mehr üben. Dann gingen sie alle in die Kirche und nahmen ihre Plätze ein.

Die Eltern, Lehrer und restlichen Schüler strömten ebenfalls herbei. Heiner folgte ihnen, wenn er auch nicht lesen konnte, hatte er trotzdem Anwesenheitspflicht. Er reichte mir den Schlüssel zu seinem Zimmer. Ich fragte mich, wie alle in die Kirche passen sollten, aber das war nicht mein Problem.

Nachdem Gottesdienst mussten Marie und ich schon zum Bahnhof und ich hätte die Zeit gerne noch mit Heiner verbracht.

Auf halben Weg zu seinem Zimmer drehte ich wieder um und kehrte zu der Kirche zurück. Ich drängelte mich mit rein. Die Schüler standen alle an den Seiten und im hinteren Bereich, während die Erwachsenen saßen. Viel sehen konnte ich nicht, ich wusste nicht einmal, warum ich meine Meinung änderte.

Ich kam rechtzeitig an, in diesem Moment begann es. Ich war fast ein Jahr nicht mehr im Gottesdienst gewesen, aber der Ablauf war mir vertraut, wie beim letzten Mal. Die Lesung kam immer näher und ehe ich mich versah, ging ich nach vorne. Das Mädchen trat zögerlich auf das Pult zu. Ich nahm ihr die Papiere ab und stellte mich dahinter.

Warum, wieso, weshalb konnte ich nicht sagen. Mein Herz pochte vor Aufregung und Nervosität, wie die Male vorher, als vor einer Gemeinde stand. Die Handinnenseiten wurden schwitzig und ich wischte sie an der Hose trocken.

Ich schaute von den Papieren auf und mich in der Kirche um. Viele ratlose Gesichter blickten zu mir. Sie fragten sich garantiert, was das zu bedeuten hatte. Ich wusste es ja selbst nicht, wie konnte ich ihnen da eine Antwort geben.

Andreas lächelte mir aufmunternd zu. Dann fiel mein Blick auf Heiner, der mit seiner Klasse links und rechts in den Stuhlreihen im Altarraum saß. Unsere Blicke trafen sich und ich saugte mich kurz in seinen Augen fest. Er hielt beide Daumen nach oben. Dann räusperte ich mich.

«Äh, ich bin Tobias Leitner und gehe nicht auf dieses Internat. Ich bin der Freund von Heiner Traben, der heute die Lesung halten sollte, aber leider keine Stimme mehr hat. Da ich weiß, wie schwer es ist, ohne Übung eine Lesung zu halten, springe ich kurz ein, da mir der Text geläufig ist. Ähm, ja, ich fange dann an. Ach noch eines, sollte ich über die Wörter stolpern bitte nicht lachen, ich konnte vorher nicht üben.»

Und ich begann. Zwischendurch hielt ich kurz inne, um den Text vorzulesen, aber alles in allem funktionierte es gut. Als ich fertig war, verließ ich das Pult und wandte mich zu Heiner. Seine Klassenkameraden rutschten einen Platz auf, so dass ich neben ihn sitzen konnte. Er ergriff meine Hand und drückte sie kurz, seine Lippen formten ein Danke.

Mein Herzschlag normalisierte sich wieder. Ich dachte in Ruhe darüber nach, was hier geschehen war. Hatte ich eine Entscheidung getroffen? Musste ich das überhaupt?

Den Rest des Gottesdienstes bekam ich kaum mit. Auf einmal war er zu Ende und Heiner und Jannis brachten Marie und mich zum Bahnhof.

Wir verabschiedeten uns. Nächstes Wochenende konnte Heiner nicht kommen. Er musste lernen. Aber das war nicht schlimm. Ich wollte auf den Friedhof, alleine.

«Und wie war dein Wochenende in Bremen? Kennst du jetzt die heiligen Hallen, in denen Heiner regelmäßig versagt, so wie wir hier?» Leon fing mich am Montag vor der Schule ab und fragte mich aus, während wir in unsere Klasse gingen.

Marie gesellte sich zu uns und ergänzte meine Erzählungen. Florian saß auf seinem Stuhl und tat so, als ob er nichts mitbekommen würde. Aber ich bemerkte, wie er hin und wieder den Kopf hob und leicht in unsere Richtung drehte.

«... der Wahnsinn. Tobi ist einfach nach vorne gegangen und hat dem Mädchen den Text abgenommen. Ich kann euch sagen, die sah erleichtert aus.»

Marie erzählte mittlerweile ohne mich und war beim Gottesdienst angekommen. Ich hörte nicht richtig hin. Aus den Augenwinkeln bekam ich mit, wie Florian sich uns zugewandte und ebenfalls aufmerksam Maries Erzählung lauschte. Dabei spürte ich immer wieder seinen Blick auf mir.

«Und dann steht Tobi hinter dem Rednerpult, stellt sich kurz vor und hält die Lesung, als ob er nie was anderes gemacht hat. Das war voll cool.»

Leon schaute mich mit großen Augen an. «Heißt das, du gehst wieder in die Kirche und wirst Pastor?», fragte er.

«Das heißt, ich weiß nicht, was da passiert ist. Und wir haben Pfarrer», berichtigte ich ihn. «Wie war denn euer Wochenende?», lenkte ich von mir ab.

«Och, nichts Besonderes. Wir waren auf einer Abifete und den Rest haben Conny und ich gelernt.»

Leon erzählte mir von seinem nicht aufregenden Wochenende und die anderen wandten sich ab. Und, oh Wunder, der Unterricht begann auch noch.

In der Pause lud Leon mich für den nächsten Tag zu sich ein. Er wollte einen richtigen Männernachmittag, ohne Conny oder Heiner, veranstalten. Kurz fragte ich mich, ob Heiner für ihn nicht männlich war, sprach es aber nicht aus. Wir hatten das lange nicht mehr gemacht und ich sagte zu.

«Und, was wollen wir machen? Einen Serienmarathon?», erkundigte ich mich, als wir am Dienstag bei ihm eintrafen und aßen. Seine Mutter hatte uns Spaghetti mit Tomatensauce gemacht.

«Mal sehen, ich muss erst was essen, bevor mein Gehirn wieder funktioniert.»

In seinem Zimmer haute ich mich gewohnheitsmäßig auf sein Bett und lehnte mich an der Wand an. Leon hockte sich daneben und wir überlegten, ob wir eine Serie oder lieber einen Film schauen wollten. Oder doch eher daddeln? Wir hatten schon lange nicht mehr Fifa Soccer gespielt. Während wir noch diskutierten, ging die Tür auf und Florian kam rein.

«Hey» begrüßte er uns. Wir schauten uns an.

«Was machst du denn hier?», entfuhr es mir unfreundlich, statt einer Begrüßung. Jetzt tauchte er schon wieder auf, ohne dass man ihn darum gebeten hatte.

«Er ist auf meine Bitte hier her gekommen und wusste nicht, dass du da bist», erklärte nun Leon. Super, was sollte das hier werden? Florian war bereits im Begriff zu gehen, allerdings stand Leon schnell auf und hielt ihn auf.

«Ich weiß nicht, was zwischen euch vorgefallen ist, aber ich habe kein Bock mehr auf den Eiertanz der letzten zwei Wochen. Ist euch klar, wie schwierig es ist, wenn gute Freunde sich streiten? Überhaupt nicht mehr miteinander reden und man zwischen den Stühlen sitzt?» Leon schaute von einem zum anderen und schloss dann seine Tür.

«Florian, zieh deine Jacke aus und setz dich. Keiner verlässt den Raum, bis das zwischen euch geklärt ist, verstanden?» Seine Ansage war unmissverständlich. Florian kam der Aufforderung nach und setzte sich auf das Sofa. Leon nahm auf seinem Schreibtischstuhl Platz.

Ich verdrehte die Augen, verschränkte die Arme vor der Brust und blieb still, dabei starrte ich Florian an. Es gab nichts zu klären. Florian hatte mir eindeutig klar gemacht, dass ich seiner bescheidenen Meinung nach, Heiner ausnützen würde. Was gab es da noch zu reden? Er könnte sich entschuldigen, aber was änderte das?

«Echt jetzt? Fünf Minuten anschweigen? Jungs, ich habe Zeit, in der Küche sind Getränke und Essen. Ihr könnt das hier stundenlang durchziehen, oder es einfach hinter euch bringen», gab Leon genervt von sich.

Florian hatte sich auf dem Sofa zurückgelehnt, die Beine ausgestreckt und starrte die Zimmerdecke an. Es verging eine halbe Stunde, in der Leon angefangen hatte, sich um die Schule zu kümmern, während Florian und ich durch die Gegend sahen, jeder von uns zu bockig, etwas zu sagen.

Dann hörte ich, wie Leon den Stift auf seinen Schreibtisch warf. «Okay, so stur könnt ihr nicht sein!», rief er wütend. «Glaubt ihr, ich sei blöd oder was? Meint ihr im Ernst, ich hätte euer Balzverhalten nicht mitbekommen? Du bist sowas von eifersüchtig auf Kilian, Tobi. Egal was und wie er es zu dir sagt, du machst ihn nieder. Ich glaube dir, wenn du sagst, dass du Heiner mehr magst, aber es ist für mich offensichtlich, dass du ihn nicht liebst. Ich kenne dich und weiß, wie du dich dann verhältst. Das konnte ich zweieinhalb Jahre mit Niklas beobachten. Ich war zwar glücklich darüber, dass du ein Date hattest, aber mir ging es persönlich zu schnell mit Heiner. Ich sagte, gib ihm eine Chance und nicht, wirf dich ihm direkt an den Hals. Du solltest nur mal wieder Spaß haben.»

Florian und ich schauten Leon geschockt an. Er brüllte mich an. Dann wandte er sich Florian zu.

«Und du, dass du Kilian ausschließlich aus Spaß fickst, sieht jeder. Sogar Heiner, der ihn nur am Wochenende zu Gesicht bekommt, hat schon mehr mit ihm gesprochen als du. Und Kilian muss doch nur herhalten, weil du Tobi nicht haben kannst und Jonas nicht greifbar ist.»

Florian schaute mich wütend an. «Du brauchst Tobi gar nicht anfunkeln. Das mit Jonas war so offensichtlich. Ich war mir nicht sicher, ob Tobi das wusste. Warum hast du nicht von Anfang versucht, ihm klipp und klar zu sagen, was du wolltest. Ich habe Silvester gelogen, als du behauptet hast, dir würde es nicht gut gehen und du nach Hause gehst. Glaubst du etwa, mir war nicht klar, dass du bei ihm warst an dem Abend?»

Er schaute wieder von einem zum anderen. «Ihr solltet beide ganz dringend eure Prioritäten klären. Ich weiß nicht, was da zwischen euch vorgefallen ist und warum ihr es nicht geschissen bekommt, zuzugeben, was ihr füreinander empfindet. Wieso schiebst du Heiner vor», Leon zeigte eindeutig auf mich, «und du Arschloch bekommst den Mund nicht auf?» Das galt jetzt Florian.

«Wo ist euer verficktes Problem? Ist das so eine Männersache, wer nachgibt verliert? Dann hört mir mal gut zu! Zurzeit verliert ihr beide! Gerade du, Tobi, solltest nach der Sache mit Niklas solche Chancen ergreifen und sie nicht links liegen lassen!»

So wütend hatte ich Leon noch nie gesehen. Die letzten zwei Wochen mussten ihm wirklich zugesetzt haben. Und wie sollte es anders sein, in dem Moment klingelte mein Handy. Ich holte es raus und sah, dass es Heiner war. Leon war mit wenigen schnellen Schritten bei mir und nahm es mir weg.

«Hallo Heiner, Leon hier, Tobi kann jetzt nicht, er muss die Sache mit Florian klären und bevor, das nicht behoben wird, hat er keine Zeit», schrie Leon auch Heiner an. Dann war er kurz still. Ich konnte nicht hören, was Heiner ihm sagte.

«Ja, sag ich den beiden. Tobi ruft dich später an.»

Er legte auf und warf mir mein Handy wieder zu.

«Heiner wünscht euch viel Spaß und er hofft, dass die Eiszeit nächste Woche vorbei ist. Kilian hätte sich auch schon deswegen bei ihm gemeldet. Also meine Herren, redet miteinander oder ihr kommt hier nicht raus. Ich hole mir was Süßes. Bis gleich.» Damit verließ er das Zimmer, knallte die Tür zu und schloss von außen ab.

Moment, er hatte was? What the fuck fällt dem denn ein?

«Hat er uns hier eingeschlossen?», fragte ich wütend in den Raum. «Spinnt der Penner?» Sowas nannte man Freiheitsberaubung.

«Was regst du dich auf?» Das waren die ersten Worte, die Florian von sich gab.

«Ich kann mich aufregen, so viel ich will, klar?»

Er zuckte mit den Schultern und begann wieder die Decke zu betrachten. Ich ergriff mein Handy und spielte daran rum.

Kurz darauf kam Leon zurück ins Zimmer. «Immer noch Schweigen? Ich hatte mich doch klar ausgedrückt, oder?» Er klang weiterhin aufgebracht, war aber nicht mehr sauer.

Er hatte Lakritze, Chips und Cola für uns geholt und stellte alles in die Mitte des Raumes. Ich erhob mich, setzte mich zu den Süßigkeiten auf den Boden und begann zu essen.

«Florian hat mich geküsst», nuschelte ich mit vollem Mund. Leon schien es ernst zu meinen, also begann ich.

«Das war vor Weihnachten und gehört nicht hier hin», erwiderte Florian direkt.

«Wann vor Weihnachten? Und warum weiß ich nichts davon?», fragte Leon einerseits erleichtert, andererseits überrascht.

«Einen Tag vor Heiligabend. Den Abend vorher war ich mit Heiner im Theater. Ich hatte es Florian erzählt, da er mich am Strand abgepasst hatte» erklärte ich und steckte mir Lakritz in den Mund.

«Wow. Und dann? Und wieso hast du Tobi geküsst?» Leon war immer noch erstaunt.

«Das ist doch egal, oder? Und wie gesagt, hat es überhaupt nichts mit hier zu tun. Außerdem wurde ich abgewiesen», wehrte Florian ab.

«Ach jetzt kommt schon, wir sind nicht im Kindergarten. Nichts, was hier gesprochen wird, dringt aus dem Raum.» Oh, da war er wieder, der genervte Leon. «Moment mal, wenn Florian dich geküsst hat, wusstest du, was er von dir wollte. Warum hast du ihn abgewiesen?», hakte Leon bei mir nach.

«Heiner? Ich kann nicht einen Tag sagen, hey ich mag dich, wollen wir es versuchen und am nächsten Tag, sorry, war nur ne Laune. Aber Flo hat mich geküsst und deswegen bist du jetzt abgemeldet», brachte ich sarkastisch hervor.

«Das kann ich verstehen», pflichtete Leon mir bei. «Warum hast du Tobi nicht früher gesagt, das du mehr von ihm willst als nur Freundschaft?», wandte er sich Florian zu.

«Weißt du noch, wie er da drauf war? Was glaubst

du, wäre passiert, wenn ich es ihm gesagt hätte?», wies er Leon zurecht.

«Ich hätte mich nicht darauf eingelassen. Florian bedeutete für mich, Reden über Niklas. Das wiederum hieß weinen, sich damit auseinandersetzen, aus meinem Schneckenhaus herauskommen und wieder etwas fühlen. Heiner war für mich zu der Zeit wie ein Rettungsanker. Er drängte mich nicht, über Niklas zu reden, er wollte mich zum Lachen bringen», gab ich flüsternd zu. «Florian hatte mir sehr früh gesagt, was er von mir hält. Ich wusste, dass er es ernst meinte, aber ich redete mir ein, dass es nur ein Scherz war.»

Florian und Leon hörten mir aufmerksam zu und warteten, ob noch etwas kam.

«Du hast recht Leon, ich liebe Heiner nicht, und ich bin auch nicht verliebt, aber ich bin, wie heißt das? Verknallt? Ich bin gerne in seiner Nähe, ich mag es, wie er mich küsst, wie er so langsam seine Grenzen überschreitet für mich. Und ich bin vielleicht dabei, mich in ihn zu verlieben. Allerdings kann ich das nur herausfinden, wenn ich es ernst meine und Heiner nicht bei dem ersten Zweifel fallen lasse.»

Ich hielt inne. Was empfand ich wirklich für Florian? Er hatte mir durch die schweren Zeiten geholfen, allerdings fühlte sich der Kuss damals falsch an. Dessen war ich mir sicher, aber wegen Heiner oder weil ich es mir einredete? Ich brauchte Florian, mit ihm konnte ich über die schweren Dinge reden, über die ich nicht mit anderen sprechen wollte.

«Der Kuss verwirrte mich, das gebe ich zu. Und ja,

da war eine gewisse Anziehungskraft. Aber ich habe nie darüber nachgedacht, mit dir zusammen zu sein. Ich kann mit dir sprechen oder schweigen und ja, ich brauche dich. Allerdings als guten Freund. Ich rede mit Heiner nicht über meine dunklen Seiten, weil ich ihn nicht mehr verschrecken will. Es ist alles neu für ihn. Warum sollte ich ihn mit meinen Problemen belasten.»

«Das gehört zu einer Beziehung. Da ist nicht immer eitel Sonnenschein und die Einhörner pupsen Regenbögen», entgegnete mir Florian.

Ich zuckte mit den Schultern. Leon war ruhig und beschäftigte sich mit einer Lakritzrolle.

«Das weiß ich. Von uns dreien wahrscheinlich am besten. Aber ich werde diesen Weg weitergehen und irgendwann kommt der Zeitpunkt, da rede ich mit Heiner. Der kann nächste Woche sein oder in einem halben Jahr. Allerdings ist das meine Sache und nicht deine.»

«Ich hatte nie eine Chance», erkannte Florian. Ich schaute ihn traurig an und schüttelte den Kopf.

«Ich mag deine Nähe, die Ruhe, die du ausstrahlst, die kleinen Überraschungen, wie das mit der Laterne an Silvester. Vielleicht habe ich gedacht, dass du mir gehörst und ich auf dich zugreifen kann, wann immer ich will. Eventuell war Kilian deswegen ein Dorn im Auge, ich weiß es nicht. Entschuldige.»

«Schon gut. Das mit der Freundschaft kriege ich hin. Wie gesagt. Ich werde mich in Zukunft aus deiner Beziehung mit Heiner raushalten, aber du musst damit leben, die Wahrheit zu erhalten, wenn du meine Meinung hören willst.»

«Okay. Freunde?» Ich streckte ihm die Hand hin, die er ergriff.

«Freunde», lächelte er mir zu.

«Halleluja, das muss gefeiert werden. Ich habe Bier kalt gelegt. Nicht weglaufen, dieses Mal schließe ich nicht ab», rief Leon erfreut und stürmte aus dem Zimmer, um kurz danach mit drei Flaschen zurück zukommen.

«Prost», stießen wir miteinander an. Uns war klar, dass es nicht einfach werden würde für Florian, aber was war das schon im Leben. Und sollte sich herausstellen, dass es nicht klappte, müsste man schauen, wie es weiterging. Darüber wollte ich jetzt allerdings nicht nachdenken.

Am nächsten Morgen in der Schule lief wieder alles seinen normalen Gang. Florian und ich unterhielten uns und ich hatte das Gefühl, dass ein kollektiver Seufzer der Erleichterung durch die Clique ging.

Ich war total aufgedreht, mit Heiner hatte ich abends ewig telefoniert und mit Florian war alles geklärt.

In der Pause waren wir heute nach langer Zeit draußen, weil das Wetter mitspielte.

«Wisst ihr was? Ich habe richtig Lust auf einen Streich», kündigte ich an.

«Oh ja, lässt du wieder Kresse wachsen?», fragte Patricia freudig.

«Ich dachte schon, wir sind artig geworden, nachdem wir über ein Jahr keinen mehr hatten. Uns haben deine Ideen gefehlt, Tobi», meinte Hauke.

«Es müssen alle mitspielen dieses Mal. Das ist nichts, was ein oder zwei Leute machen könnten. Wir benötigen eine große Plane», erläuterte ich. Wir stellten uns näher im Kreis zusammen, damit jeder mitbekam, was ich mir ausgedacht hatte.

«Ich bringe die Siloplane mit. Mein Vater hat noch eine Rolle und schneidet mir bestimmt ein frisches Stück ab und Klebeband kann ich auch mitbringen», sagte Lasse kurze Zeit später.

«Ich spreche mit allen und frage Swantje, ob sie das Schild malen könnte», bot Lisa an.

«Gut, dann hätten wir das geklärt, aber wann und bei welchem Lehrer machen wir das? Und wie kriegen wir das hin, dass die Tür nicht abgeschlossen wird?», fragte Marie.

«Tino ist doch Klassenbuchführer. Darf er nicht in den Pausen in der Klasse bleiben, wenn er es weiterführen muss? Ich schlage vor, wir machen es morgen nach der ersten großen Pause, da haben wir die Tussi danach. Kriegst du bis dahin alles Lasse?», schlug Leon vor.

«Klar, klingt gut», antwortete dieser.

«Gut, dann weihe ich die anderen ein», meinte Lisa grinsend und machte sich auf den Weg.

«Mein erster Streich an dieser Schule. Jetzt kriege ich endlich einen mit und höre nicht nur», bemerkte Florian und klatschte begeistert in die Hände.

Am nächsten Tag waren wir in den ersten Stunden unkonzentriert. Lasse war extra mit dem Auto gekommen, damit wir die Plane im letzten Moment in die Schule bringen konnten. Dummerweise war unser Klassenzimmer in der ersten Etage, aber das regelte sich schon.

Und dann war so soweit. Tino bat darum, im Zimmer bleiben zu dürfen, damit er die nächsten Wochen im Klassenbuch vortragen könne. Wir anderen verließen ordnungsgemäß den Raum und gingen in die große Aula.

Einzeln oder in kleinen Gruppen kehrten wir zurück. Tino saß tatsächlich am Lehrertisch und schrieb im Klassenbuch, womit er sofort aufhörte, als ich in den Raum kam.

Leise suchten wir alle Sachen zusammen, legten sie auf die Fensterbänke, und fingen an die Tische und

Stühle in der Mitte zu tragen. Hier und da lachte einer nervös auf. Zehn Minuten später kamen Leon und Lasse mit der Plane und wir deckten die Möbel ab.

Dann räumten wir unsere Rucksäcke unter die Tische. Gesagt, getan. Leon klebte die Plane am Boden fest, damit sie nicht hochflog bei einem Windhauch.

Als letztes brachten Lisa und Swantje das Schild draußen an der Tür an. Dann verließen wir den Raum und drängten uns in die Toiletten, die gegenüber von unserem Klassenraum waren. Von hier aus konnten wir die Tür beobachten.

Kaum war der letzte von uns in der Toilette verschwunden, klingelte es zur Stunde. Keine Minute später hörten wir die Tussi mit einem Kollegen kommen, der vor ihr in einem Raum verschwand.

Die Toilettentüren ließen wir einen Spalt offen und so viele wie möglich versuchten, raus zu blicken. Die Tussi blieb an der Tür stehen und wunderte sich.

«Na nu, was ist denn hier los? Davon hat man mir nichts gesagt» murmelte sie. «Renovierung - Raum bitte nicht benutzen», las sie vor.

Ich hörte einen Jungen leise kichern und zischte ihm zu, er solle ruhig sein. Die Tussi hatte mittlerweile die Tür geöffnet und erblickte die Tische und Stühle unter der Plane.

«Merkwürdig. Hier stimmt doch was nicht. Ich habe nichts übersehen», sprach sie mit sich selbst. Sie kam wieder raus, schloss die Tür und verschwand. Ihre Absätze klackerten schnell und laut über den Boden.

Jetzt stürmten wir aus der Toilette, einer griff sich das Schild, wir rissen die Plane herunter und jeweils zu zweit stellten wir die Tische und Stühle an ihre Plätze. Wir schnappten uns unsere Rucksätze und setzten uns.

Wir waren gerade fertig, als die Tussi mit dem Direktor wieder kam. Die Tür hatten wir extra nicht zugemacht, um auf dem Flur alles mitzubekommen.

«...es Ihnen doch sage, an der Tür hängt ein Schild mit dem Aufdruck Renovierung», ereiferte sich die Tussi. Vor der Tür hielten die Schritte an.

«Frau Kollegin, ich sehe nichts. Sind Sie sicher, dass sie das nicht geträumt haben?», fragte unser Direktor ärgerlich. Er drückte die Tür komplett auf und betrat den Raum. Wir verkniffen uns das Lachen, aber der ein oder andere grinste breit. «Und Ihre Klasse sitzt brav auf ihren Stühlen und wartet auf Sie.»

«Ich bin nicht blöd, Herr Balters», rief sie ihm folgend zu und blieb abrupt stehen. Langsam ging ihr ein Licht auf. Sie ließ den Blick durch die Klasse schweifen und sah bei allen das unterdrückte Grinsen im Gesicht.

Herr Balters sah vor ihr die Plane in der Ecke liegen und verkniff sich jetzt selbst das Lachen. Er ging in die Ecke und hielt sie hoch. Alle Augen in der Klasse folgten ihm. «Diese Handschrift kenne ich», meinte er mit einem Zwinkern in meine Richtung.

«Frau Kollegin, sie sollten den Klassenraum in Zukunft im Blick behalten, nicht dass noch Kresse aus der Schublade in Ihrem Pult wächst. Es geistert wieder in der Schule.»

Die Tussi lächelte ebenfalls. Der Direktor verließ den Klassenraum und der Unterricht begann für die letzte halbe Stunde. Am Ende hielt die Tussi mich auf.

«Schön, dass du wieder da bist. Wir haben dich vermisst, Tobias», meinte sie mit einem Lächeln, als wir endlich alleine waren. Ich nickte ihr zu.

«Aber bitte keine Streiche mehr in meinem Unterricht», fügte sie fröhlich hinzu.

«Ich werde es berücksichtigen beim nächsten Mal, allerdings leben wir in einer Demokratie. Ich kann nichts versprechen», antwortete ich mit einem Grinsen.

Zusammen verließen wir den Raum und ich stieß zu meinen Freunden. Sie bestürmten mich, ob ich Ärger bekommen hätte, aber ich beruhigte sie.

«Das wäre ein Streich gewesen, den Niklas bestimmt mitgemacht hätte», hörte ich jemand lachend erzählen. Sie hatten ihn nicht vergessen, auch wenn sie nicht mehr oft von ihm sprachen.

Die restlichen Tage vergingen friedlich, aber der Streich hatte sich schnell im Lehrerkollegium herum gesprochen. Mehrere Lehrer ließen mir gegenüber durchblicken, dass sie ungestörten Unterricht mochten und sich darüber freuen, wenn ich wieder aktiv daran teilnehmen würde.

Am Samstagmorgen wachte ich spät auf. Am Abend vorher hatten wir uns bei Lasse zu einem Spieleabend getroffen. Leider verlief der ziemlich feucht fröhlich und ich hatte ordentlich zugelangt.

Ich hatte nicht so viel getrunken, dass ich einen Black Out hatte oder mich übergeben musste, allerdings genug, für einen Pelz im Mund und Kopfschmerzen.

Jetzt fiel mir auch wieder ein, warum ich geweckt wurde. Mein Handy hatte geklingelt. Ich angelte danach und sah, dass Heiner versucht hatte anzurufen.

Nein, beschloss ich, jetzt kann ich ihn nicht zurückrufen, das musste bis später warten, wenn es mir besser ging. Ich drehte mich um und versuchte wieder zu schlafen.

Nach fünfzehn Minuten gab ich es auf und erhob mich. Ich warf eine Aspirin ein. Zu mehr war ich nicht gerüstet. Gott sei Dank waren meine Eltern dieses Wochenende nicht da, ich hatte wenigstens meine Ruhe.

Das Handy ging wieder. Ich schaute drauf. Heiner.

«Hey» sagte ich müde.

«Hey Froschkönig. Ging's lange gestern? Du

klingst kaputt», hörte ich ihn. Mein Kopf sank auf den Küchentisch.

«Mh, ich ruf dich später an, wenn es mir wieder besser geht, okay?», schlug ich ihm vor. Er lachte, stimmte mir zu, dann legten wir auf.

Ich wollte auf den Friedhof heute. Auf den Tag genau vor einem Jahr erhielt Niklas seine Diagnose. Damals dachten wir, es wär der beschissenste Tag, aber weit gefehlt. Die wirklich schlimmen Tage folgten noch.

Ich nahm mein Handy, öffnete die Galerie und suchte die Fotos von Niklas heraus. Wieder einmal wurde mir bewusst, wie nah Freud und Leid beieinanderlagen. Ich stand auf und machte mich auf den Weg zum Friedhof.

An Niklas Grab befanden sich seine Eltern, sie stellten frische Blumen auf. Ich versteckte mich hinter einem Baum. Heute hatte ich nicht die Nerven mit ihnen zu reden. Ich wollte alleine sein mit meinen Gedanken. Außerdem wirkte die Aspirin noch nicht. Ich hätte vielleicht zwei nehmen sollen.

Ich musste zehn Minuten warten, bis sie gegangen waren. Dann wagte ich mich aus der Deckung hervor und ging zu seinem Grab.

«Hallo mein Bär», begrüßte ich den Grabstein, ich gab einen Kuss auf meine Finger und drückte diese gegen den Stein auf Niklas Namen. Es gab mir immer das Gefühl, als ob ich ihn küssen würde. Klang vielleicht ein wenig verrückt.

«Weißt du noch vor einem Jahr? Du hattest mich

direkt nach dem Arztbesuch angerufen. Ich saß zu Hause und wartete darauf. Es kam mir wie eine Ewigkeit vor und ich tigerte nur auf und ab. Du hast ein ersticktes Wort gesagt - Komm.»

Ich erinnerte mich genau an den Moment. Es war, als ob mein Herz stehenblieb. Die Ärzte hatten bereits die Befürchtung geäußert, dass es Leukämie sein könnte, mussten aber noch Tests abwarten.

Wir hatten einige bange Tage hinter uns, redeten uns ein, dass es etwas anderes war. An seinem Tonfall allerdings hörte ich sofort, dass es amtlich war. Unser persönlicher Alptraum war lebendig geworden.

Ich legte die Strecke zu Niklas in Rekordzeit zurück und stürmte in sein Zimmer. Unterwegs hielt ich mich immer dazu an, nicht zu weinen. Niklas brauchte mich, ich musste ihm Mut machen.

Er lag auf dem Bett und weinte. Seine Mutter war bei ihm, als sie mich sah, erhob sie sich, legte mir bei rausgehen, kurz eine Hand auf die Schulter und war dann verschwunden. Sie hatte rotgeränderte Augen. Niklas so zu sehen, gab mir tausend Stiche in mein Herz. Ich ging zu ihm und nahm in den Arm, während er sich bei mir ausweinte. Ein paar Tränen, die nicht nicht unterdrücken konnte, liefen mir übers Gesicht.

Wir sprachen kein Wort miteinander. Das brauchten wir nicht. Jeder wusste, was der andere dachte. Seine Angst vor den kommenden Wochen hatte er mir schon vorher gestanden.

Die Ärzte erklärten ihm heute genauer, worauf er

sich einzustellen hatte. Bisher waren es nur Andeutungen, aber es gab das Internet. Wir hatten alles nachgelesen.

Ich hielt ihn fest, umarmte ihn, küsste ihn auf seinen Scheitel, seine Stirn, Nase. Manchmal wiegte ich uns. Wie eine Mutter, die ihr Kleines tröstete, kam mir in den Sinn.

Nach einer langen Weile räusperte sich Niklas, schnaubte sich die Nase aus und blickte mich aus verweinten Augen an. «Und jetzt fangen wir an das Monster in mir zu bekämpfen», flüsterte er mir zu.

Nun traten mir die Tränen in die Augen und ich nickte nur. Ein Kloß bildete sich in meinem Hals. Ich weinte. Die Angst, Niklas zu verlieren, wurde seit dem Tag zu einem ständigen Begleiter. Nun tröstete er mich.

Nachdem wir uns beide wieder beruhigt hatten, beschlossen wir, nicht mehr zu weinen, sondern zu kämpfen. Mitleid, Selbstmitleid half nicht, aber der Entschluss zu leben schon. Und das wollten wir beide.

All der Lebenswille brachte nichts, Niklas verlor seinen Kampf. Manchmal dachte ich, wie blauäugig wir gewesen waren.

Ich merkte, wie mir die Tränen über die Wangen liefen. Meine Hand lag noch auf dem Grabstein. Ich hatte zwei weiße Rosen mitgebracht und legte sie vor seinen Stein. Sie standen für Sehnsucht und die hatte ich so sehr nach Niklas.

Was würde ich für einen letzten Kuss von ihm geben. Obwohl es mir besser ging und ich das Lachen wieder entdeckt hatte, wird das Gefühl der Sehnsucht nach ihm, des Verlustes nicht mehr gehen, befürchtete ich.

Ich fischte mein Handy aus der Hosentasche und wählte Florians Nummer.

«Hey Nerd» ging er fröhlich ran.

«Kannst du, kannst du kommen?», schluchzte ich in den Hörer.

«Klar, wo bist du?», fragte er sofort besorgt.

«Auf dem Friedhof.»

«Ich bin in zehn Minuten da.»

Als er kam, saß ich im Schneidersitz vor dem Grab und hatte mich soweit beruhigt. Er setzte sich direkt zu mir und umarmte mich. Erst als ich sicher war, dass meine Stimme mir wieder gehorchte, erzählte ich ihm, warum ich geweint hatte.

Wir beschlossen an den Strand zu gehen und uns den Kopf frei wehen zu lassen. Wie immer schwiegen wir. Als wir ankamen, setzen wir uns in den Sand.

«Ich hoffe, ich habe dich nicht von Kilian weggeholt», unterbrach ich unser Schweigen.

«Nö, hast du nicht, er hat dieses Wochenende keine Zeit», beruhigte er mich.

«Vielleicht rufst du mich das nächste Mal vorher an, wenn du Giftstoffe aus deinem Körper schwemmen willst», schlug er vor.

«Ich werde versuchen, daran zu denken.»

Wir schauten beide auf das Meer hinaus. Es war fast Flut und wir hatten einen abgelegeneren Abschnitt ausgesucht, wo nicht viele Menschen herum liefen. Es hatte etwas Beruhigendes, auf das Meer zu schauen, die Wellen zu beobachten und das Rauschen zu hören.

Am Abend trafen wir uns mit Leon und Conny und veranstalteten einen Filmabend bei mir mit Pizza und Bier. Mein Gesicht sah Gott sei Dank nicht mehr verheult aus. Nur Heiner erreichte ich nicht.

Er reagierte weder auf Nachrichten noch ging er ans Telefon. Aber er sagte ja, dass er lernen musste das Wochenende und sie hatten eine Lerngruppe. Vielleicht hatte er sein Handy auf dem Zimmer vergessen.

Am nächsten Morgen tastete ich noch im Bett liegend nach meinem Phone. Eventuell hatte Heiner sich gemeldet, während ich bereits geschlafen hatte. Aber ein Blick reichte mir, er hatte nicht geschrieben.

Ob es zu früh war, ihn anzurufen? War erst halb zehn. Wenn die gestern bis in die Nacht gelernt hatten, könnte er noch schlafen. Und Jannis würde ich auch wecken.

Ich ließ meine Hand mit dem Handy wieder sinken und starrte die Decke an. Das hatte er noch nie gemacht. Zumindest mit einer Nachricht hatte er sich gemeldet und wenn es nur kurz 'Gute Nacht' war. Akku vielleicht leer? Die werden bestimmt nicht vierundzwanzig Stunden durch gelernt haben und immer noch dasitzen.

Bin wach, ruf an, wenn du kannst.

Immerhin wusste er wenigstens Bescheid, dass er sich melden konnte. Ich starrte wieder die Decke an.

Und was machte ich jetzt? Mich langweilen? Fernsehen schauen? Ich stand auf und duschte ausgiebig und solange ich wollte, ohne dass Eltern einem auf den Senkel gingen.

Frische Brötchen wären auch toll. Also schwang ich mich aufs Fahrrad und fuhr in die Stadt zu meinem Lieblingsbäcker.

Dort musste ich ewig warten. Warum wollten alle am Sonntagmorgen zum Bäcker? Ständig guckte ich auf mein Handy. Hatte Heiner die Nachricht gelesen? Nichts. Keine zwei blauen Häkchen.

Langsam machte ich mir Sorgen. Ich schrieb Jannis an, auch wenn sich bei mir innerlich alles dagegen sträubte. Es kam mir wie spionieren vor.

Moin Jannis, versuche seit gestern Heiner zu erreichen. Er reagiert nicht auf meine Nachrichten. Ist alles in Ordnung bei euch?

So, mal schauen, ob er reagierte. Fünf Minuten später hatte ich die Brötchen. Musste doch glatt eine halbe Stunde dafür anstehen. Ab nach Hause, frühstücken und dabei Serie schauen. *Please Like me* sollte gut sein, hatte Florian neulich gesagt.

Bewaffnet mit einer Kanne Kaffee und den geschmierten Brötchen, machte ich es mir Wohnzimmer auf dem Sofa gemütlich, um den Serienmarathon zu starten. Natürlich ließ ich mein Handy die ganze Zeit nicht aus den Augenwinkeln. Beide immer noch nicht gelesen. War das denn so schwer? Was machten die bloß? Godverdomme. Hoffentlich war nichts passiert.

Die Serie war wirklich gut, auch wenn dieser Josh schräg und sein bester Freund ständig stoned war. Aber Joshs Freund sah verdammt gut aus. Alleine deswegen musste man weiterschauen.

Am frühen Nachmittag klingelte endlich mein Handy. Ich war bereits beim zweiten Klingeln dran.

«Wo warst du? Ich habe mir Sorgen gemacht! Seit gestern erreiche ich dich nicht mehr. Kannst du nicht mal schreiben?», schrie ich Heiner direkt an.

«Tschuldigung, ich hatte mein Handy verlegt und wir haben es die ganze Zeit gesucht», hörte ich ihn kleinlaut durchs Telefon.

«Mann, Heiner. Dann hättest du mich über Jannis anrufen können. Das ist echt nicht lustig», rief ich immer noch aufgebracht.

«Daran hatte ich nicht gedacht. Ich wollte nicht, dass du dir Sorgen machst. Und Jannis hat eben erst gesehen, dass du ihn angeschrieben hast. Er hatte sein Handy auf dem Zimmer gelassen. Wirklich, es tut mir total leid, Froschkönig», entschuldigte er sich schuldbewusst.

«Wo hast du es denn gefunden?», fragte ich, langsam besänftigt.

«In meiner Schultasche ganz unten. Keine Ahnung, wie es dorthin gelangen konnte. Wegen des Lernens hatte ich es auf lautlos gestellt.»

Wir telefonierten eine Stunde, dann musste Heiner wieder los. Sie wollten in die Stadt und Pizza essen.

Ich hatte keine Lust mehr, weiter Fernsehen zu gucken. Draußen schien die Sonne und das Meer rief nach mir. Der erste richtige Frühlingstag.

Aber seit langer Zeit wollte ich nicht alleine zum Strand. Leon konnte nicht, er war mit Conny im Kino. Vielleicht hatte Florian Lust, wenn er nicht mit dem eitlen Fatzken herumhing. Und die blöden Touris waren garantiert wieder auf den Heimweg.

Lust auf Strandspaziergang? Oder ist Kilianzeit?

Dieses Mal wartete ich nicht lange auf eine Antwort. Es gab doch noch Leute, die mit ihren Handys umgehen konnten. Gott sei Dank.

Klar, bin in 15 Minuten bei dir. Kilian ist nicht da.

Es wurden zwanzig, egal. Wir gingen los, wie immer schweigend. Die Sonne wärmte zwar noch nicht, aber Hauptsache, der Frühling wurde eingeleitet. Vom Meer wehte eine leichte Brise.

Letztes Jahr waren mir solche Dinge egal. Sogar der warme Sommer ging total an mir vorbei. Dieses Jahr konnte ich es nicht abwarten, bis es wieder war. Meine Farben kehrten zurück. Definitiv. Und der Junge neben mir war zum Teil Schuld daran.

«Woran denkst du Nerd? Ich kann dich fast hören», sprach der Schuldige in dem Moment.

«Nur das mir im letzten Jahr egal war, ob die Sonne schien, es warm war oder das Wetter überhaupt. Entweder war ich im Krankenhaus oder in meinem Zimmer. Alles war grau und eintönig. Aber das weißt du ja. Es wird farbiger und du hast eine Mitschuld. Ich freue mich richtig auf den Sommer.» Ich lächelte ihn an.

«Dafür erkläre ich mich gerne für schuldig», grinste

er zurück.

Am Strand war mehr los, als ich gedacht hatte. Es hatten einige Leute die Idee, das schöne Wetter auszunutzen. Wer wusste schon, wie lange das anhielt. Wir suchten uns eine ruhige Stelle, wo wir uns hinsetzen konnten. Das Meer war weit entfernt..

Florian und ich sprachen zur Abwechslung mal über ihn und nicht über mich. Ich fragte ihn über sein altes Leben, seine Freunde, und wie er sich seine Zukunft vorstellte aus. Mir wurde klar, wie wenig ich von ihm wusste und doch hatte ich das Gefühl, ihn ewig zu kennen. Wie paradox. Ging das überhaupt?

«Als meine Eltern mir eröffneten, dass wir hierher ziehen, habe ich gedacht, oh Gott, das ist mein Todesurteil. Da oben gehst du vor Langeweile ein. Und wer weiß, wie die Landeier reagieren, wenn sie erst erfahren, dass ich schwul bin», begann er nach einer Weile nachdenklich, in der wir schweigend nebeneinandersaßen.

Den ersten Teil kannte ich bereits. Ich unterbrach ihn nicht, sondern wartete, bis er weitererzählte.

«Aber dann habt ihr mich eines Besseren belehrt. Für euch war es egal, dass ich schwul war. Die Mädels waren sogar sauer, weil ich es ihnen nicht gesagt habe. In Essen war es genau andersrum, obwohl man doch meinen sollte, es sei mittlerweile normal.» Florian schaute wieder zum Meer hinaus.

Plötzlich umarmte er mich und zog mich zu sich herunter. «Und das habe ich wahrscheinlich zum Teil dir und Niklas zu verdanken. Ihr habt hier in eurer

Schule Pionierarbeit geleistet», lachte er. Ich lachte mit.

Mit dem Kopf auf seiner Brust blieb ich liegen, ich blickte zum Meer und mein Finger fuhr das Muster seiner Jacke nach. Durch die Dicke des Stoffes hörte ich sein Herz heftig klopfen.

«Ich denke nicht, dass Niklas und ich Pionierarbeit geleistet haben. Das haben viele andere Jungs, Mädels, Frauen und Männer vor uns. Wir haben uns nur normal verhalten und den Leuten wurde es irgendwann zu blöde, uns ständig zu beobachten», überlegte ich.

Seine Hände fuhren jetzt durch meine Haare. Wieso lagen wir wieder eng beieinander? Wir wollten doch Abstand einhalten. Aber ich genoss diese Vertrautheit und freute mich darüber, dass ich das Herz eines anderen so zum Schlagen bringen konnte. Ich schmunzelte über meinen eigenen Hochmut.

«Wenn du meinst. Ich finde, ihr habt dazu beigetragen, dass es in der Schule normal ist.» Ich ließ ihm das letzte Wort in dieser Sache und schaute zu, wie das Meer näher kam.

Mit Niklas lag ich öfters am Strand. Er erzählte mir dann immer, was er in den Wolken sah. Erfand Geschichten, die mich zum Lachen brachten, und jeder Charakter hatte eine andere Stimme.

Vorletztes Jahr lagen wir im Frühsommer ebenfalls am Strand, so wie Florian und ich jetzt, und genossen den ersten warmen Sommertag. Ein älteres Ehepaar kam an uns vorbei, blieb stehen und sprach uns an.

«Jungs, wenn ihr euch schon nahe sein wollt, könnt ihr das bitte zu Hause machen?», meinte der Mann. Seine Frau bekräftigte die Aussage mit heftigen Nicken.

Niklas setzte sich auf, wodurch ich gezwungen war, mich aufzurichten. Er lächelte das Paar an und nahm mich in den Arm, seinen Kopf legte er auf meiner Schulter ab.

«Wäre einer von uns weiblich hätten sie angehalten und gesagt, oh, wie süß, schau dir diese beiden an, die passen so toll zusammen. Oder irgend 'nen Scheiß. Nur weil wir zwei Jungs sind, haben sie ein Problem damit, aber wir haben dasselbe Recht hier zu sein, wie jeder andere», antwortete Niklas mit einem übertrieben liebenswürdigen Ton, sein Lächeln verlor er die ganze Zeit nicht.

Das Paar schaute uns empört an und zur Krönung gab Niklas mir einen Kuss in den Nacken, mit einem entsetzten Schnauben gingen die beiden weiter.

«Ach, und noch etwas, ich liebe es, mit diesem Jungen zu schlafen», rief er ihnen hinterher, die daraufhin ihren Schritt beschleunigten.

Mir war das unangenehm und ich knuffte Niklas in die Seite. Er lachte nur und gab mir einen Kuss, bevor ich mich bei ihm beschweren konnte. Er war so unglaublich selbstbewusst, aber wer Schauspieler werden wollte, musste das wohl sein.

«Ich liebe dich», sagte ich unvermittelt, wieder im hier und jetzt.

Ich bemerkte, wie Florian den Atem anhielt, seine

Hand bewegte sich nicht und sein Herz begann verdammt schnell an zu pochen. Kurzfristig hatte ich Angst, er bekäme gleich einen Herzinfarkt. Auf einmal wurde mir bewusst, was ich mit diesen drei Worten angerichtet hatte, aber ich meinte etwas anderes.

«Das war das Letzte, was Niklas zu mir gesagt hat, bevor er ins Koma fiel und starb», schob ich hastig hinterher.

Florian atmete wieder und sein Herz beruhigte sich. Was man alles durch eine dicke Jacke spüren konnte. Ich drehte meinen Kopf zu ihm, blickte ihm in die Augen. «Sorry, ich wollte dich nicht erschrecken.»

«Schon gut. Aber du hättest den zweiten Teil erst sagen sollen.» Er rang sich ein Lächeln ab, was ihm misslang.

«Ich versuchte, nicht zu weinen, er konnte kaum noch sprechen, weil er so geschwächt war. Erst als sein Herz aufgehört hatte zu schlagen, war ich in der Lage es zu erwidern. Die ganze Zeit achtete ich auf den Herzmesser, hörte, wie er immer langsamer wurde.

Aber ich dieser dicke fette Kloß in meinem Hals hinderte mich daran, sie auszusprechen. Ich wäre sofort in Tränen ausgebrochen. Dabei hatte die blöde Vorstellung, dass ich bis zu letzt stark für Niklas sein müsse. Erst dann konnte ich weinen. Allerdings musste ich es ihm nicht sagen, er hatte es mir angesehen», erzählte ich leise, unverwandt Florian anschauend.

Dabei liefen mir wieder Tränen und ich hörte diesen langen ununterbrochenen Piepston. Er streichelte mir über die Wangen, wie er es bereits so viele Male vorher gemacht hatte. Ich lächelte ihn an, griff nach seiner Hand und verschränkte unsere Finger miteinander. Dann strich ich zärtlich über seine Wange.

Ehe ich mich versah, beugte ich mich vor und küsste ihn. Schmeckte meine eigenen salzigen Tränen auf seinen Lippen. Nach einer kurzen Schrecksekunde erwiderte er den Kuss. Er griff wieder in meine Haare und hielt den Kopf an Ort und Stelle. Ich ließ die Zunge über seine Lippen fahren und bat um Einlass, den er mir prompt gewährte. Wir erkundeten uns, neckten und schmeckten uns gegenseitig.

Seit Niklas hatte ich das erste Mal wieder das Gefühl richtig zu küssen. Meine Beine wurden zu Gummi, das Gehirn verwandelte sich zu Watte, es war unbeschreiblich.

Als wir uns lösten, öffnete ich langsam die Augen und schaute in die unglaublich braunen von Florian. In ihnen stand noch immer die Überraschung über den Kuss geschrieben. Zudem las ich Verlangen, den Hunger nach mehr und plötzlich wurde mir bewusst, was ich hier gerade getan hatte. Es lief mir eiskalt über den Rücken.

Godverdomme, Fuck, Fuck, Fuck. Entsetzen machte sich in mir breit. Wie konnte ich nur Florian küssen. Ich richtete mich auf und lief wortlos davon.

War ich eigentlich bescheuert oder was? Innerlich

verprügelte ich mich grün und blau. Hatte ich nicht erst diese Woche lang und breit erklärt, dass Florian nie eine Chance bei mir hatte? Das ich dabei war mich in Heiner zu verlieben? Wieso machte ich dann diesen Scheiß? Warum ließ ich mich immer wieder auf den beschissenen Körperkontakt mit Florian ein? Fuck, Fuck, Fuck.

Zu Hause angekommen, lief ich sofort in mein Zimmer und verkroch mich bäuchlings unter der Bettdecke.

Oh Mann Niklas, was sollte ich denn jetzt machen? Könntest du nicht wenigstens als Geist mit mir kommunizieren? Ich wollte doch Heiner und nicht Florian!!!!! Ich dämlicher Dösbaddel.

Wie gut, dass Heiner und ich heute nicht mehr telefonierten. Was hätte ich ihm sagen sollen? Musste ich ihm das überhaupt?

Shit, wie sollte ich mich denn Florian gegenüber verhalten? Jetzt würde das bestimmt wieder komisch und Leon hielte eine Intervention ab, wie er es genannt hatte. Wie in *How I met your mother.*

Ich war ein Arschloch. Ich würde morgen nicht zur Schule gehen und mich krank melden. Meine Eltern kamen sowieso erst abends wieder. Und ich war achtzehn, konnte also meine Entschuldigungen selber schreiben. Genau, so mach ich das. Ich gäbe Leon Bescheid, dass ich die ganze Nacht gekotzt hätte.

«Nerd?» Das konnte nicht wahr, oder? Florian war mir gefolgt. Das war ein Albtraum und ich wache gleich auf. Ich kniff mich schnell, aber es tat weh. Ich träumte nicht. Ich zog die Decke noch enger um mich.

Neben mir beulte sich die Matratze, seine Hand streichelte über meinen Rücken.

«Komm raus, Nerd, das hast du gar nicht nötig», bat er mich. Ich schüttelte mit dem Kopf, obwohl er es nicht sehen konnte.

«Hau ab und lass mich in Ruhe», schob ich hinterher, durch die Decke klang ich dumpf.

«Komm schon. Lass uns drüber reden», redete er auf mich ein.

Ich drehte mich auf den Rücken. Die Decke zog ich soweit runter, dass zumindest meine Augen zum Vorschein kamen, weiter traute ich mich nicht. Mir war elendig zumute.

«Geh weg, du solltest dich nicht mehr mit mir treffen. Ich bin ein Riesenarschloch, dass dich küsst, obwohl ich einen Freund habe. Zudem weiß ich, dass du was von mir willst, ich aber nicht von dir», warf ich ihm an den Kopf. «Und es war der Wahnsinn», flüsterte ich verzweifelt.

Florian versuchte, mir die Decke wegzuziehen, aber ich hielt sie eisern fest. «Nicht, wer weiß, wozu dieser Arschmund noch fähig ist», brummte ich ihn an.

«Du bist kein Arsch, sondern ein Mensch. Die haben Gefühle und machen Fehler. Es war ein emotionaler Moment da draußen. Du warst gedanklich bei Niklas und nicht bei mir.»

Er lächelte mich an. Warum zum Teufel war er so verständnisvoll? Er hatte nichts zu lächeln. Er sollte gefälligst wütend auf mich sein.

«Ich war in Gedanken nicht bei Niklas, als ich dich geküsst habe», flüsterte ich immer noch und starrte die Decke an, damit ich bloß nicht Florian anschauen musste. «Ich bin ein mieser Verräter und habe dein Verständnis nicht verdient. Heiner sitzt in Bremen, lernt. Nur weil ich nicht alleine sein wollte, nötige ich dich, mit mir den Nachmittag zu verbringen, und küsse dich in aller Öffentlichkeit. Jeder hätte uns sehen können.»

«Jetzt hör auf, dich selbst fertig zu machen. Wir sind beide Schuld. Ich hätte dich wegstoßen können, aber das wollte ich nicht. Und es war einer der besten Küsse, die ich jemals bekommen habe. Nun komm unter der Decke hervor. Wir verbuchen das unter emotionaler Moment und fertig. Es wird nie einer davon erfahren.» Das war wieder der Florian, der die Initiative übernahm und zog mir die Decke weg.

«Außerdem habe ich angefangen. Hätte, Wenn und Aber hilft uns jetzt nicht mehr. Allerdings sollten wir den Körperkontakt auf ein Minimum beschränken», schlug er vor.

Ich nickte ihm zu und rutschte zur Seite, damit er sich neben mich legen konnte. Aber er stand auf und setzte sich auf den Schreibtischstuhl.

«Nennst du es Minimum, wenn ich neben dir liege?», spöttelte er und brachte mich zum Lächeln.

«Hast recht», gab ich zu. Ich spürte Enttäuschung und gleichzeitig Erleichterung aufsteigen, ihn nicht neben mir fühlen zu können.

«Und jetzt?», fragte ich ihn unsicher.

«Wir bestellen chinesisch und schauen eine Serie», antwortete er.

«Klingt gut, ich habe heute mit *Please like me* angefangen. Das könnten wir weiterschauen.»

«Okay. Dabei können wir üben, uns normal zu verhalten, damit die morgen in der Schule nichts mitbekommen.»

Ich nickte ihm zustimmend zu und seufzte innerlich auf. Also doch nicht schwänzen. Wir wechselten ins Wohnzimmer, bestellten unser Essen und schauten die Serie.

Florian hockte sich auf das eine Ende der Couch, ich auf das andere. Meine Eltern hatten ein schönes großes U-Form Sofa. So hatte jeder genügend Platz, und es war mindestens ein Meter zwischen uns.

Es wurde am Montag doch komisch zwischen uns, aber keiner schien das zu merken. Ich konnte ihm nicht in die Augen schauen. Machte mir immer noch Vorwürfe, warum ich ihn überhaupt geküsst hatte. Wie sollte ich nur Heiner entgegentreten?

Godverdomme. Mit Niklas hatte ich solche Probleme nicht. Bei ihm hatte ich nicht mit dem Gedanken gespielt jemanden anderen zu küssen. Ich hatte noch bis Freitag Zeit, es auf die Reihe zu bekommen, dann holte ich Heiner am Bahnhof ab.

Für Florian war es anscheinend ebenfalls nicht leicht. Jedes Mal, wenn sich unsere Blicke trafen, schaute er weg. Aber wir bekamen den Tag herum, ohne dass die anderen stutzig wurden oder Leon etwas merkte.

Am Abend nach dem Training rief ich Heiner an und er ging sofort ran, als ob er auf meinen Anruf gewartet hatte.

«Hallo Froschkönig», begrüßte er mich.

«Hey du, passt noch Wissen in deine Birne oder ist alles voll?», neckte ich ihn. Wir alberten ein wenig herum.

«Ich hatte mir überlegt, dass wir am Freitag und Samstag nur für uns machen, ohne die anderen», schlug ich ihm vor.

«Find ich gut. Meine Eltern sind nicht da, wir hätten sturmfreie Bude. Sie können auch nicht überraschend nach Hause kommen, da sie in Amerika auf Geschäftsreise sind», ging er sofort auf den Vorschlag ein.

«Sehr schön, ich freue mich. Am Sonntag habe ich einen Wettkampf, aber der findet hier statt. Vielleicht kannst du einen Zug später nehmen und noch zuschauen? Leon ist bestimmt auch da. Er hat sich vorgenommen, zu allen Heimwettkämpfen zu kommen.»

Wir planten das Wochenende, und quatschten über die Schule, bevor wir das Gespräch beendeten. Wie gut, dass Heiner nicht durchs Telefon sehen konnte. Aber bis Freitag war das schlechte Gewissen bestimmt vorbei. Dann konzentrierte ich mich voll und ganz auf ihn.

Marie und ich waren pünktlich am Bahnhof, aber der Zug leider nicht. Der hatte glatte zwanzig Minuten Verspätung. Dabei hieß es doch, die Bahn kommt. Fragte sich nur, wann.

Aber dann waren sie endlich da. Jannis schlief dieses Wochenende das erste Mal bei Marie und fiel uns nicht auf die Nerven. Heiner und ich verabschiedeten uns schnell von den beiden und machten uns auf den Weg zu ihm.

Kaum fiel die Tür hinter uns zu, ließ ich die Sachen fallen und stürzte mich auf ihn. Küssend drängte ich ihn rückwärts Richtung Wohnzimmer.

«Hey Froschkö...», versuchte er mich zu unterbrechen, aber ich ließ ihn nicht.

«To..», startete er einen neuen Anlauf und wollte mich wegdrücken. Allerdings war ich der Kräftigere von uns beiden.

«Tobi, können wir ers....» Ich ließ ihn nicht aussprechen. Im Wohnzimmer angekommen, drückte ich ihn gegen die Wand.

«Tobias, können wir erst unsere Jacken ausziehen und essen?» Endlich hatte er es geschafft, mich ein wenig auf Abstand zu halten.

«Mach ich bereits», antwortete ich ihm und zog ihm und danach mir die Jacken aus

«So, aus.» Damit war das Thema beendet und ich machte da weiter, wo wir aufgehört hatten. Heiner schüttelte lächelnd den Kopf, gab sich aber geschlagen. Er konnte nicht wissen, dass ich mich überzeugen wollte, richtig entschieden zu haben. Auch wenn ich ihm nicht in die Augen schauen konnte.

Ich drückte mich gegen ihn und rieb das Becken an ihm. Meine Hände fuhren unter seinen Sweater und zogen diesen aus, mein Hoodie folgte auf dem Fuße und ich strich über seinen Oberkörper.

Heiner fummelte an meiner Hose herum und ich half ihm, als der Knopf sich wehrte. Er drehte und ich hatte die Wand im Rücken. Er war mittlerweile voll bei der Sache und ich spürte seine Härte durch den Stoff unserer Jeans. Mich abwärts küssend ließ er sich auf die Knie fallen und zog mir die Jeans mit Boxer runter, bis er an meinen Schuhen nicht weiter kam. Ich schlupfte hinaus und stieg aus der Hose. Er strich und leckte über die Innenschenkel. Mir entfuhr ein Keuchen.

Er war bei meinem Schwanz angelangt und leckte drumherum. Ich stöhnte, meine Hände vergruben sich in seinen Haaren, dann spürte ich seine Zunge, wie sie meinen Schaft entlang fuhr und an meiner Eichel stoppte und sich dort mit ihr befasste.

Sein Mund umfasste jetzt meinen Schwanz und nahm ihn langsam auf. Ich stieß vorsichtig in seinen Mund, seine Hände beschäftigten sich mit meinen Eiern. Es dauerte nicht lange, bis ich kam. Nachdem er von mir abließ, ließ ich mich schwer atmend an der Wand nach unten gleiten.

Ich schaute Heiner an. «Los, zieh dich zu Ende aus», befahl ich ihm. Er blickte mich kurz an und tat wie geheißen. Sein Glied war noch steif. Ich krabbelte zu ihm, küsste ihn und glitt dann mit meinem Mund sein Kinn hinab zum Hals und zum Ohr wieder hinauf.

«Ich will, dass du dich heiß machst, dich fingerst und für mich vorbereitest. Ich will dich hören und dabei wieder geil werden», flüsterte ich ihm ins Ohr.

Dann richtete ich mich auf. Er schaute mich verunsichert an, ob ich es ernst meinte.

«Na los, wird's bald?», forderte ich ihn barsch auf. Ich ging in den Flur zu meiner Tasche und holte dort Gleitgel und Kondome heraus, dann kam ich ins Wohnzimmer zurück und hockte mich neben Heiner, der auf der Seite lag und seinen Schwanz rieb.

«Hier hast du Gleitgel, damit es einfacher wird.» Ich warf ich es ihm hin. Er drehte es auf und tat sich etwas davon auf den Finger, mit einem immer noch verunsicherten Blick schaute er mich an. Ich nickte ihm auffordernd zu.

Mit der einen Hand griff er nach seinem Schwanz,

mit der zweiten Hand fing er an, an seinem Hintern zu spielen und sich zu fingern. Er stöhnte.

«Wehe du kommst.»

Er wurde lauter. Ich griff nach seiner Hand, damit sie meinen Schwanz rieb, der unter der Behandlung wieder steif wurde.

Nun ergriff ich meinerseits die Tube Gleitgel und fing an, Heiner zu befingern. Wahrscheinlich hielt er es nicht mehr lange aus. Also zog ich mir ein Kondom über, legte ihn auf den Rücken und stieß langsam in ihn. Als ich komplett drin war, zog ich mich schnell heraus und sofort heftig wieder zu. Er stöhnte überrascht auf.

Ich stieß immer schneller und härter zu, änderte die Position und erreichte seine Prostata. Es dauerte nicht lange und Heiner kam, während ich weitermachte, bis ich erneut kam. Ich legte mich auf den Rücken neben ihn.

Plötzlich stieg in mir ein Lachen auf und ich ließ es raus.

«Warum lachst du?», fragte Heiner verwundert und drehte mir seinen Kopf zu. Ich schaute ihn lachend an.

«Was würden deine Eltern sagen, wenn sie wüssten, wie wir hier liegen und was wir gerade gemacht haben. Die können uns beim Frühstück schon kaum in die Augen schauen, nachdem sie dahintergekommen sind, warum die Dusche morgens so lange läuft», antwortete ich, als der Lachflash endlich vorbei war.

«Echt jetzt? Du denkst an meine Eltern, nachdem,

was hier gerade passiert ist? Was war das? Was sollte das?», entgegnete er, nicht sauer oder wütend, auch nicht aufgebracht, eher neugierig.

«Deine Strafe für letztes Wochenende, als du nicht ans Handy gegangen bist», erwiderte ich.

«Vielleicht sollte ich öfter nicht rangehen», überlegte er laut. Ich grinste ihn an, dann stand ich auf und kramte Taschentücher und eine Salbe aus meiner Tasche.

«Dreh dich um, ich weiß aus Erfahrung, dass es weh tun kann, wenn es heftiger ist. Ich creme dich ein.» Er drehte sich auf die Seite und ich verteilte sie vorsichtig.

«Tut es sehr weh?», fragte ich ihn und verteilte kleine Küsse auf seinen Hintern.

«Nein, es geht. Aber ich könnte jetzt etwas zu essen vertragen.»

Wir zogen uns Boxershorts über und gingen in die Küche, wo wir uns Tiefkühlpizzen aufbackten.

Zwischendurch kam mir in den Sinn, was er sich ausdenken würde, wenn er von dem Kuss von Florian erfuhr und schon meldete sich das schlechte Gewissen wieder. Einfach nicht dran denken. Das hatte nichts zu bedeuten. Ich war jetzt hier, mit Heiner und das war genau richtig an und darauf kam es an.

«Morgen Froschkönig», weckte mich Heiner verschlafen und gab mir einen Kuss in den Nacken. Ich streckte mich, sofern das in der Umklammerung möglich war.

«Moin», krächzte ich und räusperte mich. «Wie geht's dir?»

«Gut» kam es prompt zurück. Meine Hand wanderte über seinen Körper zu seinem Hintern.

«Da auch.» Ich hörte das Grinsen aus seinen Worten und lächelte.

«Gut», erwiderte ich.

Jetzt räusperte er sich. «Ähm, Tobi, haben Niklas und du, habt ihr...also ich meine...» Er unterbrach sich.

«Heiner, du kannst mit mir über Niklas reden. Alles fragen. Schieß los.» Ich legte meine Hand auf einen seiner Arme, die mich umschlangen, und streichelte mit dem Daumen über die Haut.

«Na ja, du warst gestern anders als sonst, so...so bestimmend.» Hier unterbrach er wieder. Ich konnte mir denken, worauf er hinauswollte, ließ ihn aber ausreden. «Ich meine, ich habe mich praktisch vor dir selbst befriedigt», sprudelte es aus ihm heraus.

«Und am Anfang, als du mich nicht zu Wort hast kommen lassen... Das hast du sonst nie gemacht. Das als Strafe genannt.»

Heiner klang sehr unsicher, aber ich wartete auf seine Frage. Das mit der Strafe hatte ich mir gestern ausgedacht, als er mich fragte, was das war. Ich konnte ihm ja schlecht sagen, dass ich mir beweisen wollte, Heiner sei der Richtige und er mich erregte. Außerdem dachte ich, würde so mein Gewissen schweigen.

«Du und Niklas, habt ihr das auch gemacht?», stellte er jetzt die Frage. Ich drehte mich in seinen Armen auf den Rücken und starrte an die Decke. Aus den Augenwinkeln bekam ich mit, wie er mich betrachtete.

«Ja, wir haben das ausprobiert. Wir haben viel im Internet nachgelesen und das ein oder andere probiert. Wir waren ...», ich suchte nach dem richtigen Wort. Wie nannte Florian das neulich noch? «...experimentierfreudig. Und du hast dich nicht selbst befriedigt, zum mindestens nicht komplett.»

Ich drehte meinen Kopf ihm zu und gab ihm einen Kuss. «War es schlimm für dich? Du hättest jederzeit nein sagen können und es wäre vorbei. Normalerweise spricht man vorher darüber. Mir kam gestern spontan die Idee es zu probieren. Tschuldigung.»

«Nein, nein, es war ungewohnt, aber das ist manches für mich. Es war......schon heiß, dabei beobachtet zu werden, wie man sich selbst anfässt.» Heiner wurde rot und vergrub den Kopf in meiner Halsbeuge. Seine Haare kitzelten mein Gesicht.

«Habt ihr Fesselspiele und sowas gemacht?», fragte er aus seiner Deckung.

«Ja, haben wir. Aber wir müssen nichts mehr in diese Richtung machen, wenn du das nicht willst.»

«Nein, wie gesagt, war in Ordnung. Ich bin es nicht gewohnt, solche Gespräche zu führen. Das ist alles das erste Mal für mich.» Er klang immer noch verunsichert. Ich gab ihm einen Kuss auf den Kopf.

«Das ist es immer. Niklas und mir ging es doch nicht anders. Wir hatten das nur bei vielem gemeinsam und durch probierten uns aus. Mit dir ist es genauso. Wir probieren aus, lernen uns kennen und haben dadurch eigene erste Male. Allerdings hatte ich solche Gespräche alle schon mit Niklas.»

Heiner kam wieder aus seiner Deckung, zog den Arm unter mir hervor und stützte sich auf, um mich zu betrachten. Seine freie Hand streichelte über meine Brust.

«Warum redest du nie mit mir über Niklas?»

Mein Herz setzte vor Schreck bei dieser Frage einen kurzen Augenblick aus. Darauf war ich nicht gefasst. Was sollte ich ihm antworten? Er hatte die Wahrheit verdient, aber welche? Das ich mit Florian darüber reden konnte und mit ihm nicht? Weil ich nicht wollte, dass er mich weinen sah? Er nicht den Eindruck gewinnen sollte, er wäre mir nicht wichtig?

Godverdomme, war ja klar, dass er diese Frage irgendwann stellen musste.

«Ich rede mit dir über Niklas. Haben wir doch gerade getan», wich ich aus.

«Ich meine nicht sowas, sondern wie es dir geht ohne ihn, ob du ihn vermisst. Denkst du oft an ihn? Wie es war, als du ihn verloren hast, als er krank wurde? Was hast du gefühlt, als euch klar war, dass er sterben wird. Wie es in dir aussah, als er gestorben war. Du erwähnst nebenbei immer nur, das habe ich auch mit Niklas gemacht. Aber du redest mit mir nie über deine Gefühle, zu ihm, zwischen euch und wie es jetzt ist.»

Ich starrte auf meine Finger, die wieder angefangen hatten, seinen Arm zu streicheln. Wieso mussten wir solch ein Gespräch vor dem Frühstück mit leeren Magen führen?

«Na ja, ich kann das nicht so. Mir fällt es schwer, darüber zu reden. Ich habe Niklas geliebt, wir haben geplant, nach der Schule zusammenzuziehen. Dann kam die Krankheit und nahm ihn mir weg. Ich fühle mich bei dir wohl, es geht mir gut und das wollte ich nicht aufgeben, in dem ich über Niklas rede und eventuell sogar weine. Er wird mir immer fehlen. Er war meine erste große Liebe, ich werde nie herausfinden können, ob er meine einzige geblieben wäre.»

Der altbekannte Kloß breitete sich in meinem Hals aus und ich blinzelte. Heiner beugte sich zu mir vor und küsste sanft meine Lider, dann meine Nase und beendete seine Tour auf meinem Mund. Jetzt lief mir doch eine einzelne Träne, die ich nicht aufhalten konnte nach unten.

«Okay, du musst mit mir nicht über Dinge reden, die du nicht willst, und ich werde dich nicht zwingen.» Heiner klang sanft und liebevoll. Ich schaute ihn an. Er hatte mich nicht verdient, keinen Verräter, der andere küsste, wenn er nicht da war.

«Ich finde, wir sollten duschen und danach ein lecker frühstücken. Ich hole uns Brötchen und besorge Eier und Speck und wir lassen es uns gutgehen», meinte Heiner fröhlich zu mir. Ich nickte, er erhob sich und ging Richtung Bad. In der Tür blieb er stehen. «Kommst du?» Ich lächelte und stand ebenfalls auf.

Unter der Dusche machte er mir sehr schnell klar, dass er nicht nur Hunger auf essen hatte und ich ließ mich drauf ein. Ich wusste absolut nicht, warum es uns der Ort angetan hatte, aber wir liebten es unter der heißen Brause zu stehen und uns hier gegenseitig zu verwöhnen.

Er hatte mich bäuchlings gegen die Wand gedrückt.

«Darf ich?», flüsterte er in mein Ohr und ich nickte. Er begann, mich zu fingern. Ein Gefühl, dass ich seit dem letzten Mal mit Niklas nicht mehr hatte.

«Das reicht, mach schon», keuchte ich und spürte, wie Heiner von mir abließ und langsam in mich eindrang. Meine Hände lagen links und rechts von meinem Kopf an der Wand. Heiner legte seine über meine und verschränkte unsere Finger miteinander.

Dann stieß er langsam beginnend und immer schneller werdend in mich. Wir stöhnten auf. Ich entzog ihm meine Hand und griff nach meinem Schwanz. Wir kamen fast gleichzeitig. Ich lehnte mich gegen die Wand, während Heiner seinen Kopf auf meiner Schulter ablegte.

«Das gute am Sex unter der Dusche ist, man wird direkt sauber», murmelte er und begann leise zu kichern.

«Was ist daran lustig?», fragte ich ihn belustigt.

«Keine Ahnung, mir war gerade danach. Immerhin

haben wir genau das gemacht, was meine Eltern denken», prustete er laut los und ich lachte mit ihm.

«Alles andere war auch nicht jugendfrei», fügte ich an. «Ich habe jetzt wirklich Hunger. Lass uns anziehen und endlich Frühstück machen», trieb ich uns zur Eile an.

«Hast du gesehen, was Leon in der Gruppe geschrieben hat?», fragte Heiner mich, als er vom Brötchen holen zurückgekommen war. Ich hatte derweil schon einmal den Tisch gedeckt und nahm ihm jetzt die Eier und den Speck ab, um alles zuzubereiten.

«Jo, habe ich», antwortete ich abgelenkt, während ich die Rühreier quirlte und in die Pfanne gab. Den Speck legte ich in eine andere. Heiner stellte sich hinter mich und umarmte mich.

«Hast du Lust mit zugehen?», hakte er nach, während er Küsse an meinem Hals und Nacken verteilte.

«Wir wollten doch heute zu Hause bleiben. Nur du und ich», erwiderte ich.

«Aber wenn die beste Eisdiele der Welt wieder eröffnet, muss man da einfach hin. Das konnte ich doch nicht wissen», redete er auf mich ein.

«Wer hat denn alles zugesagt?», erkundigte ich mich.

Heiner ließ mich los und holte sein Handy raus. «Hauke, Marie, Jannis, Patrizia und Lasse haben.»

Florian war noch nicht dabei. Vielleicht würde er nicht mitgehen. Ich wollte vor allem dieses Wochenende alleine mit Heiner sein, damit ich ihm nicht über den Weg lief.

«Was ist mit Flo?» Es sollte ganz unverfänglich klingen und ich hoffte, er merkte nicht, wie ich innerlich die Luft anhielt. Wie gut, dass ich mich auf das Rührei und den Speck konzentrieren konnte.

«Sowohl Florian als auch Kilian haben bisher nicht zugesagt. Komm schon, es sind doch nur zwei oder drei Stunden am Nachmittag und wir haben den ganzen Abend für uns», bat er mich.

Er kam wieder zu mir, drehte mich um und schaute mich mit einem treuherzigen Dackelblick an. «Bitte, bitte, bitte.» Dazwischen küsste er mich immer kurz auf den Mund. Wie konnte ich da nein sagen? Ich verdrehte die Augen und er wusste, dass ich zusagen würde.

«Danke schön. Ich kann das Eis nicht oft essen wie ihr.» Er blickte noch einmal auf sein Handy. «Florian und Kilian kommen auch. Kilian hat gerade geschrieben.» Na toll, mein persönlicher Albtraum war soeben wahr geworden.

Heiner strahlte vor Freude. Ich schmunzelte. Wie konnte man sich nur so auf ein Eis freuen. Zugegeben, das Eis war wirklich gut, aber deswegen strahlen wie ein Honigkuchenpferd?

Ebenso interessant war, wie schnell Heiner, Jannis und der eitle Fatzke sich in unsere Clique eingelebt hatten, obwohl sie nicht jeden Tag dabei waren.

Wir trafen uns um drei Uhr an der Eisdiele. Heiner und ich waren die Letzten und die große Begrüßungsrunde begann. Wir quetschten uns dazwischen und dann bestellten wir. Ich saß neben Leon am einen Ende des Tisches, Florian saß am anderen. Heiner fand bei Kilian Platz, der neben Florian saß, und die beiden waren schnell in ein Gespräch vertieft.

Jannis tauschte daraufhin mit Marie, damit er neben Heiner sitzen konnte. Conny und die Mädels hockten zusammen. Blieben Hauke, Lasse, Leon und ich und die drei erzählten mir von der Abifete vom Vortag, auf der sie waren.

Später unterhielten wir uns über Fußball. Florian und ich suchten ständig Blickkontakt, nur um sofort wieder wegzuschauen. Die anderen bekamen nichts davon mit, sie waren auf ihre Themen konzentriert. Nachdem wir unser Eis aufgegessen hatten, ging ich auf Toilette.

Als ich am Urinal stand, klapperte die Tür und Florian kam herein. Er stellte sich neben mich. Ich konzentrierte mich darauf, nur nach vorne zu schauen.

«Klappt ja gut mit dem Normal benehmen, he?», bemerkte er.

«Mh», erwiderte ich nur.

«Nerd, wenn wir so weitermachen, merken die garantiert etwas.»

Ich war mittlerweile fertig und schloss meine Hose. Dann drehte ich mich zu Florian und war stolz auf mich, dass ich den Blick nicht nach unten schweifen ließ.

«Und was soll ich jetzt machen? Dir um den Hals fallen?», fragte ich sarkastisch. «Das wäre vielleicht übertrieben, aber wie wäre es mit reden?», schlug er genervt vor. Verdammt, wie sollte ich mit ihm sprechen, ohne ständig auf seine Lippen zu starren und an diesen blöden Wahnsinnskuss zu denken.

«Vielleicht überlegst du mal, ob du wirklich mit Heiner zusammen bleiben willst, wenn dich dieser Kuss so dermaßen aus der Fassung bringt», meinte Florian, der mittlerweile ebenfalls fertig war.

Hatte ich gerade laut gedacht? Oh nein, konnte der Tag noch schlimmer werden? Ich tat das erstbeste, dass mir einfiel. Hände waschen und die Flucht ergreifen.

«Hey Heiner, bist du fertig? Ich würde gerne gehen. Wir könnten auf dem Heimweg am Friedhof vorbei.» Er blickte auf, völlig aus der Unterhaltung mit Kilian und Jannis gerissen. Hinter mir tauchte Florian auf und setzte sich auf seinen Platz.

«Äh, klar», entgegnete er verwirrt, über die abrupte Unterbrechung.

«Ich geh' zahlen.» Damit drehte ich mich um und verschwand im Inneren.

Täuschte ich mich oder sah Heiner enttäuscht aus, als er sich verabschiedete? Bestimmt nur Einbildung. «Alles in Ordnung bei dir?», fragte er mich.

«Ja. Ich dachte nur, wir könnten am Friedhof vorbei gehen. Du möchtest doch mehr mitkriegen. Ich bin ein bis zweimal die Woche dort. Das habe ich dir nur nie erzählt.» -

«Okay. Schön, denn man tau.»

Er ging mit mir zum Grab und ich beugte mich

herunter, um das Unkraut zu zupfen, dass bereits bei den milderen Temperaturen wuchs. Der Frühling kam mit langsamen Schritten auf uns zu.

«Ich hocke mich immer hierhin und rede mit Niklas. Erzähle ihm von meinen Tagen, was ich gemacht habe, von uns, all solchen Kram. Ich weiß, das klingt komisch, mit einem Toten zu sprechen, aber ich habe das Gefühl, er ist dann bei mir», erzählte ich Heiner. Er hörte mir aufmerksam zu und beobachtete mich.

Er kniete sich daneben und legte mir einen Arm um die Schultern. Wir sprachen nicht.

Nach einigen Minuten stand ich auf, küsste meine Finger und strich über seinen Namen, wie ich es immer tat.

«Lass uns gehen», bat ich ihn. Heiner erhob sich ebenfalls auf und wir gingen zu ihm. Wir fläzten uns auf die Couch und schauten einen Film, bis wir wieder Hunger bekamen.

In der Küche durchsuchte Heiner den Gefrierschrank nach Essbarem. Während ich ihn dabei beobachtete, dachte ich an den Moment am Grab zurück und unser Gespräch heute Morgen. Er schien es ernst zu meinen mit mir.

«Heiner, ich muss dir was sagen», begann ich.

«Ja, gleich, ich bin mir sicher, dass wir hier noch Pizzen haben», wimmelte er mich ab.

«Heiner, lass diesen blöden Schrank in Ruhe und hör mir zu», versuchte ich es erneut.

«Ich hab's gleich, die zwei Minuten wirst du

bestimmt aushalten», erwiderte er wieder nur.

«Ich habe Florian geküsst» ließ ich die Bombe platzen.

Heiner hielt inne, er bewegte sich nicht, sagte nichts.

«Jetzt sag doch was», bat ich ihn verzweifelt. Nun wo es raus war, ging es meinem Gewissen besser, aber Heiners Ruhe beunruhigte mich mehr, als wenn er getobt hätte.

Dann bewegte er sich, schloss die Schublade und die Tür vom Gefrierschrank. Er drehte sich zu mir um. Sein Gesicht war ausdruckslos. Keine Wut, keine Enttäuschung. Einfach ausdruckslos.

«Und was bedeutet das jetzt? Hast du dich in Florian verliebt?», fragte er tonlos und ruhig.

«Ich weiß nicht», antwortete ich leise und blickte ihn an. Ich konnte mit seiner Ruhe nicht umgehen, hätte er mich angeschrien, eine Szene gemacht, aber das hier?.

«Wann?» Wieder tonlos, es klang merkwürdig unbeteiligt, als wenn es ihn nichts angehen würde.

«Letztes Wochenende, am Sonntag nachdem wir telefoniert hatten. Ich rief Florian an, und fragte, ob er mit zum Strand wolle. Wir sprachen ein wenig über ihn und dann erzählte ich ihm von Niklas, von seinen letzten Worten, und irgendwie ist es passiert.»

Mir kamen die Tränen. Mit den Händen wischte ich ungeduldig über die Augen. «Es kam nicht von ihm, sondern von mir», fügte ich an. Wenn schon die Wahrheit, dann die volle. «Heiner es tut mir leid. Ich wollte es nicht.» Die Tränen liefen jetzt ungehemmt.

«Du hast also ihn geküsst und nicht andersrum», fasste Heiner immer noch tonlos zusammen.

Ich trat einige Schritte auf ihn zu. «Verdammt Heiner, ich weiß nicht, warum ich das gemacht habe», rief ich weinend.

Er ging einen Schritt zurück und lehnte sich gegen den Gefrierschrank.

«Sag doch was!», schrie ich ihn an.

«Was soll ich dazu sagen? Du hast Florian geküsst. Mit ihm redest du über Niklas. Wahrscheinlich mit jedem, nur nicht mit mir», meinte er traurig.

Ich schüttelte den Kopf. «Nein, nur mit ihm. Mit sonst niemanden, nicht mal mit Leon.» Ich wischte wieder die Tränen weg und atmete tief ein und aus und versuchte den Tränenstrom zu unterdrücken. Ich wusste nicht mal, warum ich gerade heulte.

Heiner nickte und begann gleichzeitig zu reden. «Ich weiß, warum du ihn geküsst hast. Nur nicht, wieso du nicht ehrlich dir selbst gegenüber bist.» Er schaute mich traurig an. Wir blickten uns stumm in die Augen.

In diesem Moment leuchtete das Display seines Handys auf, um den Eingang einer Nachricht zu vermelden. Wir schauten beide darauf und sahen, dass sie von Kilian kam. Der Text blinkte noch auf dem Bildschirm.

Hey Kleiner, schön war's. XOXO

«Warum schreibt der dir eine persönliche Nachricht?», fragte ich ihn verdutzt. Meine Tränen waren endlich versiegt.

«Ich denke, wir sollten uns mal unterhalten Tobi», begann Heiner. Mir schwante Schlimmes. Hatte er was mit Kilian am Laufen und mich betrogen? Mir etwas vorgespielt? Nein, das glaubte ich nicht. So gut konnte man sich nicht verstellen. Wir hatten miteinander geschlafen und es hatte ihm gefallen. Mir übrigens auch. Was war hier los?

Wir gingen ins Wohnzimmer und setzten uns auf das Sofa. «Ich weiß nicht, was ich sagen soll oder besser, wo ich beginnen», begann er. Ich schaute ihm aufmerksam an. Mein Herz klopfte bis zum Hals und meine Augen brannten vom Weinen. Wollte er mit mir Schluss machen?

«Als ich dich auf der Party von Patrizia getroffen habe, dachte ich, wow, toller Typ. Sieht gut aus und redet mit dir. Und dann hast du zusätzlich einem Date zugestimmt. Ich war im siebten Himmel. Für mich war es das erste überhaupt, das erste Mal, dass sich ein Junge für mich interessierte. Wie du weißt, war das alles, ist das für mich absolutes Neuland.

Wir verstanden uns, konnten miteinander reden und ich dachte ständig, irgendwann wird er sich dir öffnen. Aber du hast mich, was Niklas und den Gefühlsteil anging, komplett ausgeschlossen. Am Anfang hattest du mich daraufhin hingewiesen, dass der Neuanfang nicht leicht für dich ist, aber das war es. Im Prinzip weiß ich nichts von dir. Nur das, was du preisgeben willst.»

«Ich habe dir gesagt, dass es schwer für mich ist.

Ich kann nicht mit jedem darüber reden.»

«Ja, heute Morgen, nachdem ich dich angesprochen habe. Mit Florian kannst du es, bei ihm hast du keine Probleme, du selbst zu sein. Aber was ist das für eine Beziehung, wenn du dich nicht bei mir fallen lassen kannst? Wenn nicht bei deinem Freund, bei wem dann? Meiner Meinung gehört alles dazu. Sollte ich nicht der erste sein, den du anrufst, wenn es dir schlecht geht? Von dem du dich trösten lässt?», fragte er aufgebracht. Ich schaute auf meine Hände, die in meinem Schoß sich ständig verknoteten und wieder lösten. Ich nickte. Er hatte ja Recht.

«Dann lernte ich Kilian kennen. Am Anfang redeten wir nur kurz miteinander, wir tauschten Nummern aus und schrieben uns. Stellten fest, dass wir auf einer Wellenlänge waren.» Bei der Erwähnung von Kilians Namen blickte ich auf.

«Letztes Wochenende haben wir wirklich gelernt, aber er hat mich in Bremen überrascht.» Deswegen hatte er keine Zeit für Florian, dachte ich. «Er hockte den kompletten Samstag alleine in der Pension und wartete auf mich. Sonntagnachmittag waren wir zusammen in der Stadt. Du kannst mir glauben, es ist nichts passiert. Wir haben nur geredet und vielleicht Händchen gehalten, aber das war's. Ich konnte das letzte Woche nicht einordnen. Es war anders als bei dir. Ich fühle mich zu dir hingezogen und ich mag es, wenn wir uns küssen, berühren, miteinander schlafen. Aber als ich gelesen hatte, das sich alle in der Eisdiele treffen, musste ich unbedingt hin, in der Hoffnung ihn wiederzusehen.»

Ich wusste genau, was er meinte, hatte es auch schon empfunden. «Du hattest das Gefühl, dass die Schmetterlinge in deinem Bauch nicht mehr zur Ruhe kommen. Konntest die Zeit nicht mehr abwarten, bis du ihn siehst. Warst nervös und hattest Angst, nicht zu wissen, worüber man reden sollte? Verschwitzte Hände nicht zu vergessen», zählte ich auf.

Heiner nickte. Ich auch. «Du bist dabei, dich in Kilian zu verlieben», stellte ich fest.

Oh mein Gott, wie konnte es sein, dass wir jetzt, wo wir im Begriff waren Schluss zu machen, das erste Mal richtig miteinander redeten?

«Es war eine tolle Zeit mit dir und ich bereue nichts. Ich habe mich wirklich immer auf dich gefreut. Und das erste Wochenende, wo Jannis mitkam, war ich echt sauer, weil ich die Zeit nur mit dir verbringen wollte», bemerkte ich.

«Ich habe es auch genossen. Und ich denke, wärst du nicht der erste überhaupt gewesen, hätte ich vielleicht anders reagiert. Aber ich bin froh, dich getroffen zu haben. Ich glaube, wir haben uns gegenseitig geholfen. Du mir, in dem du mich immer dazu gebracht hast, meine Grenzen zu überschreiten. Ich schäme mich nicht mehr dafür, einen Jungen auf der Straße zu küssen. Und ich dir, weil du wieder ins Leben gefunden hast.» Wir sahen uns an.

«Das war es? Es ist aus? Meinst du, wir können weiterhin in derselben Clique unterwegs und befreundet sein?», fragte ich ihn.

«Das hoffe ich doch. Jannis ist immerhin mein bester Freund und Kilian gehört mittlerweile auch dazu», antwortete er mir. «Vielleicht kannst du mir bei Gelegenheit meine Sachen wiedergeben. Und ich suche deine zusammen», bat er mich. Ich nickte ihm zu.

«Ich pack schnell und gehe nach Hause. Wird es nicht komisch, wenn man sich sieht? Ich meine, wir haben miteinander geschlafen. Wie konntest du überhaupt noch mit mir schlafen, mich küssen, mit mir kuscheln, wenn du dich in Kilian verliebt hast?» Ich war nicht wütend oder aufgebracht, nur neugierig.

«Ich die letzten zwei drei Wochen nicht einordnen können, habe so getan, als ob es nicht da wäre. Und als ich Kilian heute Nachmittag sah, war es mir klar.

Seitdem habe ich überlegt, wie und wann ich mit dir reden sollte. Ich hatte Angst, dir weh zu tun. Du glaubst gar nicht, wie erleichtert ich war, als du mir gesagt hast, dass du Florian geküsst hast. Auch wenn es mich verletzt hat.» Er unterbrach sich kurz und dachte nach.

«Ich glaube nicht, dass es komisch wird. Dann wäre es doch jetzt auch, oder? Es war ja nicht schlimm. Es hat uns beiden Spaß gemacht. Wir sollten es einfach auf uns zukommen lassen», beschloss er. Ich nickte ihm zustimmend zu, dann stand ich auf und holte meine Sachen.

An der Haustür umarmte er mich ein letztes Mal.

«Na los, ruf Kilian an, aber bitte schlaf nicht heute mit ihm. Lass wenigstens 24 Stunden vergehen, okay?» Er grinste mich an.

«Glaubst du wirklich, ich springe mit jedem Daher-
gelaufenen sofort in die Kiste?»

Ich griente zurück. «Gut, ich hoffe, du hasst mich
nicht, weil ich Kilian immer den eitlen Fatzken
genannt habe.»

«Quatsch. Er ist doch eitel. Werde du dir darüber
klar, was du willst.» Ja, das musste ich.

«Und übrigens, du würdest einen tollen Pastor
abgeben», rief Heiner mir hinterher.

Ich drehte mich um beim Gehen, sodass ich rück-
wärtsging. «Wann werdet ihr das lernen, dass das
Pfarrer heißt.» Wir lachten beide los, dann fuhr ich
nach Hause.

Komischerweise fühlte ich mich gut. Überhaupt
nicht traurig. Ich bereute nichts und ich freute mich
für Heiner, dass er jemanden gefunden hatte. Auch
wenn es dieser eitle Fatzke Kilian sein musste.

Zu Hause ging ich ins Wohnzimmer zu meinen
Eltern, die auf dem Sofa saßen und Fußball schauten.
Beziehungsweise, mein Vater guckte und meine
Mutter strickte.

«Was machst du denn schon hier? Ich dachte du
bist bei Heiner und kommst erst morgen Abend nach
Hause», fragte meine Mutter erstaunt. Ich setzte mich
zu ihr und kuschelte mich an sie. Sie freute sich darüber und legte das Strickzeug beiseite.

«Wir haben Schluss gemacht», antwortete ich
schlicht.

«Oh, mein armer Schatz. Warum denn? Heiner ist

doch ein Netter.» Ich schmunzelte, eine typische Mamaantwort. Sie legte einen Arm um mich. Sogar mein Vater wandte sich mir zu, während ich auf den Fernseher schaute.

«Heiner hat sich in Kilian verliebt und ich denke, es war zu früh für mich.»

«Ach weißt du Tobi, andere ...» Ich unterbrach meinen Vater direkt.

«Wenn du jetzt das Klischee bedienst, andere Mütter haben auch gutaussehende Söhne, gehe ich auf mein Zimmer.» Meine Mutter lachte.

«Also ich finde, dass ist ein guter Grund für eine tröstende heiße Schokolade.» Sie stand auf und ging in die Küche. Mein Vater schaute mich immer noch an, doch er hatte einen ernsten Gesichtsausdruck angenommen.

«Tobi, ich weiß, wie sehr du Niklas vermisst und ich weiß auch, wie nahe ihr euch standet. Das letzte Jahr war nicht leicht für dich, deine Mutter ich haben mit dir gelitten. Aber ich weiß, dass irgendwann wieder einer kommen wird, der es schafft dein Herz im Sturm zu erobern.»

Wow, das von meinem Vater. Normalerweise war meine Mutter für solche Reden zuständig.

«Ich hoffe, dass es zu unseren Lebzeiten stattfinden wird, damit ich ihn mir anschauen kann und bis dahin hab deinen Spaß. Es muss nicht immer die große Liebe sein.» Das war nicht mehr ernst.

Moment, hatte er mir... «Papa, hast du mir gerade gesagt, dass ich mich fröhlich durch die Welt-

270

geschichte vögeln soll?», fragte ich ihn amüsiert. Er hatte sich bereits dem Fernseher wieder zugewandt. Bei meinen Worten hustete er peinlich berührt.

«So habe ich das nicht gesagt. Nur, dass du deinen Spaß haben sollst. Ihr seid dem heutzutage viel aufgeschlossener als wir damals», redete er sich raus. Ich lachte über ihn.

«Was ist denn hier los?», fragte meine Mutter verwundert, als sie mit den Tassen zurückkehrte und sah, wie mein Vater stur auf den Fernseher starrte und und wir lachten.

«Dein Sohn und ich hatten gerade ein Vater-Sohn-Gespräch. Davon versteht ihr Frauen nichts.»

Meine Mutter verteilte die heiße Schokolade. «Morgen kommen wir mit zu deinen Wettkämpfen. Waren schon viel zu lange nicht mehr dabei. Nur Leon und Conny als Anfeuerung wird auf Dauer zu wenig», beschloss meine Mutter und mein Vater nickte ergeben. Es wurde ein sehr gemütlicher Abend, wie wir ihn schon lange nicht mehr hatten.

Am Montag kam Florian mir am Eingang der Schule entgegen. «Wie geht's dir?», fragte er. Mittlerweile konnte ich diese Frage nicht mehr hören. Sie wurde mir zu oft im letzten Jahr gestellt und hatte die Bedeutung für mich verloren. Ich gab ihm trotzdem eine Antwort.

«Gut. Ehrlich gesagt, freue ich mich sogar für Heiner», gab ich wahrheitsgetreu zu.

«Und du? Musst du dir ein neues Spaßobjekt suchen?» Er verdrehte die Augen.

«Das fragt mich jeder, der es bis jetzt mitbekommen hat.» Wir gingen rein. Auf dem Weg zum Klassenraum begegneten wir Rene, der Florian noch auf dem Schirm hatte.

«Rene ist scharf auf dich. Vielleicht fragst du ihn mal? Wenn es nur um den Sex geht», zog ich ihn auf. Er knuffte mir daraufhin in die Seite.

«Pass mal lieber auf, dass ich dich nicht mit ihm verkuppele», erwiderte er.

«Na, wenn das nicht unser neues Traumpaar ist», hörte ich von hinten und Florian und ich blieben stehen.

Leon kam auf uns zu und legte jedem von uns einen Arm um die Schultern. Er blickte von einem zum anderen.

«Kannst du das bitte lassen? Wir sind nur befreundet.» Ich klang genervt. Leon bemerkte es.

«Schon gut, ich höre endgültig auf, euch zu verkuppeln», erwiderte er. «So, was machen wir heute an dem schönen Tag? Conny und ich wollten durch die

272

Stadt bummeln», schlug er vor.

«Training», blockte ich direkt ab. Florian schüttelte auch den Kopf.

«Ich schreib mal in die Gruppe, irgendwer wird schon dabei sein. Bis auf Heiner, der kann ja schlecht aus Bremen kommen.»

Florian holte mich vom Training ab. Ich war überrascht. Das hatte er noch nie gemacht. Er stand an seinem Auto gelehnt und wartete.

«Du weißt schon, dass ich mit dem Fahrrad unterwegs bin? Und ich benötige das morgen früh wieder.»

«Jo, kein Problem. Wir können das in meinen Kofferraum packen.» Gesagt getan. Wir fuhren allerdings nicht zu mir, sondern zum Strand. Das Meer war weit entfernt.

«Was machen wir hier, Flo?»

«Reden? Abhängen? Komm.» Wir stiegen aus. Florian bog allerdings auf die Promenade ab. Um diese Uhrzeit und an einem Wochentag außerhalb der Ferien war nicht viel los. Uns kamen nur Jogger und ein paar Leute mit ihren Hunden entgegen. Wir gingen wie gewohnt schweigsam nebeneinander her.

An einer Bank hielt er an. Er setzte sich und bedeutete mir, mich neben ihn zu setzen.

«Weißt du noch, was das für eine Bank ist?», fragte er mich und schaute mir in die Augen. Ich nickte. Hier hatte er sich vor Heiligabend einen Kuss gestohlen.

«Leon redet ziemlich viel gequirlte Scheiße den Tag über, das weiß er selber, aber eines hat er richtig erkannt. Das da etwas zwischen uns ist und das kannst du nicht leugnen», setzte er an. Ich guckte auf meine Füße hinunter, die ein Muster in den hoch gepusteten Sand malten, während ich auf den Händen saß.

Florian hatte Recht. Da war was zwischen uns. Das konnte ich nicht leugnen. Warum sonst hatte ich unseren Kuss genossen, seine körperliche Nähe immer gesucht. Wieso wehrte ich mich gegen ihn? Was hielt mich davon ab, ihm näher zu kommen?

Wenn ich irgendwann alt, grau, schrumpelig und weise bin, würde ich einen Lebensführer schreiben, für alle jungen Leute, denen es genauso wie mir erging.

«Flo, ich leugne nicht, dass ich mich von dir angezogen fühle, aber ich kann das nicht. Ich kann dir nicht sagen, warum. Ich weiß es selbst nicht. Es tut mir leid», murmelte ich. Florian schluckte, dann nickte er.

«Ich dachte mir, wenn ich es nicht wenigstens versuche, werde ich es mir ewig vorwerfen.»

Ich rutschte näher an ihn heran und zog ihn in eine Umarmung. Er legte seinen Kopf auf meiner Schulter ab. Dieses Mal tröstete ich Florian.

Die Woche ging schnell vorbei. Die Prüfungen rückten näher und einige in unserer Klasse wurden jetzt schon nervös. Sie hatten Angst nicht genug zu lernen und durchfielen. Mir machte das nicht zu schaffen, aber ich hatte damit nie ein Problem. Oftmals verstand ich das meiste bereits beim ersten Mal. Einige baten mich, in den Freistunden mit ihnen zu

lernen und jemand erstellte sogar einen Lernstunden-
plan. Ich fand das alles verrückt, aber bitte, wenn sie
wollten.

Florian und ich kehrten zu einem normalen
Umgang zurück. Unsere Freundschaft war uns wichtig und es funktionierte. Heiner und Jannis kamen an
den Wochenenden immer noch regelmäßig und wir
trafen uns Partys.

Heiner und ich schafften es, Freunde zu bleiben.
Ich beobachtete ihn und Kilian am Anfang und sie
passten gut zusammen. Sie strahlten um die Wette
und ich war froh, dass Heiner jetzt jemanden hatte,
der ihm dasselbe entgegenbrachte, wie er gab.

«Hey Niklas, was machst du die ganzen Tage da
oben im Himmel? Lernst du Skat spielen?» Ich war
auf dem Rückweg der Schule am Friedhof vorbei
gekommen und erzählte ihm davon, dass alle immer
mehr verrückt spielten und er froh sein konnte, das
nicht miterleben zu müssen. Dann sprach ich von
einem Theaterstück, in dem ich am Wochenende mit
meiner Mutter war. Am Ende verabschiedete ich mich
wie immer mit dem Handkuss.

Als ich mich aufrichtete und umdrehte, stand Flo-
rian in einiger Entfernung und hatte mich beobachtet.
Seit unserem Gespräch auf der Bank waren fast vier
Wochen vergangen.

«Hey Nerd», kam er auf mich zu.

«Hallo Flo, bist du mir gefolgt?»

«Das nicht gerade, ich habe meine Sachen nach
Hause gebracht und hatte mich auf den Weg zu dir

gemacht, als ich dein Fahrrad draußen am Geländer sah.»

Okay. Wir hatten uns nicht verabredet. Aber Florian tauchte öfters bis ständig unangekündigt auf, von daher nichts Neues.

«Wollen wir die Serie zu Ende schauen, die wir vor zwei Wochen angefangen haben?», fragte ich ihn, während wir uns auf den Weg zu mir machten.

«Eigentlich wollte ich mit dir über etwas reden», klang er ernst. Bitte nicht wieder über uns. Es lief gerade gut zwischen uns.

«Denn man tau», forderte ich ihn auf.

«Vor zwei Wochen war ich doch alleine in der Stadt unterwegs», begann er und mit Stadt meinte er nicht unsere, sondern, die nächst größere in der Umgebung.

«Ja», sagte ich vorsichtig. «Ich hab da jemanden kennengelernt. Er kommt aus dem Nachbardorf. Wir haben geschrieben, uns getroffen und na ja, ich bringe ihn am Samstag mit, wenn wir hier auf den Frühlingmarkt gehen. Ich mag ihn», sprudelte es aus ihm heraus.

«Okay», konnte ich nur sagen. Er hatte also jemanden kennen gelernt. War doch toll, oder? Ich schluckte. «Schön für dich», brachte ich hervor.

War es gar nicht. Es versetzte mir einen Schlag in den Magen, mit dem ich nicht gerechnet hatte. Mein Florian hatte jemanden kennen gelernt, mit dem er es anscheinend ernst meinte. Er hatte mich vorgewarnt.

Abgesehen, warum mein Florian? Ich hatte ihn immer wieder abgewiesen, wieso nahm es mich jetzt so mit? Ich hatte doch selbst schuld. Ich hätte nur zugreifen müssen.

«Ist er nett?», fragte ich nach. Ich bemerkte, wie distanziert das klang.

«Tobias, ich wollte dich vorwarnen. Ich kann nicht ewig darauf warten, dass du den Kopf aus dem Arsch bekommst und endlich weißt, was du willst», gab er bissig zurück, auf meinen Tonfall eingehend. Er nannte mich sogar beim Namen.

«Schon gut, ich komme damit klar. Ich habe keine Ansprüche auf dich angemeldet», versuchte ich zu scherzen, was mir völlig misslang. Was war nur los? Es sollte mich freuen und ich hier nicht auf Zicke machen.

«Gut, kann ich bei euch mitessen? Dann könnten wir ein wenig Serie schauen und noch Chemie lernen. Ich komme wieder nicht mit.»

Er versuchte ebenfalls, einen auf fröhlich zu machen, was ihm genauso wie mir misslang. Nach dem Essen lernten wir sofort und Florian ging bald nach Hause. Seine Ankündigung hatte mich aus der Bahn geworfen und ich musste das erst verarbeiten.

Heute war Freitag und morgen gingen wir alle auf den Frühlingsmarkt. Ich powerte mich beim Training aus. Gestern hatte Florian mir gesagt, dass er den Anderen mitbringen wollte. Ich hatte immer noch etwas dagegen, konnte aber auch nicht zu ihm hingehen und ihn bitten, mit mir hinzugehen.

Ach Niklas, wärst du hier, hätte ich kein Chaos in meinem Leben. Ich konnte nicht mit dem Finger darauf zeigen und sagen, das ist das Problem. Bitte lösen. Bei dir war alles klar. Wir lernten uns kennen, verliebten uns und waren wir zusammen. Was ist jetzt anders? Warum konnte ich bei Heiner zu zögern mich darauf einlassen? Gut, wir wissen, wie es ausging, aber mal davon abgesehen, war nach dem zweiten Treffen alles klar.

Auf dem Heimweg vom Training kam ich an der Kirche vorbei. Sie stand offen und ich ging, ohne nachzudenken, herein. Sofort breitete sich Ruhe in mir aus. Ich setzte mich in die Mitte der Reihen. Jemand hatte seine Bibel dort vergessen und ich griff danach. Ich schlug sie auf und blätterte sie durch, bis ich zum *Hohelied Salomos* kam.

Lege mich wie ein Siegel auf dein Herz,

Wie ein Siegel auf deinen Arm. Denn Liebe ist stark wie der Tod und Leidenschaft unwiderstehlich wie das Totenreich. Ihre Glut ist feurig und eine Flamme des HERRN,

sodass auch viele Wasser die Liebe nicht auslöschen Und Ströme sie nicht ertränken können. Wenn einer alles Gut in seinem Hause um die Liebe geben wollte, so könnte das alles nicht genügen.

Ich blätterte weiter, als sich jemand neben mich setzte. Natürlich, Sebastian Becker.

«Hallo Tobias. Du hast eine Bibel mitgebracht?», begrüßte er mich.

«Hey. Nö, die lag hier», antwortete ich kurz angebunden.

«Ich habe dich lange nicht gesehen. Bist du alleine oder wartet draußen dein Freund?», fragte er.

«Ich habe keinen mehr. Wir haben uns getrennt», entgegnete ich.

«Das tut mir leid.»

«Muss es nicht. Kann ich Sie etwas fragen?»

«Natürlich, immer.»

«Es gibt da diesen Jungen, ich mag ihn, seine Nähe, wir können miteinander reden und er hat mir sehr geholfen. Trotzdem will ich nichts mit ihm anfangen. Jetzt hat er jemanden kennengelernt und ich kann da nicht mit umgehen. Warum? Wieso kann ich mich nicht für ihn freuen?»

«Was hast du gegenüber deinem Exfreund gefühlt? Warst du verliebt? Wolltest jede Minute mit ihm verbringen?»

Warum stellte er mir eine Gegenfrage und was hatte Heiner damit zu tun?

«Ich mochte ihn, war verknallt, aber ich nie richtig verliebt in ihn war», gab ich zu.

«Und bei diesem Jungen jetzt, du sagst, du magst ihn, du magst seine Nähe, suchst sie wahrscheinlich auch. Verspürst du bei ihm Herzklopfen? Oder die berühmten Schmetterlinge?», stellte er die nächste Frage.

«Na ja, er hat unglaublich tolle Augen und ja, manchmal spüre ich Herzklopfen. Es ist aber nicht wie bei Niklas. Ich war im siebten Himmel, es war überwältigend. Ist es nicht zu früh? Suche ich etwas, wozu ich noch nicht bereit bin?»

«Die Frage kannst nur du dir beantworten. Aber für die Liebe ist es nie zu früh oder zu spät. Es gibt Menschen, die verlieben sich nach einem halben Jahr wieder und andere benötigen fünf Jahre. Da sind keine zeitlichen Grenzen gesetzt. Ich glaube, du hast dich auf deinen Exfreund eingelassen, weil er dir nicht gefährlich werden konnte. Du hast es genossen, aber er konnte dir nicht weh tun.

Vielleicht bedeutet dir der andere Junge mehr. Hast unbewusst eine Wand aufgebaut, vor Angst, erneut verletzt zu werden. Sein Herz wieder einem anderen zu öffnen, gehört zur Heilung und ist nicht einfach. Vor allem, weil man das Gefühl hat, sich von seinem verstorbenen Partner zu entfernen, aber dem ist nicht so. Und ja, man kann erneut verletzt werden, allerdings auch viel Freude und Glück erfahren.»

War es das? Hatte ich Angst davor, mich wieder zu verlieben und verletzt zu werden? Niklas hatte mich nicht verletzt, aber ihn zu verlieren, tat immer noch weh. Ich nickte.

«Was du fühlst und was nicht, kannst nur du dir beantworten, Tobias. Das erfordert eine große Portion Ehrlichkeit sich selbst gegenüber. Das ist etwas für starke Menschen, schwache wählen die Lüge.»

Wir blickten einen kurzen Moment nach vorne zum Altar. Dann legte er mir die Hand auf die Schulter.

«Du wirst dich das Richtige entscheiden, davon bin ich überzeugt. Ich verabschiede mich von dir. War schön, dich wieder zu sehen.» Damit erhob der Vikar sich und ging.

Ich blieb einen Augenblick sitzen und versuchte, in meinem Kopf die eben gehörten Dinge zu sortieren. Dann verließ ich die Kirche.

Auf dem Marktplatz war der Markt bereits in vollem Gange. Es roch nach Popcorn und gebrannten Mandeln, die Fahrgeschäfte blinkten in bunten Farben und machten ihren gewohnten Krach. Losverkäufer versuchten, die Passanten aufzuhalten. Es war das normale laute Wirrwarr.

Der Frühlingsmarkt war der letzte Markt, den Niklas mitbekam. Seine Behandlung hatte ihn bereits geschwächt und er hatte sich den Besuch lange erbetteln müssen. Am Ende erlaubten die Ärzte es ihm.

Vielleicht hatten sie geahnt, wie sein weiterer Krankheitsverlauf sein würde. Damit er sich nicht verausgabte, musste er in einem Rollstuhl sitzen, aber das war uns egal.

Wir machten so viel wie möglich mit. Alle ruhigen Fahrgeschäfte, kauften Lose, probierten diese blöden Automaten mit den Greifern aus und aßen Zucker-watte, gebrannte Mandeln und Popcorn. Ich schenkte ihm eines von diesen kitschigen Lebkuchenherzen mit der Aufschrift *Für meinen allerliebsten Schatz. Ich liebe dich!* Das Herz hing über seinem Krankenhausbett, bis er starb.

Es war der letzte Ausflug, den wir machten. Danach war er noch ans Bett gefesselt. Aber wir zehrten lange davon. In Erinnerungen schwelgend lief ich langsam über den Markt und schob mein Fahrrad.

Plötzlich stieß ich mit jemanden zusammen. Ich kehrte abrupt ins hier und jetzt zurück und schaute, wen ich da über den Haufen gerannt hatte. Kilian.

«Tschuldigung. Das wollte ich nicht», entschuldigte ich mich.

«Hallo Tobi, kein Problem. Ist ja nichts passiert» winkte er ab.

«Hier, deine Zuckerwatte», kam Heiner in dem Moment dazu.

«Hi, kommst du vom Training?», begrüßte er mich erfreut. Ich bejahte.

«Kommt ihr morgen nicht mit uns mit?», fragte ich die beiden erstaunt, sie hier anzutreffen.

«Doch, aber wir wollten einmal alleine über den Markt und nicht mit der gesamten Clique. Zu zweit ist auch schön», erklärte Kilian mir.

«Na, dann will ich euch nicht weiter stören», lächelte ich die beiden an und ging.

«Hey Tobi, warte mal», rief Heiner mir hinterher.

Ich blieb stehen und er schloss zu mir auf.

«Stört es dich nicht, dass Florian jemand anderen mitbringt? Ich hatte gedacht, dass, na ja, dass ihr beide zusammen kommt.»

Er klang verlegen. Jetzt fing er auch damit an. Leon

hatte mich das heute in der Schule schon gefragt.

«Du musst mir nicht antworten. Es geht mich ja nichts an. Aber ich hätte gedacht, nachdem mit uns Schluss war, dass du zu ihm gehst. Immerhin hatte der Kuss dir viel bedeutet», fügte er an.

Ich schaute ihn an und überlegte, was ich antworten sollte. «Tja, ich habe kein Problem damit. Und vielleicht hat der Kuss mich nur durcheinander gebracht, weil ich noch mit dir zusammen war und Schuldgefühle dir gegenüber empfand», log ich Heiner an. Er gab sich mit der Antwort zufrieden und verabschiedete sich von mir. Ich fuhr endgültig nach Hause und dachte über die Worte des Vikars nach.

Wir trafen uns am Eingang zum Markt. Es waren fast alle da. Es fehlten noch Lasse, Florian und der Neue. Wir waren gespannt, wen Florian da anschleppte. Vielleicht kamen die beiden auch nicht, zumindest war das meine heimliche Hoffnung. Es war voll auf dem Markt und es drängten immer mehr Menschen an uns vorbei. Wir waren zu Fuß oder mit dem Fahrrad, weil wir etwas trinken wollten.

«Ah, da kommen Florian und sein Neuer», rief Patricia. Na toll, sie kamen doch. Florian stellte ihn als David vor und der grüßte in die Runde. Er war kleiner als Florian und schaute nicht schlecht aus, wie ich zugeben musste.

Florians Blick lag auf mir. Ich lächelte, mir nicht anmerken lassend, dass ich bis zuletzt gehofft hatte, er würde alleine kommen. Aber er meinte es ernst. Es versetzte mir einen Stich, doch ich musste lernen, damit umzugehen. Wir hielten immer Blickkontakt, bis David Florian ablenkte.

Mit fünf Minuten Verspätung trudelte endlich Lasse ein, der sich mit einer Reifenpanne rausredete. Es konnte losgehen. Wir schlenderten immer in Zweiergruppen hintereinander her. Ich ging als Letztes hinter den anderen, Florian und David direkt vor mir und ich konnte die beiden gut beobachten.

Sie lachten viel und steckten schrecklich oft die Köpfe zusammen, benahmen sich, wie zwei frisch Verliebte sich nun mal verhielten. Hin und wieder, wenn es möglich war, suchte Florians Blick mich und ich lächelte ihm zu.

Mir wurde schlagartig klar, was für ein verdammt dämlicher Hornochse ich war, da ich an Davids Stelle hätte sein können. Jetzt war es zu spät. Ich wollte Florian sein Glück nicht nehmen. Ich hatte die halbe Nacht wach gelegen und über die Worte des Vikars nachgedacht und er hatte sowas von Recht.

Alle hatten es gesehen, nur ich wollte es nicht wahrhaben. Was hatte Leon neulich gesagt? Momentan verliert ihr beide. Ich brauchte niemanden, der mich verletzt, ich war ganz gut in der Lage das selbst zu übernehmen. Meine Stimmung kippte endgültig auf den Nullpunkt.

«Wen willst du denn gleich umbringen? David?», flüsterte Leon mir zu.

«Wie kommst du denn darauf?», fragte ich ihn unschuldig.

«Weil du ihn mit Blicken tötest. Ist dir klar

geworden, dass Florian es dieses Mal ernst meint? Dann, mein Lieber, finde mal ganz schnell deine Eier und schnapp ihn dir endlich», beendete Leon sein Geflüstere. Ich grummelte Unverständliches vor mir her, bevor ich ihm antwortete.

«Ich kann wohl schlecht jetzt dazwischen gehen. Das sieht wie ein mieser Verlierer aus, außerdem scheint er glücklich zu sein.»

«Wie du meinst. Ich wiederhole das mit den verpatzten Chancen nicht noch mal.» Damit wandte er sic wieder Conny zu, die sich im Pfeilwerfen ausprobierte.

Daneben konnte man Dosen werfen und ich beschloss, mir drei Würfe zu kaufen. Ich schmetterte den ersten Ball mit viel Wut und traf. Fast alle fielen um und rollten hinter den Tisch. Jetzt standen nur noch drei. Der zweite ging weit daneben, prallte allerdings mit solch einer Geschwindigkeit von der Wand ab, dass er auf dem zumindest eine Dose bewegte, aber nicht umwarf. Mit dem dritten Wurf traf ich wenigstens noch eine.

«Geht's wieder, Nerd?», fragte Florian neben mir. Ich drehte ihm meinen Kopf zu. Dann rang ich mir ein aufgesetztes Lächeln ab.

«Ging mir nie besser. Danke der Nachfrage.» Ich gewann ein Kuscheltier, das ich Patricia schenkte.

Nachdem wir einmal herum waren, blieben wir an der Bierbude stehen, an der ein großes Gedränge herrschte. Wir teilten uns in zwei Gruppen auf. Die eine besorgte Getränke, die andere Essen

Ich versuchte, nicht mehr Florian und David zu beobachten. Brachte mir sowieso nichts und plauderte mit Hauke über Fußball. Aber wirklich konzentrieren konnte ich mich nicht. Das Hauptthema waren allerdings die bevorstehenden Prüfungen.

David beruhigte die Mädels, da es seiner Meinung nicht so schlimm war. Er hatte sein Abitur im letzten Jahr gemacht und war nun in einer Ausbildung.

Nach einer zweiten Runde Bier verabschiedeten sich Leon und Conny und Heiner und Kilian schlossen sich ihnen an. Jannis und Lasse besorgten eine dritte Runde für den Rest. Danach gingen er und Marie ebenfalls. Hauke und ich holten die nächste und letzte Runde.

Ich schlenderte noch ein Stück mit Hauke, bevor auch wir getrennte Wege hatten. Als ich am Friedhof ankam, ging ich zu Niklas Grab und setzte mich im Schneidersitz nieder. Ich sagte nichts, schaute mir nur den Grabstein an und strich mit den Fingern über seinen Namen. Vielleicht hätte ich nichts trinken sollen, der Alkohol verstärkte meine absolute Nullstimmung.

Nach einer gefühlten Ewigkeit stand ich auf und ging zum Strand. Es war mittlerweile fast Mitternacht, dunkel und es war nichts los. Es war zu kalt, als das Paare nach dem Markt betrunken hierher kamen, um die Zweisamkeit zu genießen. Wobei ich jedem nur von Sex am Strand abraten konnte.

Viel zu sandig, wie Niklas und ich feststellten. Wir hatten das einmal, als wir betrunken waren, auf dem

Rückweg von irgendeiner Fete. Danach gingen wir sofort nach Hause unter die Dusche und lachten darüber, wo wir überall Sand fanden. Daraufhin beschlossen wir, egal wie besoffen wir waren, nie wieder Sex am Strand zu haben.

Jetzt war ich angetrunken und stand alleine hier. Ich schrie meinen Frust dem Meer entgegen und hoffte, dass mich keiner hören konnte.

«Faszinierend, du kannst im Freien sein und stehen, nicht nur sitzen oder gehen», hörte ich Florians Stimme hinter mir. Ich erstarrte. Wie lange stand er schon da? Hatte er alles mit angehört? Was hatte ich noch überhaupt geschrien?

Erst, was ich für ein absolut bescheuerter dämlicher Dösbaddel war, zu blöde um zu erkennen, wen er liebte. Dann ging es um Florian und David und was ich davon halten würde, wenn die beiden zusammen kämen.

Und zum Schluss warum ich nicht wenigstens mit Niklas reden konnte, wenn er schon nicht mehr physisch auf dieser Welt war.

«Was hast du alles gehört?», hakte ich nach. Er grinste.

«Das du Niklas gerne als Geist wieder haben willst», antwortete er mir.

«Und weiter?», bohrte ich.

«Mh...», machte er und kam einen Schritt auf mich zu. «Der perfekte Schnösel wäre bestimmt nicht erfreut darüber, wenn er hören würde, wie du über uns denkst.» Ich hatte David im Laufe des Abends insgeheim für mich anders getauft.

«Ich finde schon, dass wir zusammen passen und er auch.» Er kam noch einen Schritt auf mich zu, stand jetzt sehr nah vor mir. Ich konnte seinen Atem auf mir spüren.

Mein Herz klopfte mir bis zum Hals und ich atmete tief ein. Ob er es wohl hören konnte? Dann schluckte ich, bevor ich in der Lage war zu sprechen.

«Und hast du noch mehr gehört?» Wir schauten uns in die Augen, saugten uns regelrecht im Blick des anderen fest. «Wen liebst du denn, außer Niklas? Heiner ist es jedenfalls nicht.»

Oh Mann, ich war mir Florians Nähe noch nie so bewusst, wie in diesem Moment. Dieser Blick, dieses Grinsen. Oh mein Gott. Ich überwand die letzten Zentimeter, ergriff ihn an der Jacke und zog ihn an mich. Meine Nasenspitze berührte seine.

«Na dich», hauchte ich gegen seine Lippen und küsste ihn. Er schmeckte nach Bier, wie ich wahrscheinlich auch. Es war ein kurzer Kuss, nicht wie neulich, aber es reichte, um die Schmetterlinge in meinem Bauch zu wecken und mein Gehirn in Watte zu verwandeln.

Seit langer Zeit hatte ich diese Gefühle wieder zugelassen. Ich legte meine Stirn an seine. Er hatte die Arme um mich gelegt.

«Was ist mit David?», flüsterte ich.

«Der war der Meinung, dass ich wiederkommen sollte, wenn ich soweit bin», gab er ebenso leise zurück. «Ich denke, wir werden uns, wenn überhaupt, nur durch Zufall wiedersehen.»

Ich küsste ihn wieder und dieses Mal wurde aus einem anfänglichen sachten Kuss ein intensiver, an dessen Ende ich lächelte.

«Was?», fragte Florian.

«Nichts, ich habe nur gerade das Gefühl, nach einer Ewigkeit wieder glücklich zu sein», antwortete ich ihm. Und es stimmte. In diesem Moment, hier und jetzt, fühlte ich mich glücklich.

«Komm, lass uns gehen, mir wird kalt, wenn wir hier herumstehen, auch wenn ich einen absolut heißen Typen im Arm habe.»

Ich grinste. «Du Pussy», erwiderte ich, aber wir machten uns auf den Weg. Händchen haltend.

«Zu dir oder mir?», fragte ich ihn.

«Na hören Sie mal junger Mann, fragt man das jemanden, der gerade von einem Kerl abserviert wurde, mit dem er nicht zusammen war?», empörte sich Florian gespielt. Ich lachte.

«Na dann zu mir, ich will nicht dem Nachklang in deinem Zimmer von dem perfekten Schnösel ausgeliefert sein.»

«Okay», stimmte Florian zu.

«Woher wusstest du, dass ich am Strand war?», erkundigte ich mich.

«Wusste ich nicht. Ich wollte einen klaren Kopf vom Alkohol kriegen und bin noch mal raus. Dann hab ich dich entdeckt. Ich hatte dich fast schon angesprochen, aber du hast angefangen, das Meer anzuschreien. Nein, nicht das. Ging es nicht los mit, hört mal genau zu, ihr verlorenen Seelen da draußen...»

Ich seufzte. «Ja, so oder so ähnlich.»

«Ob Patricia mir das Kuscheltier gibt, wenn ich sie darum bitte?», fragte er mich nun mitten aus dem Zusammenhang gerissen.

«Wir gehen morgen auf den Markt und ich werfe dir ein neues. Das von Patricia bekommst du auf keinen Fall. Das erinnert mich nur daran, wie blöde und wütend ich auf mich war.»

Florian lachte darüber. Warum lachte man nur immer über Nichtigkeiten, wenn man verliebt war? Keine Ahnung, aber es ist eines der besten Gefühle im Leben.

Ich zog Florian beim Gehen zu mir heran und gab ihm einen Kuss. Irgendwann kamen wir nach vielen kleinen Unterbrechungen, bei mir an. Aber Küssen und Knutschen konnte so viel Spaß machen. Hach, konnte das Leben herrlich sein, wenn es dann passierte.

Leseprobe
Wie ein Kuss alles veränderte

Er stand ganz nah vor mir. Ich konnte seinen Atem auf meinem Gesicht spüren. Würde er mich gleich küssen? Oh nein, bitte nicht. Bitte bitte nicht. Wenn er mich jetzt küssen würde, dann, dann, ich weiß nicht, was dann ist. Ich wollte das nicht. Ich stand doch auf Mädchen. Da war doch Ayleen. Wie konnte ich nur hier landen? In der heimlichen Knutschecke unserer Schule, mit diesem unglaublichen Jungen aus der Parallelklasse. Oh nein, da war es schon wieder. Unglaublich? Was dachte ich da nur? Wie könnte ich hier wegkommen? Sein Kopf kam immer näher. Sein Mund auch. Diese Lippen... Nein, nein, nein. Wie konnte man nur so viel in so kurzer Zeit denken.

Es begann alles vor wenigen Wochen. Die Sommer-ferien waren vorbei und ich kam endlich in die 13. Klasse. Natürlich kannten wir uns alle einigermaßen aus den anderen Klassen, aber es gab halt nicht immer Berührungspunkte. Man konnte 10 Jahre mit den Leuten in eine Schule gehen, hatte aber noch nie mit den Mädels oder Jungen gesprochen. Da ein Lehrer kurzfristig ausgefallen war, hatte man die Stunden-pläne alle noch einmal angepasst, so dass jetzt immer 2 Klassen zusammen Sport hatten.

Und da war er. Ich kam in die Umkleide mit den Jungs aus meiner Clique. Wir hatten miteinander rum gescherzt, uns dabei angestoßen, wie man das so machte, ihr kennt das bestimmt. Die Jungs aus der anderen Klasse waren bereits da und zogen sich um. Sie schauten auf, als wir reinkamen. Und da trafen sich unsere Blicke. Nur kurz, aber es war anders als ein normaler Blickkontakt. Ich konnte das überhaupt nicht einordnen. Ich senkte sofort meinen Blick und suchte mir einen freien Platz zum Umziehen. Meine Güte, wie konnte ein Blick jemanden nur so durcheinander bringen. Das hatte ich noch nie erlebt. Wer war das? Ich kannte ihn nicht richtig, nicht mal seinen Namen. Er war einer derjenigen, der nicht auffiel in der Schule. Machte in keiner freiwilligen AG mit, agierte immer unter dem Radar.

Ich zog mich so langsam wie möglich um, musste meine Gedanken ordnen. Jedenfalls stand so etwas doch immer in den Büchern, oder? Ich kam als Letzter in die Halle. Alle standen grüppchenweise herum und unterhielten sich. Die Streber und Unsportlichen zusammen, die angesagten Mädels in einer Gruppe, die Jungs in einer anderen. Ihr wisst, was ich meine. Und das dann auch noch Klassensortiert. Den Mädels aus meiner Klasse war der Unbekannte auch bereits aufgefallen. Zumindest schnappte ich beim Vorbeigehen einige Fetzen auf. «...der Dunkelhaarige, dort drüben...», «...total heiß...», «...das ist Bennie...», «...der soll total gut Fußball spielen...» Aha, Bennie also. Fußball spielen kannst du auch. Mal sehen, wie sportlich du bist, dachte ich, Fußball spielen kann ich auch, Spiele im Verein unseres Stadtteils. Ich hatte aber noch nie gegen ihn gespielt. Er konnte also für keinen

Verein in meiner Gegend spielen oder.

Bei den Jungs angekommen, ging es mal wieder nur um die nächste Party, wo steigt sie, wann steigt sie, gibt es auch genug zum Trinken oder sollte man noch etwas mitbringen. Welches Mädchen war in diesem Schuljahr angesagt, welche ließ sich leicht flachlegen. Ich stellte mich dazu und versuchte zuzuhören. Mein Blick wanderte aber immer wieder heimlich zu Bennie.

«Hey Micha, Erde an Micha, Erde an Micha, wo bist du denn?», fragte mich plötzlich mein bester Freund und stupste mich von der Seite an. «He?», entgegnete ich nur geistesabwesend und merkte, dass ich wirklich nichts mitbekommen hatte. «Ich habe dich gerade gefragt, ob wir am Samstag gemeinsam zu Matzes Party gehen wollen. Wir könnten bei mir vorglühen, meine Eltern sind nicht da.» - «Oh, äh, klar, ich komme dann zu dir. Wer kommt noch?» Und dann kam auch schon der Lehrer und es war vorbei mit den Gesprächen. Während der Stunde beobachtete ich Bennie weiter. Warum konnte ich nicht aufhören ihn anzuschauen? Man konnte unter dem Shirt die Muskeln regelrecht arbeiten sehen. Was für ein Anblick. Meine Güte, die Mädels hatten recht.... Stop, stop, stop. Spätestens bei diesem Gedanken gab ich mir eine innerliche Ohrfeige. Was war das denn für ein Gedanke? Du stehst doch auf Ayleen, rief ich mich selbst zur Ordnung.

Am Wochenende wollte sie auch zu Matzes Party kommen. Mal schauen, was sich so entwickelte... Jetzt galt es erst mal die erste Schulwoche hinter sich zu bringen.

Kann mir bitte mal einer erklären, wie es sein konnte, das einem ein Mensch jahrelang nicht auffiel, dann sah man ihn einmal und man traf ihn ständig?

Die erste Woche war an sich noch nicht so schwierig. Man ging den kommenden Stoff durch, die Klausurtermine und das Abitur wurden durchgesprochen. Und wer lief mir immer wieder über den Weg? Natürlich, Bennie. Wenn wir uns entgegen kamen, schauten wir uns immer an. Und ich war wirklich der Meinung, dass sich seine Mundwinkel leicht kräuselten, wenn er mich sah. Es sah einem angedeuteten Lächeln verdammt ähnlich. Ansonsten schaute Bennie immer neutral durch die Gegend. Wisst ihr was ich meine? So dieser coole Typ Blick, der einen undurchschaubar macht. Ich übte den immer wieder vor dem Spiegel, bekam es aber nie hin. Lukas, mein bester Freund und Nachbar, sagt immer, man sieht mir an der Nasenspitze an, was ich denke. Deswegen könne ich auch nicht lügen seiner Meinung nach. Auf jeden Fall versuchte ich immer woanders hinzuschauen, wenn ich Bennie entdeckte. Bei den Versuchen blieb es dann auch, ich schaute hin.

Freitagmittag in der Pause saßen wir draußen auf unserer Stammtischtennisplatte auf dem Schulhof und planten den Samstagabend. Ayleen kam auf uns zu und steuerte zielsicher auf mich zu, mit ihrer besten Freundin im Schlepptau. «Sehen wir uns morgen Abend auf der Party bei Matze?» fragte sie mich. «Klar, ich hatte doch gesagt, dass ich komme.» - «Gut, dann bis morgen.» Sie lächelte mich noch einmal an, dann drehten sie um und gingen wieder ihrer Wege. «Ok, die hast du schon sicher. Warum bekommst du immer die gutaussehenden ab und mit mir will keine etwas zu tun haben?», fragte Lukas mit gespielter Verzweiflung. «Ich bin halt nett zu den Mädels. Mir geht es nicht nur ums Abschleppen. Außerdem bin ich der besser Aussehende von uns beiden.», antwortete ich ihm mit dem gebotenen Ernst, bevor ich ihn frech angrinste. Aber ein Kern Wahrheit war schon drin. Da klingelte es schon wieder und wir mussten in unsere Klassen.

Am nächsten Abend kamen wir um elf Uhr auf der Party an. Ayleen hatte mir bereits zwei Nachrichten geschrieben, wann ich denn endlich kommen würde, es wäre so langweilig ohne mich. Die Jungs zogen mich deswegen bereits auf. 'Achtung, die kontrolliert bald jeden Schritt von dir.' oder 'Wir müssen am Montag unbedingt in ein Schuhgeschäft und dir Pantoffel kaufen, du Pantoffelheld. Die Hosen hast nämlich nicht du an.' und noch so einige Sprüche. Egal, ich hörte einfach nicht zu.

Erfahrt wie es weitergeht
Wie ein Kuss alles veränderte
Online und im Handel bestellbar.

Lightning Source UK Ltd.
Milton Keynes UK
UKHW010640311022
411384UK00004B/327